慕倣

みっしりずしり：長塚節と藤沢周平

山形洋一

未知谷
Publisher Michitani

慕傚

目次

慕倣

みっしりずしり：長塚節と藤沢周平

凡例

＊文中引用の単行本・文庫本・雑誌の題は『』で、短篇の題と長篇の章題は「」で示した。

＊引用は行頭を二字下げた。

＊『土』は新潮文庫を底本とし、漢字の読みや方言については『長塚節全集』第一巻『土』（春陽堂、1912）の復刻版（近代文学館、1976）を参照した。

＊『土』など長塚節の文および短歌の引用では、読みやすくするために引用者の判断で部分的に分かち書きをした。

＊短篇の題、および長篇の章題のあとに、講談社文庫の巻末年譜による発表年月を示した。一般に発表年月は発行年月より一〜二月ほど早く、例えば新春号・正月号は前年の11〜12月に発表される。

＊引用ページは「旧版／新版（改装版）」として示した。

＊新版と旧版の間で異同がある時は、新版にしたがった。

まえがき

——なんだ、この文体、藤沢周平にそっくりじゃないか——。

それが、長塚節《ながつかたかし》の『土』を読み始めたときの印象だった。

そんな連想が働いたのは、さいしょに藤沢周平の『白き瓶　小説　長塚節』を読み、つぎに『土』を手にしたからかもしれないが、おかげで『土』についてよく言われる「暗さ」や「退屈」をさほど感じることなく、一気に読み切ることができた。

もちろん、明治・大正の長塚節（一八七九〜一九一五）が昭和・平成の藤沢周平（一九二七〜一九九七）をまねるはずはなく、影響はその逆でしかありえない。以来、藤沢周平の作品を読むたびに、『土』に影響されたと思われる表現を抜き書きするようになった。本書はそうして集めた事例の集大成である。

本書の試みに対して、藤沢ファンの中から反発の声が予想される。「彼ほどの達人なら、たとえ『土』など読まなくとも、あれだけの文章は書けたはずだ。お前は周平の筆力を貶める気か」と言ったような声が。

だが藤沢周平がエッセイ類で自ら語るように、彼が長塚節の熱烈な崇拝者であったことは事実で、「たとえ読まなくとも」という仮定は、歴史で禁じられている「イフ」の域を出ない。むしろ注目すべきは、彼の「模倣」にうしろめたさが感じられないことだ。その態度は、他人の小説をもとに書くことを恥とした藤沢の信条に反するように見える。

(模倣が) 法的には問題はないと、先方で言ったというが、これは法的な問題どころか、良心の問題ですらない。作家 (書く側) のプライドの問題である。どんなにささやかなものであれ、自分自身のもので書くプライドがあって、はじめて小説が成り立つのだと思いたい。

(「小説のヒント」、初出『グラフ山形』一九七九年七月号、文春文庫『帰省』77)

だがここでいう「プライドの問題」とは、現役作家のスタイルをまねることについてであって、長塚節のような先達から学ぶことを制限するものではない。

文壇に属さず、独りで文章を磨いてきた藤沢にとって、『土』はひとつの拠り所だったと思われる。『土』の影響は初期の作品だけでなく、その後も繰り返し見られる。時には多作で筆が荒れることのないよう祈りを込めつつ、それらの文を原稿用紙に刻みつけたのではなかろうか。浮世絵師の英泉は北斎を深く尊敬し、その筆遣いを「慕倣」したそうだが、藤沢周平も同じ気持ちで『土』を慕倣し続けたのだろう。読者に気づかれることを恐れるより、むしろ期待しながらの作業だったとすれば、見つけ次第披露するのが愛読者としての務めだろう。

本書が藤沢周平作品を読み返し読み比べたい人たちにとって、味読のヒントとなれば幸いである。

序章　『蝉しぐれ』の甘さを引き締める『土』の隠し味

藤沢作品における長塚節の影響を知る端的な例として、多くの愛読者をもつ『蝉しぐれ』（一九八六年七月〜八七年二月連載）を挙げよう。『蝉しぐれ』は少年剣士が農務官僚に育つ過程を描く一種の成長《ビルドゥング》小説《スロマン》だが、惜春《せきしゅん》の甘さや切なさを、『土』の隠し味が引き締めている。

「蟻のごとく」父の遺骸を運ぶ

『蝉しぐれ』全21章の章題は、ほとんど名詞もしくは名詞句からなるが、第6章「蟻のごとく」と第14章「春浅くして」は例外的に、連用修飾句の形をとる。前者は父の、後者は矢田未亡人の死を悼む鎮魂の章で、主人公の生き方が大きく変わる転換点でもある。全体をほぼ三等分する位置にこれら二章が置かれていることに注目したい。

「蟻のごとく」で文四郎は切腹した父の遺骸を車に乗せ、一人で曳く。

迂回すれば、途方もなく遠い道になる。死力をつくして坂道をのぼるしかなかった。
と、足軽屋敷のはずれまで来たとき、車は不意に軽くなった。車輪はごろごろと鳴り、文四郎は梶棒をつかんだまま、前にのめりそうになった。

振り向くと、助左衛門の足の先に黒い頭が見える。そしてつぎに上げた顔が杉内道蔵だった。

文四郎は車をとめた。

「千鳥橋をわたろうとしたら、牧さんの車が見えたんです」

と道蔵が言った。　（「蟻のごとく」124~5／上150~1）

車が急に軽くなる描写は、節による最初の短篇「芋掘り」（一九〇八）を思わせる。「芋掘り」では兼次《かねじ》とおすがの駆け落ちが、頑固な兼次のツァア（父親）を怒らせるが、若い二人が帰村して女児をもうけ、おすがの兄から与えられた土地で地道に生計を立てはじめるのを見て、ツァアも二人の仲を許す。車の後押しがそのサインだ。


兼次はおすがゞ歸つてから　車へ俵を積んで引き出した。田甫《たんぼ》を越えて坂へ掛つた時には　少し積み過ぎた芋俵《いもだはら》は　彼の力には餘つた。ほつと腰を延して居ると突然後から
「それ〳〵　うんと力《りき》んで見ろ」

といふ聲《こゑ》がして　車が急に輕くなつた。坂の上で振り返つて見たら芋俵を馬に積んで來た兼次の親爺《おやぢ》が　持つて居た手綱を放して　後押してくれたのである。

「誰だと思つたら「ツアヽ」か」

と兼次は心の底から嬉し相《さう》にいつた。馬は獨《ひと》りで勢よく右の方へぱか〳〵と走つて行く。親爺《おやぢ》は馬のあとから駈けて行く。兼次は腰をくの字に屈めながら足に力を入れて左へ曳いて行く。村の竹藪から昇つた青い煙は　畑の百姓を迎ひにでも出たやうに幾筋も棚引いて　田甫から岡まで

届かうとして居る。其時黄昏《そのときたそがれ》の中を百姓は田甫から相前後して歸つて來る。何處《どこ》ともなく鴫《しぎ》がき丶と鳴いて去つた。百姓の後姿を村の中へ押し込んで　やがて夜の手は田甫から畑から　さうして天地の間を掩《おほ》うた。

（「芋掘り」明治四十一年三月一日發行、『ホトトギス』第十一巻六號所載、『長塚節全集』第二巻46）

『蟬しぐれ』第5章「黒雲白雨」で文四郎（十六歳）は切腹前の父と短く対面するが、言うべき言葉がその場で出なかったことを、あとで悔やむ。

「おやじを尊敬していると言えばよかったんだ」

「そうか」

と逸平が言った。文四郎は欅《けやき》の樹皮に額を押しつけた。固い樹皮に額をつけていると、快く涙が流れ出た。そしてそのあとにさっぱりとした、幾分《いくぶん》空虚な気分がやって来た。

（文春文庫『蟬しぐれ』「黒雲白雨」112／上135）

同様の場面が『白き瓶』にもあるが、節はケヤキでなくクヌギの幹に額を押し付ける。

そばの櫟《くぬぎ》の幹を両手でつかんで、節は荒い呼吸を静めた。呼吸が静まると、黒く罅《ひび》われた樹皮に額をつけて、眼をつむった。痛みを感じるほど、ぎりぎりと幹に額を押しつけた。そうしないでいられないものが、気持ちの中にあった。

いま見て来た女のことではない。歌が出来なかった。今年になってから、節はこれぞと思う歌をつくっていなかった。

（文春文庫『白き瓶　小説　長塚節』「初秋の歌」72／83-4）

クヌギは野火に強く、幹を伐ってもひこばえから逞しく再生するため、薪炭用に重宝された。その逞しさと裏腹に、葉は冬になってもなかなか枝を離れぬことから、『土』では頑強でかつ臆病な勘次を象徴する。また節の自伝的短篇「隣室の客」では、春の芽吹きがもっとも遅いクヌギが、性に晩熟《おくて》な「私」の象徴となっている。

「落葉の音」が別れの予兆

『蝉しぐれ』第七章「落葉の音」で、文四郎は兄弟子にさんざん打ち据えられる。

裏口から庭に出て、井戸水を汲んで顔を洗い、上半身の汗をぬぐった。（略）黙々と身体を拭いていると、井戸のそばの欅《けやき》から落葉が降って来て、井戸枠にあたってかすかな音を立てた。
（『蝉しぐれ』「落葉の音」143～4／上173）

このためいつもより遅く家に戻ると、おふくが江戸に発つ前の暇乞いに来たことを、母から告げられる。文四郎はいそいで彼女を探しに行くが、見つからない。

——しまったな。

と思った。大橋市之進のしごきがなかったら間に合ったはずだ。いやその前に、犬飼兵馬と稽古試合などやらなかったら、もっとずっと前に家にもどっていたはずだと思ったが、後の祭りだった。
（『蝉しぐれ』「落葉の音」149／上179～80）

ふりかえれば、静寂を強調する「落ち葉の音」はおふくとの別れの予兆だったわけだ。落ち葉の音に喪失感を託す表現は『土』4章、お品が破傷風の激痛で壮絶な死に方をしたあとの場面にも用いられている。

　夜は森《しん》としていた。雨戸が微かに動いて落葉の庭に走るのも　さらさらと聞かれた。

（新潮文庫『土』4：38／46）

『土』8章では、戸を鳴らす風の音が語られる。

　勘次は寸時もおつぎを自分の側から放すまいとしている。随《したが》って空の日光を招くように女の心を促すべき村の青年との間には　おつぎは何の関係も繋《つな》がれなかった。おつぎが十七という年齢《とし》を聞いて　孰《いず》れも今更のようにその注意を惹起《ひきおこ》したのである。冬の季節に埃《ほこり》を捲《ま》いて来る西風は先《ま》ず何処《どこ》よりもおつぎの家の雨戸を　今日も来たぞ　と叩く。それは村の西端に在《あ》るからである。位置がそういう逐《お》いやられたような形に成っている上に、生活の状態から自然に或《ある》程度までは注意の目から逸《そ》れて　日陰にいると等しいものがあったのである。

（新潮文庫『土』8：95／117~8）

農村の常識《コモンセンス》として、「今日来たぞ」と雨戸を鳴らすのは、夜這い青年の役目である。だがおつぎのところには、西風しか来ない。年齢相応の性愛経験から隔離されていることを哀れむ口調は、男の来訪をむなしく待つ女の心を詠う「閨怨」の伝統につらなるものだろう。一例として、額田王の短歌がある。

　君待つとわが恋ひおれば　わが屋戸《やど》のすだれ動かし　秋の風吹く

（万葉集4・488）

藤沢作品では「夜の雪」（一九八一年二月）で、結婚適齢期を過ぎても初恋の相手を待つ「おしづ」が、戸を鳴らす風の音を聞いている。「おしづ」は『白き瓶』でおつぎの本名にもなっている。

おしづは縫い物を下におろすと縁側に出た。雨戸を繰ると、夜気がほてった頬を気持ちよくなでた。雪はもうやんでいた。縁側にうずくまったまま、じっと雪を眺めていると、門の戸がことことと鳴った。はっと耳を澄ましたが、物音は一度だけだった。誰もいない夜の道を、風が駆けぬけて行ったらしかった。

（文春文庫『日暮れ竹河岸』19）

すれちがいの後悔

おふくと行き違いになった文四郎の「しまったな」という思いを、長塚節もしたことがある。喉頭結核の治療で東京の養生院に入院中、たまたま人に誘われて芝居を見に行っている間に、元の婚約者・黒田てる子が見舞いに来た。彼女の置手紙でそれを知った節は、そのときの気持ちを詠った短歌一首に、長い詞書《ことばがき》を添えている。

明治四拾四年十二月廿四日、ふと出ありくことありて此の日ばかり夜に入りて病室に帰り来れば、むすびし儘《まま》に派手なる袱紗のつゝみ一つ電燈のもとにおかれたり、怪みて解きみれば我が為に心づくしの品は出できにたるに、赤インキもて書かれし手紙も添へられつ、四たびまで立ち入りがてに病院の門を行き過《すご》して、けふ始めておとづれきといふに思ひ設けぬことなれば待たんやうもなく、今は悔ゆれども及ばずなりぬ、されどわれ生れて卅三年《さんじうさん》はじめて婦人の情味を解したるを覚えぬ、我は感謝の念に堪へず、其の人一たびは我と手を携ふべかりつるに悪性の病生じたれば我に引き止めむ力もなく、斯《か》くて離れたるものゝ合ふべき機会は永久に失はれ果てぬ、其の夜はふくるまで思の限り長き手紙に筆執りて、生涯の願いま一たびおとづれ給ひてんやと書き

つけゝるを、夜もすがら思《おもひ》は掻乱《かきみだ》れて、明くれば痛き頭を抑へつゝ庭の梢に目を放ちて
四十雀《しじゅうから》なにさはいそぐ　こゝにある松が枝には　しばしだに居よ

（『白き瓶　小説　長塚節』（309〜10／368）

この歳になってはじめて女性の優しさを知った、という述懐を「逃げる浪人」（一九八〇年十一月）ではよろずや・平四郎が代弁する。

「戸田勘十郎は今年四十二だ。その戸田に一緒に暮らそうかという相手が現われた。三十になる寡婦だ。職人の女房だったが、亭主と子供をなくして一人だそうだ。内職の縁で知り合ったそうだが、心やさしい女子らしい」

「……」

「かわいいではないか。戸田は四十にしてはじめて女子の情を知ったのだ。それでも逃げ回るのが筋かね」

（文春文庫『よろずや平四郎活人剣』（上）129／139）

「春の雷」（一九八四年）で隼太は桑山家に婿入りして出世の機会を得るが、わがままな家付き娘と愛のない夫婦生活を送っていた。実家・上村家に戻ったとき、かつて肉体関係のあった女中・ふきの部屋に忍んで行くと、「むかしとは違います」と拒まれた。

床上《とこあ》げという、部屋住みの妻にあたえられる呼び名がある。床上げは生涯その家で女中同様に働き、子供が出来れば生まれるのを待って間引かれ、死んだあとも一族の墓にも加えらえないような扱いをうけて、日陰の一生を終わるのである。

しかし、婿入り前の隼太に身体を許したとき、ふきは心ひそかに厄介叔父の妻として日陰の一

生を送ることをのぞんだのかも知れなかった。むかしと違うという言い方には、そののぞみが消えて、事情が変わったのだというふきの嘆きがふくまれているようでもあった。隼太ははじめて女子の情に触れたような気がした。

（文春文庫『風の果て』上243／259）

『漆の実のみのる国』の上杉治憲（のちの鷹山）の本妻・幸姫《よし》は、体も心も少女の段階で成長が止まり、常の夫婦関係がいとなめなかった。そこで跡継ぎをもうけるために、十歳年上の琴女を側室に迎える。

琴女はやや大柄な上に挙措も物言いもおっとりと静かで、治憲の言うことをやわらかく受けとめて包みこむように思われた。それでいて時おりはつつましく女子らしい羞らいも見せた。

治憲が、女人とはこのようなものであるかと心に嘆じたのは、ひさしく大人の女の心に触れていなかったせいでもあるだろう。琴女は治憲にそのことも思い出させて去ったようでもあった。

（文春文庫『漆の実のみのる国』上20：216~7）

「春浅くして」自裁する女と、性を知る男

『蟬しぐれ』第14章の題「春浅くして」に主語・動詞を補うなら「矢田未亡人・自裁す」となろう。場所は隣国の温泉地・桃ガ瀬の山里から遠くはなれた山麓の隅だった。未亡人の実弟・布施鶴之助から「まんさくの花が咲いている日あたりのいい斜面」（294／下63）で遺体が発見されたと聞いた文四郎は、「こちらは寒いが、頂を雲に隠している山のむこうは、案外さんさんと春の日が照りわたっているのかも知れなかった」と想像する。

なめらかな頬や勝気そうに眼尻が上がった眼、あかるく飾りのない物言い、いつも同じ化粧の香、暗がりの中で文四郎を抱きかかえた骨細な腕。そういう記憶の合間に、いまごろは荼毘に付しているはずだ、といった鶴之助の声が水泡のようにうかび上がって来て、文四郎は、早春の青い空に立ちのぼる荼毘のけむりを見たようにも思うのだった。（文春文庫『蟬しぐれ』298／下68）

その感傷に小和田逸平が水をさし、文四郎を無理やり娼家につれて行く。

女と寝るということを、文四郎は何かもっと特別なもの、たとえばもっと神秘的でわかりにくいものに考えていた節がある。そういう考え方から言えば、行為そのものは意外にあっけらかんとしたものだった。詳細までのみこめたとは言い難いが、親しみやすく人間くさいいとなみのようにも思われた。もっともその感じは、相手の女が文四郎の乳母に似ていたことから来たのかもしれない。（文春文庫『蟬しぐれ』「春浅くして」306／下77〜8）

「神秘的でわかりにくいもの」と考えた理由の一つに、蠱惑的な矢田未亡人の魅力があった。その呪縛から文四郎を解き放つ必要を、逸平は直感したのだろう。おかげで文四郎の「春＝性」は浅く済んだ。ここに来て「春浅くして」は、『土』の謎めいた一文と響き合う。

春は冬に遠くして又冬と相接している。季節の変化を反復《くりかえ》しつつ季節は容赦なく推移した。（新潮文庫『土』11：141／175）

十九の春を迎えるおつぎは、若い衆らの接近を嫌う父によって「春＝性」から遠ざけられていたのだ。

女郎屋を出る文四郎は、すでに郷村出役（現場の農務官）見習いの心構えでいる。

――素性は……。

どういう女なのだろうかと思いながら、文四郎は、光にうかぶ平凡な、むしろ醜いほどの容貌を持つ女をそれとなく眺めた。（略）

いまの文四郎は、十年ほど前に領国は断続的な冷害に見舞われ、村村では不作と重い年貢のために多数の潰れ家を出したことを知っている。夜逃げに至らないまでも、重税に喘《あえ》ぐ村人は他国に子を売り、自身も城下に奉公に出てようやく喰いつなぐ有様で、そのため郷村は極度に疲弊したという。

眼の前の女は、そのころ親に売られたか夫に売られたかした村の女ではなかろうかと文四郎は思った。年齢のわりには、素朴さを失っていない女の人柄がそう思わせたようでもあった。

――やがておれも……。

そういう村の暮らしをこの眼で見ることになるのだ、と文四郎が思ったとき、どかどかと梯子《はしご》板を鳴らして逸平が降りて来た。

（文春文庫『蟬しぐれ』「春浅くして」308~9／下 80~1）


「春浅くして」は、以下のように多重に解釈できる。
＊春まだ浅いころ、美人の誇り高き矢田未亡人は、男を道連れに自裁した。
＊逸平にそそのかされて平四郎は春＝性を浅く体験をした。
＊それは矢田未亡人がほのめかした深く危険な性愛からの解放でもあった。
＊春を終えた文四郎の心は、郷村出役見習いとしての夏に向かっている。

郷村《ごうそん》出役《でやく》見習いの夏

つづく二つの章はそれぞれ初夏の水田風景で始まるが、その季節が微妙にずれている。第15章「行く水」で城勤めをはじめた文四郎は、非番の日にお福さまが住むという欅御殿を偵察にでかけた。旧暦の五月初めは新暦六月半ばごろにあたる

> 城下をはずれると、道は田植えが終わったばかりの田圃《たんぼ》なかに出た。心ぼそいほどに細い苗が、首うなだれて微風に揺れている田圃を見ながら足ばやに歩いて行くと、遠くにまだ田植えをしている村人の姿が見えて来た。
> 年寄りも子供も総出の、もっともにぎやかでいそがしい時期は過ぎたものの、苗の出来にも遅速があり、また家家の田拵《たごしら》えにも多少のちがいがあって、田植えも全部終わったわけではなかった。よく見ると、あちこちに少人数の田植え姿が見られた。
> （文春文庫『蝉しぐれ』「行く水」325／下100）

つづく第16章「誘う男」で、イネは伸びはじめている。

> 城下を取り巻く田圃がいちめんに緑に変わったころから、文四郎は郡《こおり》奉行の樫村や同僚と連れ立って、ひんぱんに郷村の見回りに出るようになった。（文春文庫『蝉しぐれ』「誘う男」331／下107）

「細い苗」から「いちめんの緑」への変化も、『土』を踏まえている。

> こうして宏濶《こうかつ》な水田は、一日泥に浸《つか》ったままでも愉快そうに唄う声がそっちからもこっちからも響くと共に、段々に浅い緑が掩《おお》うて、多忙でかつ活溌《かっぱつ》な夏の自然は　先に植えられた田から漸《だん》次《だん》に深い緑を染めて行く。田が凡《すべ》て植え畢《おわ》った時には　畦畔《くろ》にも短い草が生えていて　土の黒い

部分が何処《どこ》にも見えなく成る。

先輩格の青木孫蔵は文四郎を連れまわす合間に、文四郎の父が関与していた藩内の政争について伝え、父のために助命嘆願をしてくれた金井村の肝煎り（村のまとめ役）藤次郎にも引き合わす。この対面はのちにお福母子をいったん藤次郎宅で匿《かくま》うための伏線でもある。

（新潮文庫『土』14：160／198~9）

広い前庭を横切って、二人は茅葺《かやぶ》きの屋根ながら人を威圧するほどに高くて大きい農家の前に立った。

（『蝉しぐれ』「誘う男」336／下 114）

豪農の屋敷の威圧感は、『土』の冒頭近くに出てくる。

お品は三人連《づれ》で東隣へ風呂を貰いに行った。東隣というのは大きな一構《ひとかまえ》で蔚然《うつぜん》たる森に包まれている。

外は闇《やみ》である。隣の森の杉がぞっくりと冴えた空へ突っ込んでいる。（略）それでもさすがに森はあたりを威圧して　夜になると殊《こと》に聳然《すっくり》として　小さなお品の家は地べたへ蹂《ふみ》つけられたように見えた。

（『土』1：11／12~3）

『蝉しぐれ』にも鬱蒼とした屋敷林が出てくる。「杉ノ森」と呼ばれるその屋敷で、文四郎は秘剣を授けられるが、ここもやがてお福母子を匿う場所となる。

織部正《おりべのしょう》の屋敷は代官町の奥にあって、広大な建物は石塀と鬱蒼《うっそう》とした森に囲まれている。外からはわずかに高い屋根瓦が見えるだけだった。先代藩主の末弟である織部正は、由緒ある母方の家、加治家をついだとき、藩から当時は杉ノ森御殿と呼ばれていたその屋敷を拝領したのである。

（文春文庫『蝉しぐれ』「秘剣村雨」280／下 46）

それは夜目にもわかる黒い森だった。夜空はその森よりはわずかにあかるく、頭上にひろがっている。（281／下47）

前に立つと、見上げるほどに大きい長屋門だった。文四郎は潜《くぐ》り戸をたたき、姓名を名乗って案内を乞うた。（282／下48）

金井村の村役人・藤次郎の家の庭先の描写は、いかにも東北の豪農の家らしい。

どこからか馬の匂いがし、また見ていると、背負い子に山のように草を積み上げて背負った若い男が、家の角に表れて納屋の横に消えた。（文春文庫『蝉しぐれ』「誘う男」337／下114）

牛馬のための草を持ちこむ場面は『土』にもあるが、恋に浮かれた男女の中には、仕事を怠ける者もある。

どうかして余りに後れると空な草刈籠を倒《さかさま》に背負って、歩けばざわざわと鳴る様に、大きな籠の目へ楢《なら》や雑木の枝を挿して　黄昏《たそがれ》の庭に身を運んで　刈積んだ青草に近く籠を卸《おろ》す。父なるものは蚊柱の立てる厩《うまや》の側で　ぶるぶると鬣《たてがみ》を撼《ゆる》がしながらぱさりぱさりと尾で臀の辺《あたり》を叩いている馬に秣《まぐさ》を与えている。（『土』11：136／169）

藤次郎は青木と文四郎に一服を勧める。

せっかくのすすめをこれ以上ことわってはわるいと思ったか、青木は案外あっさりとうなずき、では茶を一服馳走になるかと言うと、自分から縁側の方に歩いていった。

青木と文四郎は茶の間の外の縁側に腰をおろし、その間に藤次郎は家の中に入って行った。

庭に面した縁側と、屋内でも土間に面した上がり框《かまち》は、履物を脱がずに腰をかけられる便利な場所だ。座布団を敷けば接客の礼にもかなう。『土』ではクヌギの根窃盗事件で、巡査がそこに座る。

（文春文庫『蟬しぐれ』338／下116）

勘次は草刈籠を背負って　巡査の後に跟《つ》いて主人の裏庭へ導かれた。巡査が縁側の座布団へ腰を掛けた時　勘次は籠を背負ったまま首を俛《た》れて立った。

（『土』7：85／105）

縁側や上がり框は、ソトとウチの境界である。「かが泣き半平」（一九八七年六月）はその境をうっかり越えて、災厄を招く。

半平は縁側に腰をおろした。品物をとどけたらすぐ帰るつもりだったのだが、お茶を出すと言われて気が変った。むろん女が、このまま帰ってしまうにはもったいないような気にさせる美人だったからでもある。

（新潮文庫『たそがれ清兵衛』211／243）

座敷で肩を揉ませたあと深い仲になり、それを知った上役から、上意討ちに加担させられる。

出役《でやく》の糞つかみ

郷村出役見習いとなった文四郎が久しぶりに道場に行くと、ライバルである犬飼兵馬が絡んできた。

兵馬はにやにや笑った。

「田圃回りはどうですか」

「ためになるよ」

「ためになる？」

兵馬の笑いが大きくなった。

「出役のくそつかみとか言うそうじゃないですか。田圃に入って、まいてあるくそをつかむとか」

文四郎が言うと、兵馬は笑いを消した。

「さあそれは聞いておらんな」

（文春文庫『蝉しぐれ』359／下141〜2）

海坂《うなさか》藩のモデルは荘内藩だが、その農政機構については米沢藩の史実も取り入れているようだ。

「糞つかみ」は『雲奔る』（一九七四年九月）にも出てくる。

米沢が伊達領であった時代に、鷹場《たかば》であった松川扇状地の南原、松川対岸の東原に屋敷割して、ここに下級藩士を住まわせた。これらの下級藩士たちは、初めから半士半農で、軍防の尖端に位置すると同時に、開墾に従った。後に軍事の色彩が薄れるに従って「原方《はらかた》の糞摑み」と言われた、原方衆の初めである。

（文春文庫『雲奔《くもはし》る　小説・雲井龍雄』15）

「何をしておる」

斎藤篤信の声だった。篤信は今日の護送の総指揮をとっていた。

「二人とも、列に戻れ」

救われたように平井が龍雄の脇を擦り抜けて駆け出した。擦れ違いざまに、

「糞摑みが！」

と罵ったが、龍雄は無言だった。
（35）
米沢市上杉博物館の「原方屋敷」の模型と平面図にある、道と水路に沿って屋敷がならぶ様子は、

『朝日ビジュアルシリーズ　週刊藤沢周平の世界』の『01蟬しぐれ』（二〇〇六年十一月）にある「文四郎が暮らす普請組組屋敷」のイラストとよく似ている。ただし原方の屋敷裏にある外便所と肥溜め・肥塚が、文四郎の組屋敷にはない。

「糞をつかむ」は下肥《しもごえ》（人糞肥料）を用いた農作業を意味し、『土』14章早苗振り《さなえぶ》（田植えのあとの宴席）で、皮肉屋の兼さん（博労）の自慢話にも出てくる。

「俺《お》ら晩稲《おくいね》作んだから、役場の奴等《やつら》作っちゃなんねえなんちったって、俺ら見てえな、うっかりすっと乳っ岸までへえるような深ん坊の冷《ひ》えっ処《とこ》じゃ　どうしたって晩稲でなくっちゃ穫《と》れるもんじゃねえな、それから俺れ役場で役人が講釈すっから　深ん坊じゃこうだっち噺《はな》したら、はっきり悪いたあ云《い》わねえんだから、それから俺れ　糞攫《くそつか》んで見ねえ

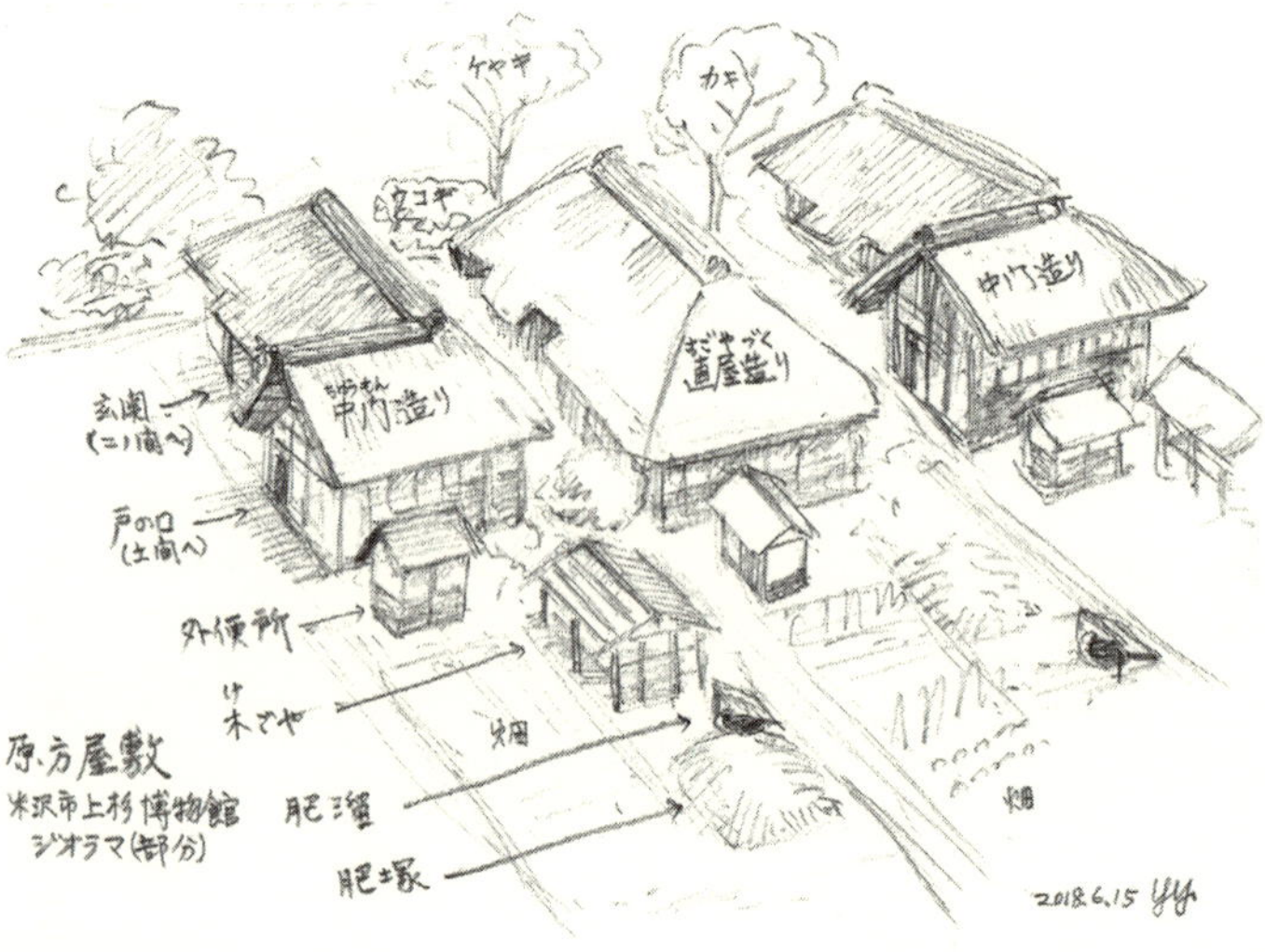

図1：原方屋敷。米沢市上杉博物館のジオラマ（部分）

奴じゃ駄目だっちんだ」彼は笑いながら独り饒舌《しゃべ》った。
（『土』14：165／204~5）

「深んぼう」は深田のことで、水温が低いためイネの生育が遅く、どうしたって稲は晩稲になる。そんなことも知らんのかと、農業経験のない村の役人をとっちめたのだ。

夜更けて川舟をあやつる音

「逆転」（一九八六年）で文四郎は鶴之助や逸平の助勢を得て、お福母子への襲撃を跳ね返す。いったん金井村の藤次郎にあずけた母子を、夜更けて船頭のあやつる舟で杉ノ森屋敷に届ける。

柳の曲がりを過ぎてから、流れはゆるやかに西北にむかい、舟は城下に近づいて行った。権六は舟を流れにまかせていた。時どきちゃぽと竿の音がするのは舟の方向を定めるのだろう。
（文春文庫『蝉しぐれ』413／下207~8）

深夜に聞く舟の棹の音は、『土』のおつぎがモロコシを捨てにゆく場面を思わせる。節はその「写生」のために深夜ひとりで鬼怒川まで歩いたと伝えられる。

おつぎは到頭《とうとう》渡船場まで来た。おつぎはそれから水際へおりようとすると水を渡って静かに然《しか》も近く人の声がして、時々しゃぶっという響が水に起る。不審に思って躊躇《ちゅうちょ》していると突然目の前に対岸の松林の陰翳《かげ》から白く光っている水の上へ舳が出て船が現われた。渡し船が深夜に人を乗せたのでしゃぶっという響は舟棹《ふなざお》が水を搔《か》っきる度に鳴ったのである。
（『土』10：118／147）

舟の棹の音と言えば、節の秀歌一首が思い出される。

鬼怒川を夜更けて渡す水棹《みなさを》の　遠く聞こえて　秋たけにけり
（岩波文庫『長塚節歌集』115）

節や勘次らが利用していた渡し場は、国生《こっしょう》集落の南東一キロほどのところにあった。

蟬しぐれの聴こえ方

『土』11章では夏の草刈りに出た若い男女の半日に、三種類の蟬が鳴く。

熬《い》りつける様な油蟬《あぶらぜみ》の声が彼等の心を撼《ゆる》がしては　鼻のつまったようなみんみん蟬の声がその心を溶《とろ》かそうとする。（略）彼等はこうして時間を空《むな》しく費しては　遠く近く蜩《ひぐらし》の声が一斉に忙しく各自の耳を騒がして、大きな紗《しゃ》で掩うたかと思う様に薄い陰翳《かげ》が世間を包むと、彼等は慌て皆家路に就く。

（『土』11：136／168）

『蟬しぐれ』では冒頭と、父の切腹の前後と、お福様との再会の場面で、蟬の声の効果音が活躍する。文から受ける音の強さの印象を、音楽の強弱記号で表してみる。冒頭、初夏の朝に鳴くのはニイニイゼミだ。

頭上の欅《けやき》の葉かげのあたりでにいにい蟬《ぜみ》が鳴いている。快さに文四郎は、ほんの束《つか》の間放心していたようだった。そして突然の悲鳴にその放心を破られた。（文春文庫『蟬しぐれ』12／上13 *p*）

自伝エッセイ「わが山形」によれば、藤沢はニイニイゼミが好きで、芭蕉の「閑かさや岩にしみ入る蟬の声」もニイニイゼミだと主張した（文春文庫『半生の記』175）。

小説前半のクライマックスである父の切腹の前後で、セミの声が十一回くりかえされる。

何事か異変が起きたという推測に、間違いはなさそうだと文四郎は思った。

しかし矢場町にもどると、そこは蟬の声だけが高く、町はひっそりと静まりかえっていて、城に異変が起きているなどということは嘘《うそ》のように思われた。

（文春文庫『蟬しぐれ』「黒風白雨」91／上109 *mf*）

その空地の中に、山ゆりやかんぞうの花が咲き、日陰になった暗い雑木林の中では蟬が鳴き競っている様子を横目に見ながら、文四郎は空き地の前を通り過ぎた。蟬の鳴き声はまるで叫喚の声のように耳の中まで鳴りひびき、文四郎は蟬しぐれという言葉を思い出した。（92／上110 *ff*）

昼の暑気が残って、窓をあけておいても部屋の中は暑かった。そしてあいた窓から時どきかなぶんや蛾《が》が入って来て、行燈《あんどん》のまわりをうるさくとび回るので、文四郎はよけいに気が散り、書物の文字は頭の中を素通りするだけだった。あきらめて部屋の外を眺めていると、闇の奥で時どき蟬がじじと鳴いた。

（94／上112 *mp*）

帰る兄を見送って、文四郎は門の外まで出た。兄の言うとおりだった。矢場町から南と東にあたる方角に、ところどころ天を焦がす火のいろが見え、その火におどろいたのか、矢場跡の雑木林に眠れぬ蟬の鳴く声がした。

（101／上121 *mp*）

門前に着くと、（兄の）市左衛門は警護の槍持ち足軽にむかって、牧助左衛門の身内の者だと名乗った。すると警護の一人が竹矢来の陰の潜《くぐ》り戸をあけて、中に入るように促した。

龍興寺は城下の北東、百人町にある曹洞宗の大寺である。門内に入ると境内の砂利に、午後の白い日が照りつけていた。鐘楼から本堂の裏にかけて、小暗い森ほどに杉や雑木が生いしげり、そこにも蟬が鳴いていた。

（103／上124 *f*）

切腹前の父との面会がかなった。

「登世をたのむぞ」

助左衛門はそう言うと、いさぎよく膝を起こした。文四郎は何か言おうとしたが言葉が出ず、入り口に歩み去る父親にむかって深々と一礼しただけだった。

兄の市左衛門と一緒に仏殿を出た文四郎を、真夏の光が照らし、耳にわんとひびくほどの蝉の声がもどってきた。

（109／上131 ff）

はたして塀の角を曲がると、ひとに見られている感触は不意に消えた。そこは片側が龍興寺の長い土塀、片側に古びた足軽屋敷がつづく道で、土塀の内側に森のように密集する木木が、風にゆれては日の光を弾いているのが見わたせる。そこから狂ったように鳴き立てる蝉の声が聞こえて来た。

（110／上133 fff）

第6章「蟻のごとく」で、切腹する父の遺骸を待つ。

龍興寺のうしろは、田畑や雑木林が残る場所だが、門前も小店やしもた屋がならぶわびしげな商人町である。道をへだてた町の通りに、さほど多くはないもののいつもどおりにひとが行き来するさまを、文四郎はぼんやりと眺めた。そうしながら、寺の奥から介錯《かいしゃく》の声が聞こえて来ないかと耳を澄ましたが、人声は聞こえず、耳に入ってくるのは境内の蝉の声だけだった。

（文春文庫『蟬しぐれ』「蟻のごとく」119／上143 mf）

遺体を車に乗せて一人で曳きあぐねているところを、道場仲間の杉内道蔵に助けられる場面はすでに紹介した。以下はその続きである。

のぼり坂の下に来た。そしてゆるい坂の上にある矢場跡の雑木林で、騒然と蝉が鳴いているの

も聞こえて来た。日は依然として真上の空にかがやき、直射する光にさらされて道も苗木の葉も白っぽく見える。（略）

喘いでいる文四郎の眼に、組屋敷の方から小走りに駆けて来る少女の姿が映った。たしかめるまでもなく、ふくだとわかった。

ふくはそばまで来ると、車の上の遺体に手を合わせ、それから歩き出した文四郎によりそって梶棒をつかんだ。無言のままの眼から涙がこぼれるのをそのままに、ふくは一心な力をこめて梶棒をひいていた。（126~7／上152~3 ff）

父の通夜と葬式を終えるとすぐ、文四郎と母は組屋敷の家を明け渡して、長屋に移ることになった。手伝いにきた実家の下男に助けられ、同じ道を逆にたどる。

文四郎は家の裏手に回った。木立の下に入ると、頭上から蝉の声が降って来た。そして西に回ったせいでやや赤味を帯びた日射しが、田圃の上をわたって木立の中まで入りこんで来て、裏の木立は内側から木の幹や葉の裏まで奇妙な明るみに染まっているのだった。日射しはまだ暑かったが、木木の葉を染めている明るみには秋の気配が見えていた。（128／上154~5 f）

梶棒は嘉平がにぎり、文四郎は後について車を押しながら家を出た。組屋敷の前を通り抜け、矢場跡にさしかかるとまた雑木林の蝉の声が聞こえて来たが、その声はこころなしか以前よりも衰えて来ているように思われた。

——夏も、だんだん終わる。

と思いながら、文四郎は車を押した。ひどい夏だった、とも思った。

二十年余りがすぎ、郡《こおり》奉行となった牧文四郎あらため助左衛門は、郷村を見回っていた。そこへ尼になると決意したお福さまから手紙が届き、二人は浜辺の湯治場で短い逢瀬を遂げる。彼女を乗せた町人駕籠を見送ったあと助左衛門は、単騎砂丘を越える。

（文春文庫『蟬しぐれ』「蟻のごとく」129／上156 *mf*）

顔を上げると、さっきは気づかなかった黒松林の蟬しぐれが、耳を聾《ろう》するばかりに助左衛門をつつんで来た。蟬の声は、子供のころに住んだ矢場町や町はずれの雑木林を思い出させた。助左衛門は林の中をゆっくりと馬をすすめ、砂丘の出口に来たところで、一度馬をとめた。前方に、時刻が移っても少しも衰えない日射しと灼《や》ける野が見えた。助左衛門は笠の紐をきつく結び直した。

馬腹を蹴って、助左衛門は熱い光の中に走り出た。

（「蟬しぐれ」464／下270 *fff*）

松を「黒松」と特化していることに注目したい。アカマツの老木が多い鶴岡市街の屋敷や寺社とは異なり、砂丘の飛砂を押さえる防砂林として密植されたクロマツは、幹だけでなく葉も黒っぽく、その木陰の涼しさと「熱い光の中」が対比されている。

第一章　『土』を踏まえた人物造形

藤沢周平はデビュー当時から、『土』の登場人物名を借りて、貧しい人物を多く描いている。それらの例を初出順に見ることにしよう。

第一節　卯平

卯平は婿の勘次と仲が悪く、同居を嫌って野田の醤油蔵で夜回り（火の用心）にやとわれていたが、リューマチが悪化して帰郷し、勘次に厄介者あつかいされる。藤沢周平のデビュー期を飾る股旅ものには、卯平に似た名前の老博徒がしばしば登場する。

帰郷

「帰郷」（一九七二年十月）の、体を壊して帰郷する老博徒の名「宇之吉」は、「卯平」のもじりだろう。

渡世人は、中背でがっしりした躰《からだ》つきをしていたが、笠の下の髪は真白だった。そのため五十過ぎにもみえ、六十近い年輩にもみえた。だが男を振り向いた者が、そのあとはまるで関わり合いを避けるように、固い背を向けて足早に遠ざかるのは、多分その老いた渡世人の容貌《ようぼう》のせいだった。（中略）

もと木曾福島宿の漆塗《うるしぬ》り職人宇之吉が、老いて故郷に帰る姿だった。だがこの老いた渡世人が、人別の上に塗師《ぬし》と記された時期は、遠い昔、それも片手の指で数えられるほどの年月でしかない。故郷への道を辿《たど》る男の背後には、荒涼とした長い道が続いていた。

故郷をでたのは二十六の時である。その頃宇之吉はすでに堅気でなかった。表向きは塗物問屋で、裏は木曾福島から上松《あげまつ》、須原の宿まで縄張りを持つ土地の博奕《ばくち》打ち、高麗屋忠兵衛の子分だったのである。（文春文庫『又蔵の火』98~9／104~5）

「卯平」の干支《えと》をひとつ送ると「辰平」となる。「白い骨」（一九八〇年十二月）の老囚人「辰平」は、体を壊して女房のもとに帰るとき、手土産を用意しようと無理をして殺される。『土』16章の卯平が野田の煎餅を土産に帰郷した逸話（新潮文庫『土』16：197／244）をヒントにしたものだろう。

登には、なんとなく辰平の気持ちがわかるような気がしている。落ちぶれて女房に拾われた辰平にも、男の意地があったのだろう。見栄と言ってもいい。おむらはよく出来た女だが、それだけにみやげもなしにもどる辰平はよけいに肩身が狭かったのだ。

（講談社文庫『愛憎の檻』74／77~8、文春文庫『同』84~5）

厄介者

帰郷者は受け入れ側にとって家計を圧迫する寄食者であり、生活のリズムを乱す厄介者だ。「入墨」（一九七四年二月）の島帰り「卯助」は卯平の、姉娘「お島」は「お品」のもじりだろう。

「ふだん何して食べてんですか、あのひと」

「さあ、どっかで番人をしてるって言ってるね。どこか知らないけどさ。病気さえしなきゃ毎日出かけてるねえ」（文春文庫『闇の梯子』176、講談社文庫『闇の梯子』206）

「入墨」の卯助は娘らに付きまとう犯罪者を取り除くが、「疫病神《やくびょうがみ》」（一九七七年三月）の父親・鹿十はダニのようにお島以下三人兄弟にしがみつく。

「だけど、おとっつぁんというひとだけど……」

おくにが口を出した。

「もう直ったと思う？」

不意にみんなが黙りこんだ。それはみんなの胸にあることだった。（新潮文庫『神隠し』62／71）

厄介者が思いもよらず役立つことがある。『土』20章で勘次の姉おつたの置き土産である食塩のかたまりを、幼い与吉が菓子と間違えて丸呑みして大騒ぎになる。そこへ卯平がのっそりと現れる。

「水飲ませて見ろ」彼は慌てるということを知らぬものの如く一言いった。おつぎは直《すぐ》に柄杓《ひしゃく》で水を汲《く》んだ。与吉は幾らでも柄に縋《すが》って飲んだ。

「鶏納豆《にわとりなっとう》くったって死なねえ内に水飲ませりゃ何ともねんだもの、水飲ませりゃそんなに騒ぐにゃあたらねえ」卯平はいって自分でも又飲ませた。（新潮文庫『土』20：253／313）

「うしろ姿」（一九七七年十二月）では酔った亭主が連れてきた婆さんに居つかれて迷惑していたが、子供が熱を出した時に、卯平と同じように有難い存在となった。

「どれどれ」

と言って、ばあさんは寝部屋の中に入ってきた。膝《ひざ》をついて子供の様子をなめるように見た。ばあさんは落ちついていた。すがるように見つめている夫婦に、ばあさんは湯を沸かしてと言った。おはまがとび立つように部屋を出て行った。

「息穴が狭くなって来たのでね、これは。でもだいじょうぶですよ。あたしゃこんなふうになった子供を何度も助けたことがありますよ」

「ほんとかね。たのむぜ、ばあさん」

と六助は言った。少しもあわてていないばあさんが、このうえなく頼もしく思われた。ひとつかみほどしかない身体が、急に大きくなったように見えた。

（新潮文庫『驟り雨』62〜3／72〜3）

第二節　お品

働き者の農婦

『土』のお品は働き者だ。冷水に手をつける様子は、「入墨」（一九七四年二月）の「お島」で再現される。

（お品は）ぞくぞくと身体《からだ》が冷えた。そうして豆腐を出す度に水へ手を刺込《さしこ》むのが、慄《ふる》えるように身に染《し》みた。かさかさに乾燥《かわ》いた手が　水へつける度に赤くなった。皹《ひび》がぴりぴりと痛んだ。

（新潮文庫『土』1：6／6）

お島は、また新しい菜を、桶《おけ》の水に沈めながら、呆れたように（妹の）おりつを見た。お島は襷《たすき》がけで、肉づきのいい二の腕まで剝き出しにしている。冷たい水のために、手は手首まで真赤だった。

（文春文庫『闇の梯子』172、講談社文庫『闇の梯子』201〜2）

「朝焼け」（一九七八年十一月）の「お品」（十八歳）はしっかりしすぎたために、男に敬遠される。

――ええ女だぜ。

お品の店を出て、横川の河岸通りにむかいながら、新吉は胸の中でつぶやいた。だがそう思う気持ちの中に、かすかに反発するものがひそんでいた。

お品とは、神田の村松町にある大きな経師屋に奉公したときに知り合った。お品はそこの女中だったが、立ち居も働きも目立つほどしっかりしていた。そして顔立ちも人目をひいたので、お品は職人たちの中でもてた。所帯持ちも、まだひとり身の若い者も、お品には一様に好意を示した。

ひそかに言い寄るものもいたし、外から縁談が持ちこまれることもあった。そういうお品が、半ぱ職人にすぎない新吉と結ばれたのは不思議なようでもあるが、しっかり者のお品には、新吉の頼りない世渡りがみていられなかったかも知れない。

だが新吉が、お品との約束を反古《ほご》にして、尻軽女のおみつに乗りかえたのは、お品があまりに手落ちのない、しっかりした女だったからだとも言える。二人で会うようになってから、新吉は万事に手落ちのないお品が、だんだんに気持の重荷になってきたのだった。

（新潮文庫『驟り雨』161~2／186）

『土』の勘次は気が弱く、お品は彼に過ぎたる女房だった。

「へえ、わしゃ　はあ　可怖《おっかな》くって仕ようねえんですから、わし出らんねえ処《とこ》へは嗅《かかあ》ばかり出え出え仕たんでがすから」

（新潮文庫『土』10：123／153）

「消息」（一九八九年二月）の「おしな」も気丈で、夫に罪をかぶせて失踪させた店に謝罪をさせる。夫婦再会の場、

作次郎はずるずると地面に膝をつくと、おしなの腰にしがみついて堰《せき》が切れたような泣き声を立てた。おしなは手をのばして夫の頭を抱えた。道の端に（娘の）おきちがまだいるかどうか確かめようとしたが、目に涙が溢《あふ》れて見えなかった。

（文春文庫『夜消える』147）

「鷦鷯《みそさざい》」（一九九〇年六月）の「品」は母に死なれ、主婦がわりに父と暮らすうちに結婚適齢期が過ぎる。その立場は『土』のお品よりおつぎに近い。

手もとが薄暗くなった分だけ炉の火が赤くなり、火明かりが品の半面を染めていた。その顔が亡妻に似ているので、新左衛門はどきりとする。近ごろ時どきこういうことがある。

だが、品が死んだ母親に似て来たのは、齢を喰ったからである。主婦も婢《はしため》もいない家で主婦代りを勤めているうちに、品は嫁に行きおくれてしまった。もはや二十である。貝殻町の組屋敷には、二十になってまだ親の家にいる娘は、品のほかにはいない。

（文春文庫『玄鳥』143）

第三節　おつぎ

受難者

『土』のヒロイン「おつぎ」の名は、藤沢作品で多く登場する。とくに初期の作品では家族に折檻される「受難者」として登場するが、その元になるのは『土』13章盆踊りの場だ。おつぎが若い衆の一人に櫛を奪われるのを見た勘次は、娘がその青年と言い交していたと邪推する。

「こうれ、此阿魔奴《このあまめ》、しらばくれやがって、どうしたんだよ」勘次は屈《かが》んだままのおつぎをぐいと突いた。おつぎは転がりそうにして漸《ようや》く土へ手を突いた。（略）

「分んねえとう、何にも知らねえ者で他人《ひと》の櫛なんぞ取っか」勘次は苦しい息を吐《つ》くようにして

「そんだら汝《わ》りゃ」と歯でぎっと噛み殺した様な声でいった。暫時凝然《しばらくじっ》と見ていた彼は　おつぎを蹴《け》った。おつぎは前へのめった。然しおつぎは泣かなかった。

「おお痛てえまあ」群衆の中から仮声《こわいろ》でいった。踊りの列は先刻《さっき》から崩れて堵《と》の如く勘次とおつぎの周囲《まわり》に集まったのである。おつぎはこの声を聞くと共に　乱れ掛けた衣物《きもの》の合せ目を繕《つくろ》うた。

（新潮文庫『土』13：156~7／193~4）

「馬五郎焼身」（一九七四年二月）の「おつぎ」はおしゃべりに夢中になって幼い子供を焼死させたこ

とで、夫の馬五郎に折檻される。

「すべため」

馬五郎は唸《うな》って、おつぎの身体を突き放そうとしたが、衝《つ》き上げてきたものに促されたように、いきなりきつくおつぎの胸もとを掴んだ。

「このあまア」

馬五郎は胸を喘《あえ》がせた。

「お喋《しゃべ》りしている間に子供を殺しやがった」（略）

馬五郎は大きな掌でおつぎの頬を張った。おつぎはひッと言ったが逃げなかった。一度手を出したとき馬五郎は、身体の中でそれまで出口を見出せないで荒れ狂っていたものが、ついに奔流のように溢《あふ》れ出したのを感じた。

「このあまア」

馬五郎は眼がくらむような憤怒《ふんぬ》の真只中《まっただなか》にいた。

（文春文庫『暁のひかり』64〜5／69〜70）

「うぐいす」（一九八一年三月）の「おすぎ」もお喋りをしていて庄吉（二歳）を死なせ、夫に折檻される。火遊びをする「庄吉」は『土』25章の与吉を思わせる。

　火事は、台所半分ほどを焦がしただけで消しとめたが、庄吉は瀕死の火傷《やけど》を負った。竈《かまど》に残っていた火をいたずらしているうちに、大事を惹き起こしたとみられた。火傷を負った庄吉は、大家の知り合いの医者に運ばれたが助からなかった。知らせをうけてもどって来た勝三の、その日の怒りをおすぎはまだ忘れていない。

「このおしゃべり女め」

勝蔵は、家の中に入って来ると、庄吉の亡骸《なきがら》には眼もくれずにおすぎを殴り倒した。足蹴にかけた。てめえがしっかり子供を見てりゃ、こんなことにはならなかったのだ、とも罵《ののし》った。

（文春文庫『日暮れ竹河岸』24～5）

寡黙な働き者

「おつぎ」の第二の型は、女主人に信頼される「寡黙な働き者」だ。それは『土』10章にある地主の内儀とおつぎの信頼関係をヒントにしたものだろう。早い例として「霧にひとり」（一九七五年十二月）がある。

このこと（心中事件）は厳しく秘密にされた。桐屋の中でも事件を知ったのは主人夫婦とおはま、それにおつぎという見習い女中の四人だけだったので、桐屋の主人は慎重に手を打った。北本所の古賀の屋敷におはまとおつぎを使いに走らせ、内密に古賀の死体を引き取らせると、それから医者を呼んで、おさとの手当てをさせたのである。

（『喜多川歌麿女絵草紙』201／215）

「日の翳り」（一九八二年）の「おつぎ」は紙屋の内儀・おこうに仕えていた。

新兵衛はうなずいた。笑顔を、十六、七と思われる娘にもむけた。

「あなた方は、花見はまだですかな」

「ええ、まだ早いような気がしたものですから」

おこうは言ってから、娘の名前を呼んだ。利発そうな眼をした娘は、おつぎと言う名前だった。

（略）

「おつぎのことでしたら、心配いりません」

とおこうは言った。

「あの子は、家に奉公に来ていますけど、あたしの姪《めい》ですから」

（文春文庫『海鳴り』上117）

「雪間草」（一九八五年三月）の「おつぎ」は、尼となった藩主の元側室に仕えている。

おつぎは、むかし松仙の実家で下男をしていた八助の孫娘で、やはり村から出て来て行儀見習いを兼ねた小間使いをしている。齢は十六だった。おつぎはすぐに松仙を見つけて、小走りに川岸の道をこちらに来るので、松仙も摘み草を切り上げておつぎの方に歩いて行った。

（文春文庫『花のあと』50）

帯と襷《たすき》のおしゃれ

父親がケチなため、『土』のおつぎは十七歳になっても娘らしいおしゃれができないでいた。

然しおつぎの帯だけは古かった。余所《よそ》の女の子は大抵は綺麗《きれい》な赤い帯を締めて、ぐるり褰《から》げた衣物《きもの》の裾は　帯の結び目の下へ入れて　ひたすら後姿を気にするのである。一杯に青く茂った桑畑抔《など》に白い大きな菅笠と赤い帯との後姿が、殊《こと》には空から投げる強い日光に反映して　その赤い帯が燃えるように見えたり、菅笠が更《さら》に大きく白く光ったりする時には　さすがに人の目を惹《ひ》かねばならぬ。（略）

到底《とうてい》彼等の白い菅笠と赤い帯とは　広い野を飾る大輪の花でなければならぬ。その一つの要件

がおつぎには欠けていた。（新潮文庫『土』8：97~8／120~1）

藤沢は、裏店の少女「おふく」（一九七四年六月）が娼家に売られるときに赤い帯で飾っている。

おふくは、（弟の）清助の手を引いたまま、頭を上げて男を見つめていた。おふくは普段着に帯だけ新しいのを締めている。赤い帯だった。おふくの顔が、造酒蔵から真向いに見える。（文春文庫『暁のひかり』101／107）

『土』のおつぎは十六歳で裁縫を教わるとまず、赤い襷を絎《く》けている（『土』8：94／117）。襷は袖《そで》を汚さず自由に腕を動かすために掛けるもので、仕事着の一部である。「春の雲」の「おつぎ」は一膳めしや「亀屋」で働いていた。

佐之助と千吉は、声高《こわだか》に話しながらめしをかきこんでいる客の間をすり抜けて、ようやく空《あ》いている隅の飯台にたどりついた。すぐにお盆をかかえたおつぎが寄って来た。赤い襷がよく似合い、たくし上げた袖口《そでぐち》から出ている腕が白かった。（新潮文庫『本所しぐれ町物語』187／217）

平四郎の許嫁だった早苗は、金貸しをする夫のもとから逃げ出し、平四郎の家に来ていた。収まるべき家にようやく収まった嬉しさが、襷姿に読み取れる。

「お帰りなさいませ」

襷をはずしながら台所の入口に出て来た早苗は、板の間に坐って頭をさげた。

「ここで、何をしておるな?」

思わず、平四郎は間の抜けたことを聞いた。不意打ちを喰って、酔った頭が少し混乱を来たしている。

だが、早苗の返事もおかしなものだった。うろたえたように言う。

「はい、お米をといでおりました」

（文春文庫『よろずや平四郎活人剣』（下）418／454~5）

みっしり、ずしり、女の成熟

『土』のおつぎは数え年の十七歳で女らしい体形になる。今なら高校一年生ぐらいの歳だ。

おつぎも　お品が死んでから苦しい生活の間に二たび春を迎えた。おつぎは余儀なくされつつ生活の圧迫に対する抵抗力を促進した。余所《よそ》の女の子のように長閑《のどか》な春は知られないで　おつぎは生理上にも著るしい変化を遂げた。お品が死んだ時は　おつぎはまだ落葉を燻《く》べるとては　竹の火箸《ひばし》の先を直《す》ぐに燃やしてしまう程　下手《へた》な子であった。それが横にも竪《たて》にも大きくなって、肌膚《はだ》もつややかに見えて　髪も長くなった。

（新潮文庫『土』8：94／116）

節の初期の写生文「瘕《きず》の跡」（一九〇六年）で節は、十七歳の「まあちゃん」がわずか二、三か月の間にめっきり大人ぶったことに驚いている。

まあちゃんの姿も紺飛白《こんがすり》の單衣《ひとえ》に襷掛《たすきが》けで働いて居た時とは違つて、洗い晒しの半纏《はんてん》は何となく淋し相《さう》である。然しながら心切な態度と色の白いのとは變りは無かつた。鑛泉の作用であらうか　まあちやんの家族の色の白さは格別である。浴客のなかには水が良いからだといふものもあつた。僅《わづか》二三が月の間であるが、まあちやんの體《からだ》はめつきり大人振つた様に思はれた。まあちやんは十七であつたのだ。

（『長塚節全集』2：307）

其後《そのご》心切なまあちゃんはどうなったであらう、聞くの便りもない。予が眼に浮ぶまあちゃん

は何時《いっ》でも十七の時の姿である。　（2：312）

藤沢作品にも十七歳の少女が多く登場する。「入墨」（一九七四年二月）のおりつは「卯助」の末娘で、「お島」の妹である。

おりつは十七で、殻《から》を離れたばかりの蝉に似て、一日ごとに顔が変るような時期である。三月の間に、おりつの頬はまた少し下膨《しもぶく》れになり、瞳がきらめくように黒く、唇は内に溢れる血のために、かえって粉を吹いたように白っぽく見える。

（講談社文庫『雪明かり』55／67、文春文庫『闇の梯子』127／147~8）

「娘が消えた」（一九七六年九月）の「胸にも腰にも」は、『土』の「横にも竪にも」の応用だろう。

嘉右衛門夫婦には、子供が三人いる。（略）左内町の芳之助という師匠に三味線と小唄《こうた》を習いに通っているのは、二番目のおようという娘で、十七になる。（新潮文庫『用心棒日月抄』49／61）

おようはうなずいて「はい」と言った。ほっそりした身体つきだが、胸にも腰にも女らしい稔《みの》りが感じられる。（51／65）

短くなった服に身を包む娘の姿（『土』8章）は、「飛ぶ猿」（一九八五年三月）に応用されている。

おふくは十七である。紺の縞目もやや色あせた古びた仕事着を着ていたが、十七の若さはその地味な装いを内側から突きやぶって、外に現われずにはいない。ほっそりした肩とは対照的にまるくて太い腰。袖口から出ている白い腕、粗末な仕事着の裾の下にちらつく、眼がさめるほどに赤い二布とにょっきりと突き出ている丈夫そうな白い足。

（講談社文庫『決闘の辻　藤沢版新剣客伝』229）

「三月の鮠《はや》」（一九八九年六月）では、十七歳が民俗学的な節目とされている。

巫女はほっそりしているが骨ばった感じではなく、目に見えないところに丸味を隠しているような身体つきをしている。いわゆる齢ごろにさしかかっているのだろう。齢は十六か七かと信次郎は思った。神楽巫女は十七までで、その齢をすぎると楽人になったりすると聞いたおぼえがある。

（新潮文庫『玄鳥』62）

『土』のおつぎは二十歳《はたち》で農婦らしい体形になったと、南隣の女房にほめられる。

「おつぎも身体みっしりして来たなあ、女も廿《はたち》と成っちゃ役に立つなあ」とおつぎを見ていった。（略）

「勘次さん」と内の女房は喚《よ》び掛けた。勘次が目を顰《しか》めて見た時

「勘次さん、はあ　おつぎこたあ出しても善《よ》かねえけえ」女房はいった。

「嫁になんざ出せねえよ、今ん処《とこ》俺れ困っから」勘次はそっけなくいった。

（新潮文庫『土』14：176／218）

藤沢小説で女の稔りに「ずしり」が使われるのは、『土』の「みっしり」の影響だろう。『よろずや』シリーズの終盤、平四郎はかつての許嫁・早苗とちぎる。独白風の「もの」の用法が切なくも滑稽だ。

思いがけなくゆたかな胸、平四郎を受けいれた厚い腰、かさねた腹のぬくみ……。抱いたのは十五の少女ではなく、二十一のずしりと稔った女体だったが、元来は平四郎のものだったのだ。

もう、誰にもやることは出来ぬ。

（文春文庫『よろずや平四郎活人剣』「燃える落日」（下）426／463）

用心棒・青江又八郎の妻・由亀も「黒幕の死」（一九八三年一月）で下級武士の妻らしく成長する。

由亀は片腕に子供を抱え、片手に油紙の包みを持っていた。まだ乳呑《ちの》み児の子供を抱えている腕が太く、顔もうっすらと日焼けのあとを残して、由亀は以前にくらべてひとまわりたくましい女に変ったように見える。

（新潮文庫『刺客　用心棒日月抄』322／377）

由亀の「日焼けのあと」は、節のメルヘン『白瓜と青瓜』（一九一七年）の結末を思い出させる。

荷車を曳《ひ》いて行く庄次は強健な皮膚《はだ》が暑い日に光りました。それから荷車の後を押して行くお杉さんも　白かった頬が日に焼けて背には何時でも小さな子が首をくつたりと俛《うなだれ》て眠つて居ました。

（『長塚節全集』2：437）

聖女

藤沢が描くおつぎ像の中には、ただ存在するだけで男に希望を与える「聖女」がある。ユーモア短篇「運のつき」（一九七九年七月）の米屋の娘・おつぎは、自分をたらした男が婿らしく仕込まれてゆくのを、陰から見守ってきた。

十人並みにやっとという顔の造作は変えようがないが、二年の間におつぎも女らしくなっていた。白い皮膚の下に血の色が透けて見え、身体そのものが果実のように白く匂っている。

「こんないい女を捨てて出て行くのは、もったいねえと言ったんだよ」

おつぎを抱いた腕に力をこめながら、参次郎はひさしぶりに女たらしのせりふを口にした。二年間、女から遠ざかっていた火照《ほて》りが身体を駆けめぐっている。

じつはこの参次郎、すこし前までは米屋の婿になることを嫌がり、逃げ回っていたのだ。

「いた、いた」

利右衛門はうれしそうに笑った。

「いやあ、婿《むこ》がいなくなったもんで、おつぎは泣き出す、ばあさんは怒り出すで、大さわぎだよ。人さわがせするもんじゃありませんよ」

参次郎は立ち上がって、きょろきょろと仕事場を見まわしたが、小さい窓が二つあるばかりで、出口は利右衛門が立ちふさいでいるところしかないと知ると、放心したような顔で、また坐《すわ》りこんだ。

その参次郎に、利右衛門は太い指をさし出すと、ぴこぴこ動かして、おいでおいでをした。

（新潮文庫『驟《はし》り雨』238／273〜4）

指のぴこぴこは、『土』の「指先の屈曲」をヒントにしたのだろう。

堀の粘《ねば》ついた泥はうっかりすると　小さな足を吸い附けて放さない。そうするとみんなが遁げるように岸へ上って　指を出してその先を屈曲させながら騒ぐ。小さな子供は笊を手にしたまま目には手も当てずに声を放って泣く。与吉はこうして能《よ》く泣かされた。

（新潮文庫『驟り雨』232〜3／267）

（新潮文庫『土』8：91／112〜3）

藤沢はこれを手招きと解し、「運の尽き」に応用してみせたのだ。藤沢が自作でそれとなく『土』を注解することは、序章「糞つかみ」の例で示した。

短篇「おつぎ」（一九八二年四月）は、藤沢周平が『白き瓶　小説　長塚節』執筆準備にかかっていたころ、副産物として生まれたものだろう。畳表問屋の三之助は幼いころ殺人現場を目撃したが、番所に届けるのを母親に止められ、おつぎの祖父を牢死させたことを悔いていた。大人になって料理茶屋でおつぎと再会し、愛し合うが、母と同業者の手が回り、おつぎは姿を消す。

おつぎをさがすのが先だ、と三之助は思った。どこに行ったにしろ、おつぎはこの深川の町のどこかにいるはずだとも思った。三之助にさえ身分などという言葉を口にしたおつぎは、美濃屋のような商人の、ほんの少しの脅しにふるえ上がって身をひく気になったに違いなかった。

——しかし、今度は……。

裏切れない、と三之助は思った。もう一度、おつぎを裏切るようなことになれば、おれは人間ではない。

（新潮文庫『龍を見た男』81~2／94）

三之助を母親から自立させたこのおつぎも、聖女の一人に数えたい。

悪女

「聖女おつぎ」を発明した藤沢はその裏返しに「悪女おつぎ」も造形する。「化粧する女」（一九八〇年八月）のおつぎを、変身前から引用しよう。

房五郎の女房はおつぎという名前だが、むろんいやがって、惣兵衛が来ると逃げ回っていたという。ところが、この小間物屋の旦那は、なかなか強引な男で、存分に酒に酔った夜、おつぎをつかまえると手籠めにかかったのである。たかが畳屋の女房と、バカにしてかかった節がある。

おつぎは料理屋の手伝いをやめた。

房五郎が喜多屋に押しかけて、押し借りをやったのはそのあとの事で、ゆすり半分に借り出した金が六両だったという。二年ほど前のことで、むろん房五郎はその金を返していない。

（講談社文庫『風雪の檻』182／196、文春文庫『同』212）

戸は開いていて、のぞくと土間にも掃いたあとがみえる。正面の障子の破れを、器用につくろっているのも眼につき、小ざっぱりした住居に見えた。亭主が牢に入っている陰気さは感じられなかった。

訪《おとな》いを入れると、奥で小さな返事の声がし、すぐに一人の女が出て来た。ほっそりした身体つきの若い女だった。二十を二つとは出ていないだろう。登は意外な気がした。これが女房なら、ずいぶん齢のはなれた夫婦である。（略）

「あの、亭主の身に何か？」

女房は心配そうに登の顔をのぞいた。登はそのときになって、房五郎の女房がなかなか目鼻立ちのきれいな女であることにも気づいた。白粉気《おしろいけ》もなく派手な美貌ではないが、その顔には山奥にさくりんどうか何かのような、ひっそりした美しさが沈んでいる。

（講談社文庫『風雪の檻』187〜8／202〜3、文春文庫『同』219〜20）

リンドウは伊藤左千夫の小説『野菊の墓』（一九〇六年）で、野菊＝お民に対して、政男を象徴する花でもある。清楚に見えたおつぎの別の一面を、登は偶然目にする。

背をむけたのは無意識にしたことだった。とっさに、おつぎに気づいたとさとられたくない気持ちが働いたようである。おつぎは少しあくどいほどの化粧をしていた。唇の紅が赤かった。胸に紫地の風呂敷包を抱え、見ようによっては、料理屋の若おかみとでもいった恰好《かっこう》をしている。登には気付かず、通りに出るとまっすぐ御台所町の方に歩いて行った。

（講談社文庫『風雪の檻』192／208、文春文庫『同』225）

（蕎麦屋で）飯を済ませると、おつぎはお茶を飲み、それから不意に立って奥に入った。次に出て来たときは、化粧を落とし、粗末な着物に着換えて、三間町惣六店のおかみの姿にもどっていた。出口で、おつぎは見送りに出たさっきの女中と冗談口をかわし、軽く女中の肩を打って外に出た。

（講談社文庫『風雪の檻』194／209〜10、文春文庫『同』227）

女は不意にけたたましい笑い声を立てた。少し酔っている気配だった。

「あんたも、ほんとに悪党だねえ」

「房五郎がつかまったとき、分け前はどうなるんだと、血相変えて駆けこんで来たのは誰だい？　おめえだって、大きな口はきけねえだろうぜ」

「ほんと、あの亭主早く片づかないかしら。草履表《ぞうりおもて》の内職しながら、牢からもどる亭主を待つあわれな女って顔するの、あたしゃ倦《あ》きた。あんたと一緒になってさ、のうのうと暮らしたい」

「いまに、そうなる」

（講談社文庫『風雪の檻』197／212〜3、文春文庫『同』230）

第四節　勘次・嘉吉

盗癖

『土』の勘次には盗癖があった。7章ではクヌギの根を、10章ではモロコシの穂を盗んで警察沙汰になり、26章では火事場でひろった卯平の銭を着服している。藤沢周平は盗癖をもつ人物の名にしばしば、勘次のモデルの本名「嘉吉」を当てている。「驟《はし》り雨」（一九七八年十二月）の嘉吉は、妻を妊娠がらみで死なせた点でも勘次と似ている。

盗《ぬす》っ人《と》が一人、八幡《はちまん》さまをまつる小さな神社の軒下にひそんでいた。嘉吉という男である。

嘉吉は、昼は研ぎ屋をしている。砥石《といし》、やすりなど商売道具を納めた箱を担《にな》って、江戸の町々を包丁《ほうちょう》、鎌《かま》、鋏《はさみ》などを研いで回る。鋸《のこぎり》の目立てを頼まれることもあり、やすりはそのときの用意だった。そうして回っている間に、これぞと眼をつけた家に、夜もう一度入り直すわけである。

（新潮文庫『驟り雨』102／118）

嘉吉は腕のいい職人だったので、いずれ親方からのれんをわけてもらい、ひとり立ちする約束も出来ていた。その場所はどのあたり、小僧を二人ほど雇って、と腹のふくれたおはるとその時の話をしているときはしあわせだった。

だが突風のような不幸が、嘉吉の家を襲った。死が腹の子もろとも、おはるを奪い去ったのである。はじめは軽い風邪だと思った病気が、身ごもって身体が弱っていたおはるを、みるみる衰弱させ高い熱が出て、あっという間の病死だった。（117／136）

——何をうれしそうに笑ってやがる。

と思った。自分でも理不尽だと思いながら、嘉吉は、胸の奥から噴きあげて来る暗い怒りを、押えることが出来なかった。それは強いて理屈づければ、世のしあわせなものに対する怒りといったものだったのである。（118／137）

この理不尽な怒りは、藤沢が最初の妻を亡くしたときに感じた「人の世の不公平に対する憤怒、妻の命を救えなかった無念」（文春文庫『半生の記』109）と同じものだろう。物語の最後で嘉吉は、子連れの寡婦の生活を支える決心をする。すなわち彼は、周平の心の闇と、勘次の弱さと、お品の母の婿となった卯平の優しさを兼ね備えた人物として造形されたのだ。

「奈落のおあき」（一九八一年七月）の窃盗犯「嘉吉」には、「おつぎ」という名の一人娘がいた。

盗まれたと気づいたその家の者は、まっすぐに嘉吉の家に来たそうである。家の中に隠しておいた晴れ着が見つかったとき、嘉吉は詫びたが、許されずに番屋に突き出された。その家では嘉吉を信用して、長年出入りさせていたので、裏切られた気持が強かったのだろう。駆けつけたとき、嘉吉が頑強に白《しら》を切ったのも心証を悪くしたらしい。

（講談社文庫『愛憎の檻』189／199、文春文庫『同』212〜3）

このエピソードの原型が『土』7章に見える。

主人はそれでも窃《ひそか》に人を以《もっ》て木の根を運んだかどうかということを聞かせて見た。彼（勘次）

が心づいて謝罪するならばそれなりにして遣《や》ろうと思ったからである。彼は主人の心を知る由《よし》はなかった。

「何処《どこ》でも見た方がようがす、わしは決して運んだ覚えなんざねえから」彼は恐ろしい権幕できっぱり断った。

主人は村の駐在所の巡査へ耳打ちをした。巡査は或日ぶらっと勘次の家へ行った。

（新潮文庫『土』7：82／102）

『土』の地主の内儀は勘次の盗癖を「病気」と呼び、なかば諦めている。

「泥棒なんぞする奴《やつ》あ、わし大嫌《だえきれえ》でがすから、（略）いや全く酷《ひで》え野郎でがす　どうも」内儀さんはそれは予期していた。

「そりゃそうさね、この前も私《わし》の処で救って遣《や》ったのに　それに復《ま》たこうなんだから、まあ病気さねこれも、困ったもんだが　然しあれを懲役に遣って見た処で子供等が泣くばかりだからね、（略）

（新潮文庫『土』10：112／139~40）

「落葉降る」（一九七九年九月）の平助にもおなじ「病い」があった。

「しばらくこんなことはなかったから、悪い癖もやんだかしらと思ったのに、やっぱりだめね」

「本人もそう言っておった。あんたに心配させちゃいけないと思ってつつしんでいたが、ひょいと手が出たとね。やめなくちゃという気持ちはあるんだろうが、そこがあんたのおやじさんの病いだな」

「若先生のお手当で、なおらないかしら」（講談社文庫『春秋の檻』172／232、文春文庫『春秋の檻』252）

胸がわくわくする

現代では「わくわく」の語を主として「期待・喜びなどで心がはずみ、興奮気味で落ち着かないさま」（『広辞苑』）に用いているが、明治時代には「悸々」の字を当てて心臓の動悸をあらわし、「心配などによって」落ち着かぬ場合（『精選版日本国語辞典』）も含めていた。『土』の勘次は、おつぎが若い男と密会していることを知り、嫉妬と心配のあまり胸を「わくわく」させている。

「さあ云《ゆ》って見ろ、噓《ちく》云ったって知ってってっつお」勘次は猶《なお》も激しく訊《たず》ねた。

「汝《わ》りゃ何時《いっ》でも何《なん》ちった、おとっつあげは決して心配《しんぺえ》掛けねえから云《ゆ》ったんじゃねえか、そんでも汝りゃ心配掛けねえのか、掛けねえっちんだら云って見ろ」彼は忌々《いまいま》しそうに　かつ刃《やいば》を以《もっ》て心部《むね》を突き通される苦しさを忍んだかと思うような容子で、わくわくする胸から声を絞っていった。（新潮文庫『土』11：139〜40／173）

『方言おもしろ事典』によれば、山形県米沢地方ではいやなことや恐怖感でわなわな震えるさまに「わくわく」を用いているというので、藤沢にとって勘次の「わくわく」は無理なく理解できただろう。その応用が「踊る手」（一九八八年二月）に見える。

何だ、このやろうと家の奥で言った者がある。それは人の心をつめたくするような、低くてドスの利いた声だった。

その声の持主は、上がり框《かまち》に出て来たようである。声が大きくなった。

「いま、ごちゃごちゃ言ったのはおめえかい」

「だったらどうだと言うんだ」

信次の父親が言い返している。信次は胸がわくわくして、息が苦しくなってきた。

（文春文庫『夜消える』105~6）

第五節　おつたと彦次

ろくでなし

『土』の登場人物の多くが実直だがいじましい中で、勘次の姉・おつたのなりふり構わぬ欲深さは、ピカレスクで精彩がある。

「わし等姉は　お内儀さん、碌《ろく》でなしですかんね」彼（勘次）は羞《は》じて　そうして自分を庇護《かば》うように　その姉というのを卑下《くさ》して僻《ひが》んだような微笑を敢《あえ》てした。（新潮文庫『土』10：124／154）

「お内儀さん、夫婦揃ってなくっちゃ行《や》れるもんじゃありあんせんぞ、親爺《おやじ》だってお内儀さん自分の女《あま》っ子《こ》女郎に売って百五十両とかだっていいんあんしたっけが　それ帰《けえ》りに軍鶏喧嘩《しゃもげんか》へ引っ掛って、七十両も奪《と》られて来たっちんでがすから噺にゃ成んねえですよ、そっからわしゃ姉等夫婦のこたあ大嫌《でえきれえ》なんでさあ」（新潮文庫『土』10：126／156）

農村を舞台とする「狐の足あと」（一九七七年）にこれが応用される。

権蔵《ごんぞう》は数日前、鶴ヶ岡の城下に娘のはなを連れて行き、置いてきた。八間町にある丹後屋というその旅籠屋《はたごや》は、女郎屋を兼ねている。十三にしかならないはなを、丹後屋は買い叩《たた》いた。いずれ女郎に仕立てるにしても、それまで金がかかるというのが、丹後屋の言い分だった。

はなは三両で買われた。権蔵が受け取ったのは、前渡しの半金一両二分であった。娘を売ったその金で、権蔵はその夜鶴ヶ岡で酒を飲ませる店をつぎつぎと飲み歩き、次の日の明け方に無一文で帰ってきたのである。（略）

だが昨夜、おますは長年の辛抱の糸が切れたように、猛《たけ》だけしく権蔵を罵倒《ばとう》していた。権蔵を、人でなしだと言った。あまり猛りくるったので、おますはまた気分が悪くなり、這うようにして寝床に戻った。手を貸そうとした権蔵は、したたかにその手を打たれた。

（新潮文庫『春秋山伏記』73～4、角川文庫『同』74～5）

「盲目剣谺返し」（一九八〇年五月）の従姉の以寧《いね》の登場は、おつたの型を踏襲している。ふたつを並べてみよう。

「おお暑え暑え、なんち暑えこったかな」おつたは前駒《まえごま》の下駄を引き擦《ず》って「おやおやまあ　能《よ》くこうなあ、何処《どこ》にも草だら一つなくって、見ても晴々《せえせえ》とする様だ」と態《わざ》とらしい様にいって　庭に立った。

（新潮文庫『土』19：228／282～3）

「お茶？　いらない、いらない」

ただいま、お茶を持って参じますといった徳平に、以寧は騒騒しく言った。

「ああ、あつい、あつい」

以寧は新之丞の前で、ぱたぱたと扇子を使った。汗の香がまじる化粧の匂いが、まともに新之丞の顔にかぶさって来る。

（文春文庫『隠し剣秋風抄』300／345）

山田洋次監督の映画『武士の一分』では桃井かおりが叔母の役で演じている。

藤沢による「ろくでなし」の初出は「帰郷」（一九七二年十月）だが、博徒が博徒を罵っているところが面白い。


「親分は？」

「斬った。勝負の決着を反故《ほご》にしたろくでなしだ」

「なるほど」

浅吉は考え込むように俯《うつむ》いたが、やがて顔を挙げるときっぱり言った。

「解りやした。親分の仇と言いたいが、あの勝負はあっしが立ち会った。汚ねえ真似をしたということは後で聞いたが、汗かきやしたぜ。今夜の勝負もこちらの負けらしゅうござんすな。お引取りください」

（『又蔵の火』152／163）


この翌年に書かれた「闇の梯子」（一九七三年十二月）では、主人公が自らを「人でなし」と呼んでいる。妻の病苦を見るにしのびず、別の女に誘われるまま寝てしまったからだ。


人でなしだお前は、と清次は呟いた。迷路のように入り組んだ、本所《ほんじょ》の暗い町筋が続き、清次の呟きを咎めるものは誰もいなかった。また、清次は鋭く顔を顰めた。お恵との過ちのために、おたみが死ぬような気がしたのである。

（文春文庫『闇の梯子』120、講談社文庫『同』139〜40）


「雪明かり」（一九七六年二月）では、血のつながらぬ義妹との愛ゆえに、人でなしの道を選ぶ。

——江戸に行くのだ。

菊四郎は坂に背を向けて、ゆっくり歩きだした。芳賀家との絶縁、朋江との破約。そうしたひとつひとつに、人々の非難と軽侮が降りかかってくるだろう。騒然とした罵《のの》しり《し》の声が、もう聞こえる。その声を背に、一人の人でなしとして、故郷を出るしかないのだと思った。菊四郎は、いまそのことを恐れていない自分を感じる。

（新潮文庫『時雨のあと』31／34、講談社文庫『雪明かり』352／437）

コブシの木を伐る兄

藤沢周平には気に入った趣向をみつけると、複数の作品で繰り返す癖がある。一九七三年には、兄の失踪・没落をテーマに「又蔵の火」と「闇の梯子」を相次いで発表した。「又蔵の火」（一九七三年九月）では兄の深い悲しみを知った虎松（又蔵の本名）が親族の無慈悲に憤り、報復を決意する。

虎松の眼が映したのは、あるときから虎松には理解し難い奇妙なものに囚《とら》えられ、いつか引返すことの出来ない世界に、ひとり運ばれて行った孤独な男の姿だった。

（文春文庫『又蔵の火』45／48）

「闇の梯子」（一九七三年十二月）の題は兄のあとを追って自分も降りてゆく没落への道を意味する。

博奕と女に溺《おぼ》れて家を潰した弥之助を、周囲の人間は、憎み汚い言葉で罵《のの》り続けたが、清次には家がどうなるだろうかという不安はあっても、弥之助を、していることのために憎んだ記憶はない。弥之助が清次に残したものといえば、そういう男の傷《いた》ましさのようなものだったのである。弥之助は決して楽しそうでなく、暗い考えこむ顔をし、無口で、いつも疲れているように見えた。

（文春文庫『闇の梯子』75、講談社文庫『同』85）

「闇の梯子」に記された次の光景は実体験にもとづくものだそうだ。

四月の、眼が醒めるような碧《あお》い空に、打ち揚げたように白い辛夷の花が散らばり、弥之助の鋸がつかえるたびに、樹は微かに身顫《みぶる》いし、葉がためていた朝露をふりこぼした。（略）

不意に鋸から手を離して、弥之助は清次に向かい合っていた。多分その時、清次の眼には兄を非難する色があったのだろう。十三の清次にも、兄が最後の樹を切り倒して、金に換えようとしていることが解っていたからである。弥之助は黙って弟を見つめると、「飯は喰ったか」と優しい声で言った。

（文春文庫『闇の梯子』68～9、講談社文庫『同』77～8）

そのころの忘れられない光景がある。四月末のある日、兄が家のうしろにある辛夷《こぶし》の木を切っていた。その辛夷は子供なら四人ほどは手をつながないと囲めない大木で、季節になると青い空を背にうち上げたように無数の白い花が咲いた。その木に兄はまず斧をいれ、ついでノコギリを使いはじめたところで私に見つかったのである。兄はほかに李《すもも》とか栗といった多郎右衛門時代からある屋敷の大木を片っぱしから切り倒し、その日は辛夷を切りにかかったのであった。

「切るのか」と、私は言った。（略）私の語気に咎めるひびきがあるのに気付いたのだろう、兄はノコギリの手を休めて私を見た。そして切らないほうがいいかといった。むかしからある木だからというと、兄はやわらかい口調で、よし、わかったと言い、斧とノコギリを片付けはじめた。

（文春文庫『半生の記』「療養所・林間荘」90）

藤沢周平の兄・小菅久治は周平の没年（一九九七）山形新聞の記者に、「書いてあるような辛夷の一件は、どうしても思い出せない」と語っている（山形新聞社編『藤沢周平と庄内』）。

『土』ではコブシの花が家族の和解のシンボルとなっている。

凡《すべ》ての樹木は勢づいていた。村落《むら》の処々にはまだ少し舌を出し掛けたような白い辛夷《こぶし》が、俄《にわか》にぱっと開いて　蒼い空にほかほかと泛《うか》んで　竹の梢《こずえ》を抜け出していた。

（新潮文庫『土』28：342／424）

第八節　長塚節と縁のある女性名の借用

炭焼きの娘お秋さんと、奈落のおあき

明治三十九年七月二十五日発表の写生文「炭焼きの娘」は、長塚節が推敲に半年を費やし、散文に自信を持つに至った記念すべき写生文である。千葉県清澄に六日間滞在したときの紀行文で、質素ななりで男勝りに山仕事をこなすお秋さんが、シダの群に咲く一輪のシャガの花にたとえられる。

低い樅《もみ》の木に藤の花が垂れてるところから小徑を降りる。炭焼小屋がすぐ眞下に見える。狭い谷底一杯になつて見える。あたりは朗かである。トーン〳〵といふ音が遥に谷から響き渡つて聞える。谷底へついて見ると紐のちぎれ相《さう》な脚絆《きやはん》を穿《は》いた若者が炭窯の側《そば》で樫《かし》の大きな榾《ほだ》へ楔《くさび》を打ち込んで割つてゐるのであつた。お秋さんが背負子《しよいこ》といふもので榾を背負つて凅れた谷の窪みを降りて來た。拇指《おやゆび》を肋《あばら》のところで背負帯に挟んで兩肘を張つてうつむきながらそろ〳〵と歩く。

榾は五尺程の長さである。横に背負つて居るのだから岩角へぶつゝかり相である。尻きりの紺の仕事衣《しごとぎ》に脚袢をきりつと締めて居る。さうして白い顔へ白い手拭《てぬぐひ》を冠《かぶ》つたのが際立つて目に立つ。積み重ねた榾の上へ仰向《あおむけ》になつて復《ま》た起きたら背負子だけが仰向の儘《まま》榾の上に殘つた。お秋さんは荷をおろすと輕げに背負子を左の肩に引つ掛けて登る。こちらを一寸《ちょっと》見てすぐ伏目になつた。矢《や》つ張《ぱり》そろ〳〵と歩いて行く。榾を運んで仕舞つたら楔で割ったのを二本三本づゝ藤蔓《ふじづる》の裂いたので括《くく》りはじめた。両端を括つて立て掛ける。餘《よ》つ程《ぽど》重さうである。これが即《すなは》ち炭木である。凡《すべ》てが女の仕事には随分思ひ切つたものだと思つた。（『長塚節全集』2：313）

妙見越を過ぎると頂上で杉の大木が密生して居る。そこにも羊歯《しだ》や笹の疎らな間にほつ〳〵と著莪《しゃが》の花がさいて居る。一層しをらしく見える。清澄寺の山門まで來ると山稼《かせ》ぎの女が樅板を負うたのや炭俵を負うたのが五六人休んで居る。孰《いづ》れも恐ろしい相形である。山稼ぎの女はいくらあるか知れぬがお秋さん程のものは嘗《かつ》て似たものさへも見ないのである。彼等とならんだお秋さんは恰《あたか》も羊歯の中の著莪《しゃが》の花である。（325）

藤沢周平の初期作品「帰郷」（一九七二年十月）の宇之吉の妻の名も「おあき」だ。木曾福島の山里に住み、炭焼はしないが、同じように木をあつかう木地師《きじし》の娘である。

宇之吉は、道端の柏の葉陰に日射しを避けて立つと、長屋を見つめた。西日を避けてか、長屋は三軒とも表戸を閉め、無人の家のようにみえた。その左端の一軒に、二十数年前ひとりの女がいたのである。女の父親は木地師で、女を綱取りにして轆轤《ろくろ》を廻していた。父親とその女だけの世帯だった。女の父親は、やくざ者の宇之吉を嫌っていたが、女は宇之吉を愛していた。何ごともなく江戸から戻れたら、多分その女と夫婦になっただろう。そういう仲だった。

（文春文庫『又蔵の火』114／122）

おくみの母親のお秋と結ばれたのは木曾踊の夜である。その夜踊に遅れて行った宇之吉は、八沢川の畔に縺《もつ》れあう人影をみて足を佇《と》めた。それが男たちが女を弄《もてあそ》びにかかっているのだと解ると宇之吉は駆けつけて、ためらいなく殴りかかった。（略）

お秋は、宇之吉が甲州屋で職人だった頃、一日置きぐらいに甲州屋に木地を届けに来たが、粗末な着物を着て、貧血症のように顔色の青白いその小娘に、宇之吉は特別の感情を持ったことはない。（略）

だがその夜、助けてくれた男が宇之吉だとわかると、お秋は夢中でしがみついてきたのだった。思いがけなく成熟した女の躰が手に余り、宇之吉をうろたえさせた。肩は円く肉づき、押しつけてくる乳房は豊かに熟れていた。そのうえお秋は、踊のために新調したらしく、新しい浴衣を着、ほのかに化粧の香を身にまとっていたのである。

（文春文庫『又蔵の火』127~8／136~7）

「過去の男」（一九八一年十一月）の「おあき」は野州の在から、親戚の一膳飯屋を頼って江戸に出て来た娘である。

入ってきたのは、まだ十六、七と思われる若い女だった。小ざっぱりした縞物の着物を着ているが、その着物は何度も水をくぐったらしく色がさめていて、豊かな暮らしをしているとは見えない。（略）

手足が細く、胸もうすくて、少女からやっと大人になりかけた感じの娘だが、眼がきれいだった。黒黒とした眼が、平四郎を見た。

「夫婦？　ほう、夫婦約束……」

平四郎は、茫然と娘を見た。なんと、こましゃくれた娘ではないかと思った。不意に笑いがこみ上げて来て、平四郎は天井を見上げて笑った。

だが笑いやんでおあきを見ると、おあきは少し涙ぐんだ眼で、抗議するように平四郎を見ている。平四郎は頭をかいた。

「やあ、ごめん。笑っちゃいかんな。お前さん、齢はいくつかね？」

「十七です」

「ふむ、それならすぐにも嫁に行けるわけだ。え、嫁に行くのは来年か。なるほど。よし、じゃ、心配の中身を聞くか」

（文春文庫『よろずや平四郎活人剣』下84／93）


（文春文庫『よろずや平四郎活人剣』87／96）


『オール讀物』一九九二（平成四）年十月号に掲載されたインタビューで、好きな女性のタイプを訊かれた藤沢周平は、「小説の中だと、ただ可愛いだけじゃなくて、何か悪女の純情みたいのが好きなんです。したたかな女が見せる一瞬の純情みたいなね。そういうものが好きで、描きたくなります」と答えている（文春文庫『藤沢周平のすべて』374）。愛に準じる健気な女性を多く描いてきた藤沢にしては意外に聞こえるが、「奈落《ならく》のおあき」はまさにそのタイプだろう。

「奈落のおあき」は『獄医立花登』シリーズに五度登場する、野性味にあふれる小悪魔で、一見清澄のシャガの花と程遠いが、奈落に堕ちても這い上がる強靭さは、炭焼きの娘の系譜と見てよさそうだ。最初の登場は、第3話「女牢」（一九七九年三月）である。

あきというのは、おちえと仲がいい細面の眼つきの鋭い女の子である。大人のようにたじろがない眼で、登を見る。表の茅町《かやちょう》の筆師の娘だということだった。

（講談社文庫『春秋の檻』87／96、文春文庫『同』105）


登の叔母によれば、おあきは「漠連《ばくれん》」（不良少女）のリーダー格で、おちえを遊びに誘っていた。おちえがさらわれたとき、遊び仲間の誰かの仕業にちがいないと見当を付けた登は、おあきにその居所を訊く。おあきは条件付きで協力した。第7話「牢破り」（一九七九年十一月）

するとだしぬけに正面の障子がひらいて、おあきが顔を出した。寝巻の上に綿入れ半天をはおり、乱れた髪が顔にかかっている。素足だった。しどけなく帯がゆるみ、いま床の中から這い出て来たというだらしのない恰好をしている。（講談社文庫『春秋の檻』258／291、文春文庫『同』314）

「一度でいいから、あたいと寝てよ」

「…………」

「そうしたら、新助のやつの居場所、教えてやってもいいよ」

それだけ言うと、おあきは膝でいざって登から身体をはなした。登は無言でおあきを見た。おあきは窺《うかが》うようにこちらを見ている。おあきの浅黒い顔に血がのぼり、少しうるみを帯びた眼が、きらきら光っている。野生のうつくしい獣がうずくまっているように見えた。

（講談社文庫『春秋の檻』261〜2／295、文春文庫『同』318〜9）

第13話「秋風の女」（一九八〇年十一月）
と言っても、登はおあきを嫌っているわけではない。むしろ逆だった。筆師の家の不良娘には、野生の獣にみるような、奔放《ほんぽう》で暗い魅力がある。下手にかかわりあったら、その魅力の擒《とりこ》になりそうな怖れもあったのだ。（講談社文庫『愛憎の檻』30／31、文春文庫『同』33）

第17話「奈落のおあき」（一九八一年七月）は、他の章の一・五倍の長さがある。前述の盗人「嘉吉」とその娘「おつぎ」も登場して『土』くさい章だが、その冒頭、登はおあきと出会う。

おちえが数人の、叔母のいう獏連《ばくれん》娘たちと遊びほうけていたころ、おあきは常連の仲間で、しじゅう叔父の家に遊びに来ていた。そのころのおあきは、身体のほっそりした浅黒い肌の娘として登の記憶に残っている。

だが目の前のおあきは、厚い白粉《おしろい》で、光るようだった浅黒い肌を、すっかり覆いかくしている。唇の紅《べに》も濃かった。骨っぽい身体にも肉がつき、胸と腰が厚かった。まるで一人前の女である。すぐにはおあきと気づかなかったのも無理はない、と登は思った。（講談社文庫『愛憎の檻』177~8／186~7、文春文庫『同』200）

おあきは情人である伊勢蔵がいる小伝馬町の牢を訪ねてきた。

登はおあきの話を聞いているときから、伊勢蔵というのはきっとやくざっぽい男だろうと思っていたので、少し拍子抜けした。伊勢蔵は細くてやさしそうな眼を持ち、おあきが言うほどに粋とは思えなかったが、男ぶりも悪くない若者だった。齢は二十六、七だろう。（講談社文庫『愛憎の檻』184／194、文春文庫『同』207）

この「やさしそうな目」を持つ伊勢蔵が、じつは盗賊・黒雲の銀次の手下《てか》の一人であることが、嘉吉の密告で分かるが、嘉吉はそのために殺される。嘉吉を殺して牢を出た伊勢蔵の居所を探るために、登はおあきを訪ねる。

履物をぬいで、登は畳の部屋に上がった。おあきのことだから、部屋の中はさぞ乱雑だろうと思ったが、そうでもなかった。部屋は意外に片づいていた。もっとも古びた茶箪笥と長火鉢しかない部屋は、散らかしようもないように見えた。（講談社文庫『愛憎の檻』217／229、文春文庫『同』245）

おあきはにらむような眼で、登を見た。そういう眼をすると、細面で鋭い眼をした以前のおあきの面影《おもかげ》が出た。いまは、おあきは少し頬に肉がつき、太ってきている。

（講談社文庫『愛憎の檻』219／231、文春文庫『同』247）

おあきの後をつけて裏店に忍び込んだ登は、格闘のすえ伊勢蔵を捕える。

「伊勢蔵が、牢でひとを殺したのは知ってたのか?」

「ええ」

「盗っ人の一味だったことは?」

「うすうす……」

「ふむ、それでも男を逃がしてやるつもりだったのかね?」

「あたい、あのひとが好きだったもの。あたいにはやさしかった」

「しかし、伊勢蔵はお前を刺そうとしたぞ」

答えはなく、すすり泣きの声が洩れて来た。盗っ人の情婦か、と登は思った。おあきは、今は人殺しの情婦でもあるのだ。お面《めん》のように白粉《おしろい》を塗りたくらなければ、生きていけまいと思った。

おあきの細々としたすすり泣きが、二度と這い上がれない奈落《ならく》の底から聞こえて来る嘆きの声のように聞こえた。

登は、立ちどまっておあきを待ち、そばに来ると肩を抱いて歩き出した。そして、わざと明るい声で言った。

「また、やり直すさ。元気を出すことだ」

おあきはまだ泣くのをやめなかったが、ぐったりと登にもたれかかって来た。その身体が、若い娘らしく熱いのがあわれだった。いまなら、おあきと寝てもいいな、と登は思った。だが、打ちひしがれているおあきがどう思っているかはわからなかった。

（講談社文庫『愛憎の檻』225~6／238~9、文春文庫『同』255~6）


『獄医』シリーズの最終話（第24話）「別れゆく季節」（一九八二年十二月）で、おあきは実直な生活に戻っている。どのように「やり直し」たのかは語られないが、その復元力はいかにも「炭焼きの娘」らしい。

おあきには、会うたびにおどろかされる。いらっしゃいと言って、店に出て来た姿が、前垂れをしめた豆腐屋の若女房だった。（略）
おあきの顔は白粉気《おしろいけ》ひとつなく、小麦いろの肌がつややかに光っている。ひところ変に太っていた身体も引きしまって、いかにも働きのありそうな若女房に見えたが、顔つきは以前より穏やかに変っている。暮らしの根をおろす場所を見つけたからだろう。
（講談社文庫『人間の檻』280~1／297、文春文庫『同』320~1）。
豊太に背を抱えられて去るおあきを、登はじっと見送った。何かがいま終るところだと思った。

おちえ、おあき、みきなどがかたわらにうろちょろし、どこか猥雑《わいざつ》でそのくせうきうきと楽しかった日々。つぎつぎと立ち現われて来る悪に、精魂をつぎこんで対決したあのとき、このとき。若さにまかせて過ぎて来た日日は終って、ひとそれぞれの、もはや交《まじわ》ることも少ない道を歩む季節が来たのだ。おあきはおあきの道を、おちえはおちえの道を。そしておれは上方に旅立たなければならぬ。（講談社文庫『人間の檻』311／330、文春文庫『同』356）

『獄医立花登』の連載を終える四ヶ月前の一九八二年八月に『よろずや平四郎活人剣』を、翌年二月には『用心棒日月抄』を終えている。「どこか猥雑《わいざつ》でそのくせうきうきと楽しかった日日」には、又八郎、平四郎、登らを存分に活躍させた、流行作家としての七年間が投影されているのだろう。

そうして藤沢は『白き瓶　小説　長塚節』（一九八二年十二月〜）に取り掛かる。

「隣室の客」の性体験

節による五本目の短篇小説「隣室の客」（一九一〇年一月）には、「私」の性体験と、妊娠させた女からの逃避が、告白体で書かれている。

私はつとしやがんでランプの心《しん》を引つ込めた。裾がおいよさんの手に触れた。おいよさんはぎよつと目を開いた。さうして驚いた機會にすつと一時に息を吸ひ込んで、まあと一聲出して打消すやうに手を擧げた。おいよさんは手を引きながらランプのホヤを倒した。おいよさんは慌てゝ身を起しかけた。其時はもう私が火を吹つ消したので　おいよさんの姿はただ目前に見えなくなつてしまつた。それと同時に生暖い風がふわりと私の肌に感じた。

（一九一〇年一月発表「隣室の客」『長塚節全集』2：186～7）

このあと描かれる茨城県北の港町・平潟への旅が事実であるため、節と「おいよさん」との情事が事実か、それとも節が童貞の生涯を全うしたのかと、さまざまに議論されてきた。藤沢周平は『白き瓶　小説　長塚節』の中で、「隣室の客」の記事を節の実体験として、次のように再現している。

　二分芯のランプが、芯が出すぎて火屋《ほや》の上にかすかな油煙を上げている。部屋に入って行ったときは、節はたしかにそのランプを消してやろうと考えたのである。しかしはたしてそれだけだったろうか。それだけだったら、ランプの下に居眠っている女の白い顔を、息をつめて眺めたりするだろうか。

　ともかく、節がランプの芯をほそめたとき、居眠っていた女、手伝い女中で来ていた巡査の娘が目をさましたのである。女の顔にうかんだ驚愕のいろを、節はいまも生生しく思い出すことが出来る。不意を打たれたために、女の顔は日ごろの取り澄ました表情を忘れて、醜いほどに女くさい素顔をさらけ出していた。だが、ランプの火屋《ほや》が倒れて、部屋に闇が立ちこめてしまうと、いち早く落着きを取りもどしたのは女の方だった。女の方が大胆に振舞い、節は一どきに闇を満たした女体の香に、ただ圧倒されていた。（文春文庫『白き瓶』208~9／247）

『風の果て』（一九八三年十月~八五年一月）の第2章にあたる「わかれ道」では、部屋住みの隼太が女中のふきと突発的に結ばれる。

　二人はふきの部屋の前まで来た。そこでふきが肩をはずしたとたんに、隼太の身体がぐらりと揺れて、あわてた二人は正面から抱き合う形になった。いそいで身体をはなそうとしたふきを、隼太はしっかりとつかまえた。
身体の中に、火のように熱いものが眼をひらいていた。杉山鹿之助、名門、執政への道、部屋住み、楢岡の千加……。酔いが残る頭の中に、幻影のようにまだとび交っているそれらの想念を追い払うためには、わが身を狂わせる熱い女体が必要のようだった。手の中に、いまそれがあるのを隼太は感じている。

（新潮文庫『風の果て』上139／149）

「隣室の客」では情事の翌朝、女がいつもと変りなく振る舞うことに「私」が当惑する。

私は水浴をするために楊枝を使ひながら井戸端へ行つた。其所《そこ》には井戸端を覆うて葉鶏頭が簇生して居る。赤い葉が目に眩《まばゆ》きばかり燃え立つて居る。白い手拭《てぬぐひ》を冠《かぶ》つたおいよさんが葉鶏頭の蔭に洗濯をして居る。盥の中には私の衣物がつけてあつた。朝から暖かなのでおいよさんは例の浴衣を着て居た。私が井戸端へ立つと

「汲みませう」

おいよさんは急いで水を一杯汲んでくれた。私はおいよさんのする儘《まま》に任せた。釣瓶《つるべ》の水がぼんやり立つて居た私の下駄へざぶりとかゝつた。

「まあ濟《す》みません、私が後にようく洗つて干して置いてあげますから」

さういつておいよさんは手拭の下から私をちらりと見た。只《ただ》水を汲ました丈《だけ》では何でもないことである。然《しか》し私は其時おいよさんに對してどういふものか心が臆したのであつた。

（『長塚節全集』2：188〜9）

「わかれ道」のふきも、まるで情事などなかったようにふるまう。

「足、いかがですか?」

外から台所に入って来たふきが言った。ふきは持っていた山芋を土間におくと、いそいで手を洗い、隼太に飯をよそった。

「痛みませんか」

「大したことはなさそうだ」

言いながら隼太は、いつもの朝と少しも変わりないふきをそっと盗み見た。

（新潮文庫『風の果て』上143／153）

第二章　暗さの表現

『暗殺の年輪』につづく二冊目の文庫本の「あとがき」（昭和四八（一九七三）年十二月付）で藤沢周平は、当時の作品群を支配していた「負のロマン」に触れている。

どの作品にも否定し切れない暗さがあって、一種の基調となって底を流れている。話の主人公たちは、いずれも暗い宿命のようなものに背中を押されて生き、あるいは死ぬ。

（文春文庫『又蔵の火』314／340）

藤沢小説はこの二年後から明るさを帯びるようになるのだが、だからといって「暗い宿命・負のロマン」がまったく消えることはなく、藤沢作品のひとつの味として残り続ける。本章では「暗さ」にまつわる表現のうち、『土』の影響を受けたと思われるものを掘り下げてみる。

鼻を衝く異臭

『土』には「異臭が鼻を衝《つ》く」という表現が三例あり、その内訳は、①病人の体臭、②不潔な生活臭、③田園の腐敗臭である。藤沢周平はこれらを応用して、女性の体臭や酒・粉黛《ふんたい》の匂い、あるいは流血から糞尿臭まで、その範囲を広げた。

汗の臭み

『土』の「異臭」その一は、病人の汗の臭みである。

夜になって（お品の）痙攣《けいれん》は間断なく発作した。熱度は非常に昂進《こうしん》した。液体の一滴も摂取することが出来ないにも拘《かか》わらず、乱れた髪の毛毎《ごと》に伝いて落ちるかと思うように汗が玉をなして垂れた。布団を湿《ぬら》す汗の臭《くさみ》が鼻を衝《つ》いた。（新潮文庫『土』4：37／45）

お品のモデルの臨終に、地主の息子であった節が居合わせたとは考えにくい。この描写は他人から聞いたか、それとも自分の病気の体験を参考にしたか、いずれにしてもにおいの表現が臨場感を裏打ちしている。これとほとんど同じ表現が藤沢周平後期の作品「冬の灯」（一九八五年二月、のちに（十一月）「寒い灯」と改題）に用いられている。

病人の汗の匂いがおせんの鼻を衝いて来た。（文春文庫『花のあと』99）

初期の作品「おふく」（一九七四年六月）では、造酒蔵《みきぞう》が妹おなみ（十八歳）を看病する。

造酒蔵は黙っておなみの頸《くび》を抱いた。いつの間に痩せたかと思われるほど、細い頸だった。微《かす》かな汗の香が匂った。

（文春文庫『暁のひかり』135／143）

「榎屋敷宵の春月」（一九八九年一月）では、刺客に襲われた武士を匿《かくま》う。

関根は高い熱を出したために汗臭さが匂う胸のあたりをさすった。（密書を）肌身につけているという意味だろう。

（文春文庫『麦屋町昼下がり』273）

以上は、病気にからむ不快な汗の匂いだが、「誘う男」に出てくる汗の匂いはエロチックだ。

暗やみの中に、せつの髪の匂いがした。ついさっきまで文四郎の胸の中にいて、汗ばんだ名残かと思われた。束の間の平安という言葉が、また文四郎の胸のなかで明滅した。

（文春文庫『蟬しぐれ』355／下 136~7）

薬と言えば生薬を煎じていた時代、その匂いは部屋にこもり、病人の呼気や汗からも匂った。「債鬼」（一九七九年十一月）

起きて、何か喰わなくちゃと思いながら、又八郎は薄い夜具にくるまったまま、じっと横になっている。夜具から汗と薬の香がにおうのは、高い熱が出た名残りだった。

（新潮文庫『孤剣　用心棒日月抄』289／340）

部屋にただよっている濃い薬餌の匂いが、孫四郎の鼻を刺して来た。（略）

たとえば医者にもらった薬を煎じるには、草の根、木の皮などを幾通りも組み合わせなければならないが、急におとくに配合をおぼえろといっても無理な話である。

（文春文庫『麦屋町昼下がり』「山姥橋夜五ツ」197）

米沢藩江戸屋敷の儒者・藁科《わらしな》松伯が亡くなる前日の描写は印象的だ。はじめの「香」は「こう」と読ませるのだろうか？

部屋の隅に片寄せて夜具は敷いてある。かすかに香が匂うのは、薬餌の香と体熱の匂いを消す心配りだろう。

（略）松伯は痩せて、皮膚の下に顔の骨格が透けて見えるような相貌をしていた。膝に置いた手も、着物に隠れているその膝頭も骨張って、人骨が衣服を着ているようにも見える。

にもかかわらず松伯には、全体として清らかに澄んだものに覆い包まれている清明な印象があった。まるで、この世のひとではないようなと、ふと思いかけて当綱《まさつな》は小さく首を振った。

（文春文庫『漆の実のみのる国』上201～2）

藤沢は放置された病人が漏らす糞尿のにおいも描き、主人公の義憤と結びつけた。「雪明かり」（一九七六年二月）の病人は、主人公にとって血のつながらぬ義妹だ。

部屋に入ると、いきなり異臭が鼻をついた。臭《にお》いの中には、あきらかに糞便の香が混じっている。小さな明かり取りの窓から、暮れ色の光がぼんやりと射しこみ、その下に由乃《よしの》が寝ていた。

襤褸《らんる》のように、厚みを失なった身体《からだ》だった。

（新潮文庫『時雨のあと』20／21）

「帰って来た女」（一九八一年十一月）では、家を飛び出た妹を兄が見舞う。

「何というざまだ」
つぶやいて、藤次郎は妹のそばに坐《すわ》った。おきぬはうすい布団にくるまって寝ていたが、その布団が匂うのか、それとも病気のおきぬの身体が匂うのか強い異臭が藤次郎の鼻を刺して来た。

（新潮文庫『龍を見た男』28／32）

不潔な生活臭

『土』の「異臭」その二は、貧家の不潔臭だ。

土間の壁際に吊った竹籃《たけかご》の塒《とや》には鶏の糞が一杯に溜《たま》ったと見えて　異臭が鼻を衝いた。

（新潮文庫『土』17：206／254）

もっともこれを「異臭」と感じたのは、野田の醤油蔵奉公から戻って来た舅・卯平であって、勘次やおつぎは慣れっこになっている。その感覚の違いが、卯平と勘次の不和の一因でもある。

だらしない生活から生じる異臭の例は、藤沢初期の博徒ものに多い。「賽子無宿《さいころ》」（一九七二年四月）の「因州」は、いかさま用の「七分賽」を作る名人だ。

喜之助は土堤を降り、一番端の小屋の、傾いた板戸をこじ開けて、すばやく中に入り込んだ。闇がその中に淀《よど》んでいた。闇が持っている異臭が鼻を衝くのに耐えて、喜之助は、
「因州、いるか」
と言った。答えはなかったが、闇の中に人のみじろぐ気配がし、その気配は長く続いた。

（文春文庫『又蔵の火』200／216）

「贈り物」（一九七九年四月）

作十は無言で小屋の戸を開けた。だが中は薄暗い光が澱《よど》んでいるだけで、無人だった。敷きはなしの夜具や、鍋、皿小鉢、すり切れた草履《ぞうり》などが、ぼんやりみえていて、小屋の中からは饐《す》えたような匂《にお》いがよせてくる。

（新潮文庫『驟り雨』30／34）

「入墨」（一九七四年二月）のおりつは、二つの時に別れた父親が落ちぶれて戻って来たのを憐れむ。

戸を開くと、敷居に鋭く軋む音が起こって、おりつにこの前の夜を思い出させた。同時に嗅《か》ぎ馴《な》れた匂いが鼻を衝いた。

（文春文庫『闇の梯子』174／204）

鼻を襲う臭気はおりつを辟易《へきえき》させた。だがそのために卯助を疎《うと》む気持ちはなく、哀れみが募った。

（178／208）

用心棒シリーズの第四巻『凶刃　用心棒日月抄』（一九八九年三月〜）で、旧友・細谷源太夫が老醜をさらしていた。

「やあ、久しいな、源太夫」

言いながら、又八郎はケバ立った畳に坐《すわ》ったが、そのときには細谷をたずねて来たことを、心底から後悔していた。

目の前に、襤褸《ぼろ》をまとった、蓬髪《ほうはつ》の肥大漢があぐらをかいていた。細谷の髪とひげは半ば白く変り、皮膚はたるんであごは二重にくびれている。その顔に、細谷源太夫は正体不明の笑いをうかべて、じっと又八郎を見守っていた。そして細谷の身体からは、やはり正体不明の、饐《す》えたような甘酸《あまず》っぱい匂いが押し寄せて来る。

（新潮文庫『凶刃』85／100）

その路地から、さらに木戸をくぐって裏店《うらだな》の路地に踏みこむと、前に来たときと同様に、たちまちに物の饐《す》えたような匂《にお》いと雪隠《せっちん》の匂いが入り混じった、何とも言えない異臭が顔を包んで来た。

(161~2/190)

しようがない、無駄足だったかと思いながら、上がり框《かまち》に膝をついて障子をあけた。とたんに外のものとはまた違う異臭が押し寄せて来た。即座に酒の残り香とわかる、甘酸《あまず》っぱい匂いで、それがなかなかに強烈だった。

(162/191)

首をのばしてのぞくと、長火鉢にかかっている小鍋《こなべ》には何かの煮物が残っているようでもあった。どうやらそこで煮炊《にた》きをしている様子でもある。異様な匂いは、その全体から腐臭のように立ちのぼって、又八郎の方に押し寄せて来るのだった。

(163/193)

若く健康な少年らの汗も、発酵して「饐えた匂い」になる。「暗黒剣千鳥」(一九七九年十月)

ふだんはあまり気にしたこともないが、そうして籠っていると、ろくに掃除もしない部屋の中には、男の汗と脂がまじり合った異様な匂いが澱《よど》んでいて、鼻がひん曲るほどだった。もっとも異臭がことさら濃く匂うのは、八月も終るというのに、変に蒸し暑い陽気のせいもあるだろう。

(文春文庫『隠し剣秋風抄』233~4/266)

これと似た描写が「草いきれ」(一九八六年九月)にある。

無人の道場の武者窓から、赤味がかった光が幾本かの斜めの筋になって屋内に入りこみ、床の埃を照らし出していた。その光を横切って出口の方に歩いて行くと、むっとする熱気の中に少年たちが残して行った汗の香だろうか、饐《す》えたような匂いがかすかに鼻を刺して来た。重い杉戸を閉めて、清左衛門は外に出ると菅笠をかぶった。（文春文庫『三屋清左衛門残日録』「草いきれ」277）

「闇の冷え」（一九八二年）では、女遊びに耽る十九歳の息子の部屋を父親がのぞく。

秘儀図をもとにもどし、鼻を打ってくる若い男の脂くさい体臭から顔をそむけるようにして、新兵衛は押入れの襖をしめた。（文春文庫『海鳴り』上58／66）

不潔臭の極みは、『獄医立花登』シリーズの牢獄だろう。「雨上がり」（一九七八年十一月）

異様な臭気が鼻を衝いて来た。その匂いは、鞘土間《さやどま》を歩いている時にも中から洩《も》れてくるものだが、牢のうちに入るとまた格別だった。ねっとりと絡《から》みつくように顔にかぶさって来る。（講談社文庫『春秋の檻』21／23、文春文庫『同』25）

同じ牢内でも「押し込み」（一九八〇年七月）に描かれる遠島部屋は無機質で死を予感させる。

遠島部屋は空っぽで、中に入ると埃の匂いがつんと鼻を刺した。うす青い光が澱む牢の中ほどに、捨てられたぼろのように金平が横たわっていた。膝をついて、登は手早く金平を診た。（講談社文庫『風雪の檻』137／147、文春文庫『同』159）

落葉の腐臭と若葉の精気

『土』の異臭その三は、戸外における枯れた植物の腐敗臭だ。

土手はやがて水田に添うてうねうねと遠く走っている。土手の道幅が狭くなった。それは刈られてぐっしゃりと湿っている稲が　土手の芝の上一杯に干されてあったからである。稲はぼつぼつと簇《むらが》っている野茨《のばら》の株を除いて　悉《ことごと》く拡《ひろ》げられてある。野茨の葉はもう落ちてしまって、小さな枝の先には赤いつややかな実が一つずつ翳《かざ》されている。草刈の鎌を遁《のが》れて確乎《しっか》とその株の根に縋《すが》った嫁菜《よめな》の花が　刺立《とげだ》った枝に椅《よ》り掛りながら　しっとりと朝の湿いを帯びている。濡《ぬ》れた稲の臭《におい》が勘次の鼻を衝《つ》いた。

（『土』21：258／318～9）

「十四人目の男」（一九七四年十二月）では、若い叔母・佐知とその子供らが斬首される場で、落葉の腐臭に嫩草の香が混じる。生と死の境にいる境遇を象徴するのだろう。

蹲《うずくま》っている足もとから、堆積《たいせき》した落葉の湿った腐臭と、嫩草《わかくさ》の香が混淆《こんこう》して鼻を衝いてくる。四月の初めの、生まぬるい夜気が森を包んでいた。闇に蹲る獣のように、小一郎は狂暴な気分になっている。斜面を駆け降りて川を渉《わた》り、佐知を奪い取る想像が血を騒がせる。臆病《おくびょう》な佐知が、どのような怯《おび》えでこの時を過しているかを考えると、哀れみに胸が痛んだ。

（新潮文庫『冤罪』343／404）

いわゆる「木の芽どき」の草木の猛々しさは、鬱屈を抱える人の心を鞭打つ。「密告」（一九七四年七月）

いまにも雨が落ちて来そうな、暗い雨雲が江戸の空を覆《おお》っていて、町を歩いて行くと、木の葉や花の匂いが鋭く鼻を刺してくる。

（新潮文庫『霜の朝』116／137）

「夜の城」（一九七五年二月）

二人は無言で雑木林の枝を分け、前に進んだ。粉を吹いたように柔毛《にこげ》に覆われた楢《なら》、楓《かえで》などの新葉が顔をなで、新鮮な香りが鼻を搏《う》ってくる。林を抜けると、草地の傾斜がある。二人にはこのあたりの地理が、掌《たなごころ》を指すように解《わか》っていた。（新潮文庫『冤罪』179／210）

眼を閉じると、草の香が鼻腔をくすぐった。草の匂いには、生気に溢れた新葉の香と一緒に、去年の枯草の匂いが混っている。（新潮文庫『冤罪』181／212）

「漆黒の闇の中で」（一九八〇年十二月）では彫師伊之助が、武家屋敷の木立を塀越しに見ている。

木々の若葉もさまざまに匂う。晴れた日も匂うが、ことに小雨の日暮れ刻《どき》など、若葉の香は、生ぐさいほどの精気に溢《あふ》れて鼻を刺して来た。（新潮文庫『漆黒の霧の中で』5／5〜6）

『隠し剣』シリーズの掉尾をかざる「盲目剣谺返し」（一九八〇年五月）の主人公は、とくに匂いや音に敏感だ。仇討ちをふくむ一年をはさんで、同じ匂いが繰り返される。

季節にしては冷たい夜気が、顔を包んできた。冷たいが、夜気はその中に、物の芽のほぐれる香りをふくんでいる。（文春文庫『隠し剣秋風抄』295／339）

縁先から吹きこむ風は、若葉の匂いを運んで来る。徳平は家の横で薪《まき》を割っているらしく、その音と時おりくしゃみの音が聞こえた。加世の泣き声は号泣に変った。さまざまな音を聞きながら、新之丞は茶を啜《すす》っている。（331／382）

「生ぐさいほどの精気」は植物だけでなく、人にも用いられている。「汚名剣双燕」（一九七八年七月）で康之助はライバル・関光弥と道場の跡継ぎの座を賭けて対決する。

不意に康之助は嘔気《はきけ》がこみあげてくるのを感じた。稽古から遠ざかっていたために、身体が長い緊張に耐え得なくなっているようだった。

だが嘔気はそのためばかりではなかった。光弥の顔は脂で光り、精気に溢《あふ》れていた。康之助が、ただ遠くながめるだけの女を、無造作に遊び相手の一人として抱いている男の、生ぐさい精気に圧倒されたようでもあった。

（文春文庫『隠し剣秋風抄』69／78〜9）

「麦屋町昼下がり」（一九八七年四月）では同じ精気を淫蕩な女に感じている。

頬にやや肉のついた卵型の顔。眼尻が少し吊って勝気そうに見えるものの、色白で品よく見えたその顔に、いきなり生ぐさい精気のようなものが現われて来たのである。赤くなった顔のままで妻女は言った。

「そんな根も葉もないうわさを、片桐さまには信じていただきたくありません」

（文春文庫『麦屋町昼下がり』66）

女の体臭

藤沢小説の官能シーンでは嗅覚が重視される。匂いは女の年齢や境遇によって変わり、最も若い例として「日盛り」（一九八五年八月）の少女・おいと（十二歳）がいる。彼女は十歳の長太にとってあこがれの存在だった。

おいとが声をひそめて、少し身体《からだ》を寄せて来た。二人は鼻が欠けた石の地蔵さまの台座によりかかっている。おいとが身体を近づけると、日盛りの草いきれのような匂いがした。

おいとは鼻の頭に汗をかいていた。ほんの少し甘さがまじる草いきれのような匂いには、おいとの汗の香がまじっているのかも知れなかった。長太は思わずおいとの衿《えり》のあわせ目のあたりを盗み見て、上気しているようなももいろの胸もとが眼に入ると、あわてて顔をそむけた。

（新潮文庫『本所しぐれ町物語』109／127〜8）

「恐喝」（一九七三年三月）の博徒・竹二郎は足に怪我をして、表店の商家の娘に助けられる。

「つかまって」

そうと決めてしまうと、娘にはためらいがなかった。下町育ちらしく、てきぱきと竹二郎を起たせ、埃《ほこり》を払ってやり、腕の下に肩を入れてくる。

意気地なく竹二郎は娘の肩を借り、少しずつさっき来た道を引返しはじめた。

若い娘の匂いが噎《む》せるように鼻腔を刺激し、廻した腕の下の柔らかな肉付きの感触や、うっかりするとすぐに触れ合う、滑らかな頬《ほほ》の感触に、竹二郎は眼が眩む気持がした。女は嫌いでないが、堅気の、それもこの娘のように、人擦《ひとず》れしたところが気配も見えない生娘は苦手だった。

（文春文庫『又蔵の火』273／295）

『獄医立花登』では、従妹のおちえの成長過程がひとつの読ませどころとなっている。第五話「風の道」（一九七九年七月）ではまだ十六歳だ。

——相かわらず、夜遊びをしておる。

にがにがしい気分で、登はそう思った。おちえはすっきりした美貌で、うしろ姿などをみると、まだ十六の小娘とは思えないほどなまめかしい。登がはじめて江戸に来たころは、手足だけがひょろ長い感じの娘だったが、このごろは胸や腰に丸味が出て来た。娘ざかりにさしかかっているのだろう。

（講談社文庫『春秋の檻』192／176〜7、文春文庫『同』191〜2）

つづく第六話「落葉降る」（一九七九年九月）で登は、酒に酔ったおちえを家に連れもどす。

——まるで、ガキだな。

おちえを抱きかかえながら、登は舌打ちした。一人前の女というものを、登はそれほど深く知っているわけではないが、おちえがまだ女一人前に少し間がある年ごろだということは、よくわかる。

その年ごろの女が持つ、好もしいようでもあり、厭《いと》わしいようでもある変に生臭い体臭を登がもてあましていると、ひくひくと泣きじゃくっていたおちえの身体が、不意に重くなった。つかまえていないと滑り落ちそうになる。（講談社文庫『春秋の檻』160／218~9、文春文庫『同』237~8）

第二一話「待ち伏せ」（一九八二年六月）でおちえも女らしくなっている。

「どこにも行かないで」

そう言うと、おちえは眼を閉じ、両腕を脇に垂らしたまま登の胸に顔を押し付けて来た。そのまま静かにしのび泣く声を洩《も》らした。

若い娘の体臭につつまれて、登は一瞬当惑して立ち竦《すく》んだが、すぐに両腕を背に回しておちえを抱いた。そうしてやるしかなかった。おちえが、半ばは父親の急病をダシにして、少少過剰にすぎる感傷を押しつけて来ていることはわかっていたが、心ぼそげにしのび泣くおちえに、不意に生なましい一人の女を感じたことも事実だった。（講談社文庫『人間の檻』124／133、文春文庫『同』143）

「汚名剣双燕」（一九七八年七月）では中年女の汗の香が、十七歳だったころの彼女を思い出させる。だが彼女の誘惑が、自分を捨てた男を斬らせるための取引だと知り、主人公は幻滅する。

かがやくばかりに白い胸があらわれた。胸はやわらかに盛り上がる二つの丘と、淡く翳《かげ》る谷間から成り立っていた。微《かす》かな汗の香がまじる肌の匂いが、康之助の顔を包んだ。

康之助は、稽古をつけたころの由利を思い出していた。由利は幼いころから父の靫負《ゆきえ》に剣を仕込まれ、単身宗方道場に入門して来ただけあって、勝気な娘だった。竹刀を打ち落とされると、くやしがってむしゃぶりついて来た。

そのときの汗の香がした。

（文春文庫『隠し剣秋風抄』76〜7／87）

「密告」（一九七四年七月）の孫十郎は妻が受けた傷を改めるが、妻は愛撫と勘違いする。

孫十郎は、手を伸ばして保乃の肩を掴《つか》むと体を引き寄せた。小柄《こがら》な保乃の体は、抗《あらが》うひまもなく、孫十郎の膝に引きつけられている。保乃は体をちぢめたが、孫十郎が裾《すそ》をめくると、諦《あきら》めたように、不意に孫十郎の膝に顔を埋めた。甘い体臭が孫十郎の鼻を衝いた。

（新潮文庫『霜の朝』114／134）

紙問屋の新兵衛は、二人の同業者の妻、おたねとおこうの化粧や肌の香をくらべる。

小山がゆるぎだすように、おたねは膝をすすめて新兵衛に顔を寄せて来た。化粧の香が新兵衛の鼻を打った。

（文春文庫『海鳴り』下116／133）

おこうは不安そうに、新兵衛の顔をのぞきこんだ。おこうの肌の香が、不意に新兵衛の鼻を打った。甘く生あたたかいその匂いは、心を通わせ合った女の香でもあったが、人妻の匂いでもあった。

（文春文庫『海鳴り』下133／151）

女性の成長に沿って変化するはずの体臭が不思議な乱れを見せる場面が、『漆の実のみのる国』（一九九三〜九七年）にある。米沢藩主となった上杉治憲が正妻としてめとった幸姫は、十歳の少女のままで成長がとまっていた。

そしてともに臥して肩を抱いてみれば、幸姫はやはりごく骨細の少女だった。幸姫は軽く目をつむって治憲の胸に縋っている。これでいいのだ、としばらくして治憲は思った。これも一期の縁、わが運命と思いさだめてこのひとを大切にしよう。

そう思ったとき、ふと幸姫の身体がやわらかくなり、そして何としたことだろう、治憲は紛れもない成熟した女人の香を嗅いだような気がした。はっとして幸姫の顔を窺いみると、胸の中にいるのはやはり少女で、姫はもうかすかな寝息を立てているのだった。

（文春文庫『漆の実のみのる国』上219）

性《エロス》と死《タナトス》の匂い

直木賞受賞作「暗殺の年輪」（一九七三年一月）では、主人公をめぐる三人の女性が匂いで書き分けられる。

春先に立話をしたとき、お葉の躰から匂ってきた杏《あんず》の実のような香を、馨之介は思い出していた。そのとき、今夜訪ねる貝沼金吾の妹の菊乃の顔が、お葉の顔に重なった。

金吾の家を訪ねることがなくなってから、一年ほど経っている。その間菊乃と道で擦れ違うなどということもなく過ぎた。十九のお葉が果実なら、菊乃（十六）はまだ蕾《つぼみ》だった。つつましく、その美しさはまだ淡い苞《つと》のようなものにくるまれている。（文春文庫『暗殺の年輪』85／98）

菊乃の声は、ほとんど無邪気なほど澄んでいる。門の脇にある楓《かえで》の樹の下を離れると、白い顔がゆらりと近づいた。不意に女の匂いが馨之介の鼻を衝《う》った。花の香のようなものを菊乃は身にまとっている。（92／106~7）

母の波瑠《はる》が家名存続のために操を捨てたと知った馨之介は、お葉の躰を求める。

灯を消して、とお葉は囁いた。

鼻腔から肺の中まで、お葉の躰の香が溢れるのを馨之介は感じていた。探る指の先に、膨らみ、くぼみ、鋭く戦《おのの》きを返して横たわる女体がある。闇の中に、熱くやわらかに息づくものに、馨之介はやがて眼の眩むようなものに背を押されて埋没して行った。（118／136）

家に帰ると母は自害していた。

むせるような血の香がそこに立ち籠《こ》めていて、その中に、膝を抱くようにして前に倒れている波瑠の姿があった。

波瑠は穏やかな死相をしていた。冷たい掌から懐剣を離し、足首と膝を縛った紐を解いて横たえると、馨之介はもう一度手首に脈を探ったが、やがてその手を離して立上った。（120／137~8）

「穴熊」（一九七五年一月）では武家の妻が、子供の治療費のために身を売るうちに、性の快楽に溺れてしまう。

浅次郎は声が出なかった。やってきたのが確かに佐江なら、問いつめなければならないことがある、とちらと考えたが、そう思っただけだった。気まずい感じのまま、盃を含んだ。その背後で、帯を解く音がした。そして女の身体の香が鼻を搏《う》った。その匂いの中で、浅次郎はそれまで身体を縛っていた分別のようなものが、みるみる脱落し、そのあとを欲望が満たし、際限もなく膨れ上るのを感じた。盃を捨てて、浅次郎は女が横たわっている床に寄って行った。

（文春文庫『暁のひかり』184／195、講談社文庫『雪明かり』185~6／232）

「旦那」

浅次郎は橋に駈け上がった。血の匂いが鼻を衝《つ》いてきた。板橋は夥《おびただ》しい血に黒く染まっている。

「斬っちまったんですかい」

言ったとき、浅次郎は不意に涙がこみあげてくるのを感じた。涙声で言った。

「何も殺さなくとも、よかったんじゃありませんかい。むごいことをなさる」

歩きかけていた塚本が、ゆっくりと振り返った。

「これは、わしに斬られる日を待っていたのだ」

（文春文庫『暁のひかり』186~7／198、講談社文庫『雪明かり』188／235）

「鱗雲」（一九七五年九月）では自害した許嫁《いいなずけ》の死臭が線香の匂いで清められていた。

屋代家の玄関に走り込むと、そこに待っていた利穂の母の松恵が、立ち上がって新三郎の手を執った。

た。

「どうぞ、こちらに」

娘には似ない細面の松恵の顔には、血の色がなかった。

ほの暗い奥座敷に入ると、線香の匂いが鼻をついた。夜具の上に利穂の身体《からだ》が北枕《きたまくら》に横たわっていて、そばに新三郎とも顔見知りのおやすという年輩の婢《はしため》と、利穂の弟の久次郎が坐っていた。

（新潮文庫『時雨のあと』240／270）

悪所の匂い

『土』の舞台が一貧農の生活に終始したのに対して、藤沢小説の世界は歓楽街や賭場にも及び、酒・売春・賭博の匂いも描かれる。「賽子無宿」（一九七二年四月）の賭場には材木屋の看板が掲げられていた。

喜之助は眼を細めた。注意してみれば、外の活気のある物音にくらべて、店は静かすぎるようだった。男のほかに人がいるようでもない。その静けさの中に、喜之助はふとひとつの匂いを嗅《か》いだ気がした。人の吐息と汗が混り合う賭場の匂いだった。

（文春文庫『又蔵の火』171／184）

庄内藩の実録をもとに書かれた歴史小説「又蔵の火」（一九七三年九月）では、謹直な武家の生活になじめぬ兄の堕落が、弟の目で描かれる。

脂粉の香とも、汗とも、酒の匂いともつかない濃密な匂いが部屋にたち籠《こ》め、虎松はその匂いに軽い吐気を感じた。兄が住んで居る異様な世界を覗《のぞ》いた気がした。

（文春文庫『又蔵の火』50~1／53）

「おうの」は「呼びかける女」（一九七八年一月〜十月）全九話の第5話だ。

伊之助は部屋を横切って、次の間の前に行くと静かに襖《ふすま》をあけた。厚い夜具の中に、女が寝ていた。枕《まくら》もとの小行燈が、むこう向きになっている女の髪を照らしている。部屋の中には、むせかえるような化粧の香が立ちこめていた。

（新潮文庫『消えた女　彫師伊之助捕物覚え』199／231）

「帰って来た女」（一九八一年十一月）では、娼婦に身を落とした妹・おきぬを探して、錺《かざり》職人の藤次郎が場末を訪ねる。

「来《こ》い、音吉」

藤次郎は荒々しく言うと、路地に踏みこんで行った。何とも言えない悪臭が、藤次郎の顔をつつんで来た。それは酒の香と物を焼く匂いが入りまじっているようでもあり、また女の脂粉の匂いと男の欲望のまじり合う匂いのようでもあった。

（新潮文庫『龍を見た男』24／27）

炊飯と火事場の匂い

「乳房」（一九八六年六月）では、夫を寝取られたおさよが自暴自棄になり、あやうく女衒《ぜげん》の手に落ちそうになる。「物を煮る匂い」は退屈だが安気な日常を象徴している。

おさよが自分の家がある二丁目の路地に入るころには、雨はぱたりとやんだ。おさよは裏店の木戸の外に立ちどまった。そこから、身を隠すようにしながら裏店をのぞいた。さっきの雨で雲が動いたのか、かすかな夕明かりが空から落ちて裏店の家々と路地をうかび上がらせていた。路地には人影がなく、雨に濡《ぬ》れた地面が光っているだけである。そしてまだ灯をいれたところはなくてどの家も暗かったが、そこから物を煮るなつかしい匂いがただよって来るのにもおさよは気づいた。

（新潮文庫『本所しぐれ町物語』258／300）

「消息」（一九八九年二月）のおしなは、失踪した夫の消息を訪ねて知らぬ町をさまよい、疲れて帰ってくる。

だが、おしなが田所町の裏店にもどったときは、日はあらかた暮れて、家家の窓から仄明《ほのあ》かりが洩れる路地には、行燈の火を燃やす安物の魚油の匂いがただよっていた。

（文春文庫『夜消える』144）

同じ炊事の匂いに、所帯を持たぬ女は孤独を深める。「冬の足音」（一九七七年十一月）の娘お市（十九歳）は、好きだった職人が他の女と世帯を持っていたことを知る。

お市は金を払って、一人で先に小料理屋を出た。闇が町の底を這っていたが、遠い空に血のような色に染まった雲が浮かんでいた。雲も、その雲を浮かべている暮れいろの空も、寒ざむとした冬を告げていた。風もないのに、四方から寒気が押し寄せ、どこかで物を焼く匂いが鋭くお市の鼻を刺した。心の中までひびく冬の足音を、お市は聞いた。

（中公文庫『夜の橋』163／165、文春文庫『同』171）

「化粧する女」（一九八〇年八月）の生活臭は、「悪女おつぎ」の正体がやがて露見することの伏線かもしれない。

木戸をくぐると、路地にたまっていた暑熱が、どっと登の顔を包んで来た。その暑い空気には、魚の焦げた匂い、物の饐《す》える匂い、乳の匂い、そしてかすかに小便くさい匂いまでまじっている。

（講談社文庫『風雪の檻』185／200、文春文庫『同』217）

「物が焼ける匂い」は炊飯に限らない。「虹の空」（一九七九年七月）では、母親を探して火事場に駆け付ける。

走って来たせいばかりでなく、政吉は高い動悸《どうき》に胸を喘《あえ》がせながら、ひとの群れをかきわけて前に進んだ。物の焼ける匂いが鼻をつき、やがて焼けあとが見えて来た。

（新潮文庫『霜の朝』176／206）

「凶刃」（一九八九年三月～九一年五月）には神田佐久間町の火事の焼け跡の匂いが出てくる。

それまでは気づかなかったが、佐知の話を聞いたあとでは歩いているとどこからか焼土の匂いが鼻を刺して来るように思われた。そしてよく見ると、町には材木の新しい家や、焼け残りの残材でつくろった家などが目立ち、その間には煙で壁が真黒になっている土蔵なども見えた。

（新潮文庫『凶刃』265／312）

第二節　病いの描写

長塚節と藤沢周平はともに結核を病んだ。節は満三十五歳で死んだが、手術を受けた周平は六十九歳まで生きた。長生きできた代償として、不安な闘病生活を強いられ、病み上がりで就職難を経験している。藤沢文学を特徴づける哀感《ペーソス》の底には、みずからの病苦《パトス》の経験が居座っている。

労咳（結核）と転地療養

喀血の描写は、最初期の短篇「囮」（一九七一年九月）から見られる。

だが、彫宇《ほりう》の工房を出たときから、甲吉は、両国の目明し徳十配下の、人に嫌われる下っ匹だった。そうなったのは、二年ほど前、妹のお澄が血を喀《は》いたときからである。その時から、お澄は寝たり起きたりする暮しが続いている。そうなる前の自分を、忘れてしまったようだった。お澄は、元気のよい声で話し、上気したような、もも色の頬をしているが、忘れかけたころに、赤い花片《はなびら》のような血を喀いた。

（文春文庫『暗殺の年輪』243／278）

のちに『闇の歯車』と改題された「狐はたそがれに踊る」（一九七六年九月）では、おなじ居酒屋の常連四人が、盗賊に誘われて押し込み（強盗）を手伝う。四人のうち一人は駆け落ちした浪人だが、妻が労咳で倒れ、医者に転地を勧められていた。

「要するにそういうことでな。この前も申し上げたように、ご新造の病は、なかなかなおらんところまで進んでしまっておる。それに、申しては何だが、いまのお住居《すまい》がどうもいかんな。風が通らんから、家の中が湿っておるし、この暑さは耐え難かろう。あれではなおる病人もなおりませんぞ」

「…………」

「どこか、海辺の村にでも連れて行って、養生させるとよろしいのだがな。それで病気がなおると請《う》け合《あ》えんが、からりとした土地で、うまい魚でも喰わせる方が、わしの薬より効くかもしれんの」
（講談社文庫『闇の歯車』32〜3／38）

「医者は海辺の村に行けと言っておる。そうしたら病も癒《い》えようと、な。行くか」

「……」

「すがすがしい場所で、うまい魚でも喰って、波の音を聞きながら養生するのだ。な、行くか」

静江は黙って伊黒の顔をみた。それから微笑した。
（134／162）

押し込みは成功するが、共犯者それぞれの事情がかわり、もはや金を必要としない皮肉な結末を迎える。伊黒の場合は配当を待たずに妻が死んでしまう。

戸を閉めて寝間に戻ると、伊黒は病人のそばに胡坐《あぐら》をかき、また顔を見まもった。してやることは、もう何もなかった。静江の命が、細ぼそと最後の燃焼をつづけているのを、見ているだけだった。物音もない夜の気配の重さが、伊黒を苛みつづけた。

静江が息を引きとったのは、障子に微かに朝の光が這い寄って来たころだった。命が燃えつきたのだった。死に顔は、生きていたときよりも穏やかで、面変りしている中に、どことなく昔の面影が戻ってきたように見えた。
（講談社文庫『闇の歯車』160／192〜3）

「静・しづ」の名はしばしば結核患者に当てられるので、あるいは療養時代に似た名の女性患者がいたのかもしれない。「押し込み」（一九八〇年七月）のおしづも労咳を病む女性で、長屋の者から同情されていた。

「それにあのひと腰が低くてねえ。こないだ漬け物をひと皿あげたら、病人ですからお返しはご遠慮しますけど悪しからず、お皿は洗ったけどもう一度洗い直してくださいなって、それはもう、自分の病気のことを気にしているわけ。だからあたしも言ってやった」

「何て言ったのさ」

「いいえね、そんな病気のことなんぞ気にしなさんな。長屋のもんは病気がうつるような、やわな身体をしちゃいないからってさ。そしたら、あのひとありがとうって涙ぐんでさ」

（講談社文庫『風雪の檻』117／126〜7、文春文庫『同』136〜7）

「義賊を気取って、川庄《かわしょう》から巻き上げた金をおしづさんにやろうと考えたらしいが、そんな金はおしづさんは喜ばん。それよりは、だな。むかし世話になった源次ですと名乗って出て、稼いだ金でたまに活きのよい魚でもとどける方が、おしづさんはずっと喜ぶだろうが」

（講談社文庫『風雪の檻』151／164）、文春文庫『同』176）

義賊気取りの男の名「源次」は、政治道楽をやめられなかった節の父・源次郎をもじったと思われる。自分が使った食器はあとでよく消毒するようにと指示する律義さには、平輪光三著『長塚節 人間と作品』（一九四三）の逸話が応用されている。

「暖かい土地で活きのよい魚を食って結核を治す」というアイディアは、節を九州旅行に駆り立てたものだった。「女人幻影」（一九八四年三月）

そのころ、というのは根岸養生院に落ちついて岡田博士の手術を受けはじめたころのことだが、節の心の中に不思議なものが棲みついた。それは南国土佐という地名だった。厳密にいえば、土佐という地名によって喚起されるあたたかい土地に対する一種のあこがれである。

「節さん。あんたのその病気は、あったかい土佐にでも行って、しばらくごろごろしていればじきに治るものだよ」

節にそう言ったのは、父の政友であり、寺田憲の実父である飯田新右衛門である。

（文春文庫『白き瓶』295／351）

結核の特効薬がなく、鮮魚の輸送も難しかった当時、海辺で浜から上がる魚を食べて栄養をつけることに多少の治療効果はあっただろう。だが節は不運にも日向で台風に見舞われた。「歌人の死」（一九八四年九月）

節は次第に、じっとしていられない苛立ちに襲われて、青島がだめなら、せめて景色のうつくしい日南海岸を旅して、おいしい魚でもたべて来ようかと思い立ったのである。青島は時化で、魚もたべられなかったのである。どこかに安住の地、節を迎えいれてその病いを癒すのに手を貸してくれるような土地がありそうなものだと思いながら、節は内海《うちうみ》まで来たのであった。

（文春文庫『白き瓶』451／537）

このあたりは『白き瓶』のなかで、藤沢がとくに力を入れて書きたかった部分だろう。

青島を中心にした日向彷徨《ひゅうがほうこう》が節の寿命を決定的にちぢめたことは疑い得ない事実で、なぜそんな無理な旅行をしたのかという謎については、すでに何人かのひとが解明を試みている。私はそれらの文章を読み、また自分なりにある仮説も持っていたが、しかしそこのところは現場を見なければ一行も書けないだろうという気がしたのである。節の最後の旅日向旅行は、私にとってやはりこの歌人の最大の謎の部分だった。その旅には大旅行家である節、歌人である節、病人である節が集約的にあらわれていた。（「小説『白き瓶』の周囲」、文春文庫『小説の周辺』247、文春文庫『半生の記』巻末年譜220）

「たそがれ清兵衛」（一九八三年七月）はこの取材旅行の三か月後に発表された。

（医師）六庵の話では、奈美は心身ともに夫に頼りすぎていて、このままではやがて立ち上がれない病人になるだろうとも言っていた。そうなる前に、空気がよくたべもののうまい鶴ノ木湯にやりたいのだが、それにはいま少し費用が足りなかった。（新潮文庫『たそがれ清兵衛』27／30〜31）

清兵衛が上意討ちに協力した見返りに、妻の療生がかなった。

妻女は明るい笑顔を見せた。その顔に艶《つや》がもどっている。では、行くかと言って、清兵衛は妻女の足に合わせ、そろそろと湯宿にもどる道をたどった。

「しかし、ここにいるのも、雪が降るまでじゃな」

「はい。家が恋しゅうござります。それに、少し……」

「何じゃ？」

「はい。もったいないことですが、少し美食に飽きました」　（43／50）

節が果たしえなかった転地美食療養を、たとえうそでも成就させたくて、藤沢は「たそがれ清兵衛」を書いたのかもしれない。

老いと寒さ：卯平のリューマチなど

「おつう、そんな姿《なり》で汝《わり》や寒かねえか」と聞いた。それから手拭《てぬぐい》の下から見えるおつぎのあどけない顔を凝然《じっ》と見た。

「寒かあんめえな」おつぎは事もなげにいった。（新潮文庫『土』1：9／10）

お品が帰宅したときの会話である。若くて健康なおつぎは平気だが、病気のお品には寒さがこたえる。この会話を藤沢は、老人から壮年への問いかけに応用している。「春の雷鳴」（一九七八年）では、老中松平右近将監が呼びかける。

「寒うはござらんか。少々さむ気がするが……」

「はて」

佐渡守は妙な顔をして、炉の方を振りむいた。赤い火がみえている。（文春文庫『闇の傀儡師』上264）

「暗い耀《かがや》き」（一九八三年九月）では伊藤左千夫が長塚節に話しかける。

「寒かったら、こっちへ寄ってくれ」

左千夫は言って、自分は机の前の座布団にあぐらをかくと、炉の灰を掘り起こした。

「いや、寒くはない」

「そうか。君は若いからな」（文春文庫『白き瓶』174／205）

卯平のリューマチは毎年冬に出て、春にはひっこんだ。

卯平は年末の出代《でがわり》の季節になればその持病を苦にして、奉公もどうしたものかと悲観することもあるが、我慢をすれば凌《しの》げるので遂居据《ついいすわ》りに成っているうちに　何時《いつ》でも春の季節に還《かえ》って、郊外に際涯《さいがい》もなく植えられた桃の花が一杯に赤くなると　その木陰の麦が青く地を掩《おお》うて、江戸川の水を遡《さかのぼ》る高瀬船の白帆も暖く見えて、大きな蔵々の建物が空《むな》しく成る程　一切の傭人《やといにん》が桃畑に一日の愉快を竭《つく》すようになれば　病気もけそりと忘れるのが例であった。

（新潮文庫『土』16：194〜5／240〜1）

病状が寒暖に支配される様子は、「鼬《いたち》の道」（一九八四年十二月）に応用される。

「どうも近ごろは、意気地《いくじ》がなくなりました」

と書役《かきやく》の万平が言った。

「ちょっと寒くなると、たちまち足が痛みましてな」（中略）

「そうです。この足ですよ」

と万平は言って膝をさすった。万平は丸顔の大柄《おおがら》な男で、今年五十八になる。

「奇体なものです。あたたかいうちはころっと忘れているのに、ある朝眼がさめて、今朝は少し冷えるようだと思うと、もう足が痛くなっている」

（新潮文庫『本所しぐれ町物語』9／9）

「ふたたび猫」（一九八五年六月）で、万平は再び訴える。

「どうしました？」

「今度は腰ですよ。梅雨に入ってからずっと腰が痛んでるんです。あたしもいよいよお勤めから身をひく時期が来ました」

（新潮文庫『本所しぐれ町物語』95／110）

「雪の比丘尼橋」（一九九一年七月）

五十を過ぎたころに、鉄蔵は一度腰を痛めた。痛みはそのときは難なくなおったが、六十近くになると同じ痛みがぶり返し、還暦を過ぎたいまは容易ならぬ持病になっている。

しかし腰の痛みには一進一退があって、陽気の加減であるかなきかに軽くなることがある。そういうときに鉄蔵はせっせと働きに出た。

（文春文庫『日暮れ竹河岸』166）

接骨と揉み療治

『土』21章で勘次が目撃する接骨治療は、独立した挿話として読める。フランス自然主義小説を代表するフロベールの『ボヴァリー夫人』（一八五六年）には、壊疽にかかった脚を切り落とす場面があり、あるいはそれをヒントにしたのかもしれない。

「お前兄貴だな、そんじゃええ、徒労《むだ》だ」と抱いた手を放《はな》たしめた。百姓は骨肉の勦《いたわ》りが　泣き号《さけ》ぶ子をぎっと力を籠《こ》めて曳かせない。（略）
医者は更に家族に命じて近所の壮者《わかもの》を喚《よ》びにやった。（略）
やがて近所の壮者が来て以前の如く怪我人を懐《だ》いた。医者は先刻《さっき》のようにして怪我人の恐怖した顔を見ながら　口を締めてぎっとその手を曳いた。怪我人の手はぼぎっと恐ろしい音を立てた。けが人は只《ただ》泣き号《さけ》んだ。
「よしよし癒《なお》っちゃった」医者は手を放って、太い軟らかそうな指の腹で暫く揉むようにしてそれから薬を塗った紙を一杯に貼って燭奴《つけぎ》のような薄い木の板を当ててぐるりと繃帯《ほうたい》を施した。
（新潮文庫『土』21：262~4／324~6）

おろおろと心配する患者の付き添いに対して、医者のクールな対応が印象的だ。節が取手の接骨医院で取材したと伝えられるその療法は、幕末の施療術とあまり違わぬものだったろう。「忍びよる影」（一九七八年八月～）に似た記事がある。

　医者は、むっつりした顔で、しばらく冷たく乾いた手で傷のまわりを撫でたり、軽く押したりしていたが、急に無造作に腕の付け根を握った。思いがけない強い力だった。

（文春文庫『闇の傀儡師』上249）

「善人長屋」（一九七九年一月）の立花登は医師兼柔術家なので、骨接ぎはお手のものだ。

「辛抱なさい。すぐに済みます」

　登は男の胸を突いて寝かせると、女房にしっかり押さえていてください、と言った。そして容《よう》赦《しゃ》なく手当てにかかった。（講談社文庫『春秋の檻』92／102、文春文庫『春秋の檻』112）

「石を抱く」（一九七五年八月）では拷問にあった囚人に対して、囚人仲間が文字通り「手当て」を尽くす。

　囚人の労りは手馴《てな》れていて、掌は温く、しなやかだった。揉《も》みほぐされ、撫《な》でられて、直太は自分の身体が戻ってくるのを感じていた。その中に刺すような痛みがあり、直太は時どき顔をしかめて唸《うな》ったが、その痛みは、労りによって、一晩眠れば楽になることを、この前の牢問で知っていた。（新潮文庫『竹光始末』124／136）

「化粧する女」（一九八〇年八月）にも似た描写がある。

　囚人たちは牢問にあった者をたくみに手当てする術《すべ》を身につけている。丹念に手のひらで撫でさすり、ところによっては揉みほぐして、痛みをやわらげ鬱血を散らす。同房の連中に憎まれている囚人は、手当を受けられずほっておかれたりするが、房五郎は憎まれてはいないはずだった。
（講談社文庫『風雪の檻』160／172〜3、文春文庫『同』188）

胃がん

藤沢のとくに初期の作品に胃がん患者が多く登場するのは、胃がんで亡くした先妻への供養でもあろうか。「帰郷」（一九七二年十月）では、老博徒・宇之吉が「胃のあたりに重く嵩《かさ》ばる異物感と、鈍い痛み」（文春文庫『又蔵の火』102／108）を覚えて、日光街道筋の小さな宿場町で寝込む。そのあとに見た「澄明」な風景については、「黄色い光と黒い土」（一八七頁）を参照されたい。

翌年発表の「闇の梯子」（一九七三年十二月）では。妻の胃がんの自覚症状から、医師による診断、末期の衰弱までのプロセスが生々しく描かれている。

「どうした？　具合が悪いのか」

言ったとき、清次は鼻を衝く血の匂いを嗅いだ。おたみは流し台の脇に蹲《うずくま》っている。

「たみ、どうした？」

「腹が痛むの」

顔を挙げて清次を見ると、おたみはなぜか子供のような口調で言った。清次は流し台の中を見た。夥《おびただ》しい黒いものがそこに流れている。その端に、いま食べたものが少し混じっている。清次は蹲ると、黒いものに指をつけて嗅いでみた。生臭い血の匂いだった。

（文春文庫『闇の梯子』87〜8、講談社文庫『同』100〜1）

「密通」（一九八一年十二月）、

美濃屋は去年の春先、十五年連れそった女房を失った。腹にできた腫物《はれもの》が命取りになったのだが、痛みを訴えて床についてからわずかひと月。あっという間の病死で、美濃屋は、当座は茫然として商いも手につかない日を過ごしたのである。（文春文庫『よろずや平四郎活人剣』下126／137）

「戻って来た罪」（一九八二年二月）では、触診でふれたしこりを「物」、そこから診断される病気を「もの」と書き分けている。

登は腹を撫でた。皮膚は乾いて、ざらつく感触を掌につたえた。胃《い》ノ腑《ふ》をさぐり、腸をさぐってみる。あきらかに腫物と思われる、固く痼《しこ》っている物が指先に触れた。それもひとつではなかった。固いものは二つある。前に登が診たときも、それらしい物はあったのだが、それはその後はっきりした形をとり、しかもふえたのだ。板のようなその身体を、まだ蚕食《さんしょく》しているものが身体の中にいた。（講談社文庫『人間の檻』22／22、文春文庫『同』24）

第三章　「もの」で書かれる情念

藤沢作品では「もの」という表現が目立ち、とくに初期の負のロマンと強く結びついている。「もの」は『土』の「或物《あるもの》」の応用だと思われるが、藤沢はさまざまな用法を考案し、それらを作品の主題や設定に合わせて使い分けてみせた。本章では「もの」の用例を幅広く提示するとともに、『隠し剣』シリーズ対『たそがれ清兵衛』シリーズ、『一茶』対『白き瓶』のように、似て非なる作品群における「もの」の使い分けについても考察する。

第一節　デビュー作で荒れ狂う「もの」

「溟い海」：北斎の我執

オール読物新人賞を受賞したデビュー作「溟い海」（一九七一年四月）では、浮世絵師・葛飾北斎の荒らぶる魂《デーモン》が「もの」として描かれる。

月並みなものに爪を立てたくなるもの、世間をあッと言わせたいものが、北斎の中に動く。北斎ここにあり、そう叫びたがるものが、北斎の内部、奥深いところに棲み、猛猛しい身ぶりで歩き回ることをやめない。

（文春文庫『暗殺の年輪』197／226）

自信満々の北斎の前に広重があらわれた。北斎は先輩ぶって応対する。

「しかし、ま。これから後がんばることだな。評判がよすぎると、後が辛いものさ」

「は」

広重は、眼をあげて微笑した。北斎の言葉が包んでいる毒を、敏感に感じ取ったようだったが、微笑は柔かかった。その微笑に、北斎はふと気圧《けお》されるものを感じた。意外に強靭なものが、商人のような顔の下に隠されているようだった。

「おっしゃるとおり駆け出しで、先生にも、今後いろいろ教えて頂きたいものです」

「なーに。教えてもらうのは、案外こっちかもしれないよ」

北斎は、その厚い肉の下に潜んでいるしたたかなものに爪を立てるように、えげつない言葉を続けた。（略）

挨拶している広重の横顔に、北斎は妙なものを見た。それは、普通見かけないほど大きい黒子《ほくろ》だった。北斎にむけた右頬の、耳の下に近いところにあって、正面から見えなかったのだ。それは、広重の柔らかい物腰を裏切って、ひどく傲慢なものに見えた。

（文春文庫『暗殺の年輪』214~5／246~7）

だが、北斎の中に、執拗にこだわるものがある。（広重の）絵をみているうちに、その背後に太太しい自信のようなものがあることが、見えてきたのである。それが気持にひっかかった。さらりと描きあげる——それだけのものを、広重は、こんなに自信たっぷりに描いたのか。
（217／249）

広重の中にもある種の傲慢を見た北斎は、新しい絵で巻き返しを図るが成功せず、創作意欲の枯渇を自覚する。

心の奥深いところに、荒荒しく咆哮するものがあり、それが心を昂ぶらせ、息が切れるほどだったのだ。
（文春文庫『暗殺の年輪』223／256）

いまここに蹲っているのは、老醜の巨体だけだった。すでに、心の底に、暗く咆哮するものの気配を聞かなくなってから久しい。
（文春文庫『暗殺の年輪』230／264）

北斎は悪党をやとって広重を襲わせようとするが、広重に深い孤独と虚無を見る。

「やめた」

と、北斎は答えた。何かが脱落し、心はほとんど和らいでいた。渋面をつくりやがって、と思った。正視を憚《はばか》るようだった。陰惨な表情。その中身は勿論《もちろん》知るよしもない。ただこうは言えた。絵には係わりがない。そこにはもっと異質な、生の人間の打ちひしがれた顔があった、と。言えばそれは、人生である時絶望的に躓き、回復不可能のその深傷《ふかで》を、隠して生きている者の顔だったのだ。北斎の七十年の人生が、そう証言していた。
（文春文庫『暗殺の年輪』231／265〜6）

物語の最後で北斎の老いが描かれる。

北斎は、長い間鵜を見つめたあと、やがて筆を動かして背景を染めはじめた。はじめに蒼黒くうねる海を描いたが、描くよりも長い時間をかけて、その線と色をつぶしてしまった。漠として暗いものが、その孤独な鵜を包みはじめていた。猛猛しい眼で、鵜はやがて夜が明けるのを待っているようだったが、仄《ほの》かな明るみがありながら、海は執拗に暗かった。

（文春文庫『暗殺の年輪』233／268）

「旅のさそい」：広重の没我

この三年後に発表された「旅の誘い」（一九七四年三月）にも「もの」が出てくるが、それは広重によって描かれる客体であって、「溟い海」で荒れ狂う北斎のデーモン（主体）とは対照的だ。

だが保永堂はその絵を貶《おと》しめたのではなかった。

「ここまでしか来ていないが、しかしこれも」

保永堂の指は、いそがしく両国橋に宵月を配したもう一枚を取り上げて示した。

「あなたがほんとうは風景描きだと白状している絵です」

保永堂は妙な言い方をしたが、広重には彼の言うことがよく解った。出来のよし悪しは別にして、川正から出すために東都名所を描いたとき、広重は描きたいものを描いたという感じがした。その感じは、八年前に永寿堂から東都名所拾景を出したときにはなかったものである。それは予感のようなものだった。描きたいものを描いた感じの中に、微かに見えたものがある。浮世絵の世界にはまった自分と、漠とした未来が、その風景の中に描き出された気がし、そのことに自分自身でいくらか驚いたのだった。

だがそれは自分でも不確かなことで、まして他人に言うべきことではなかった。保永堂の言葉は、「一幽斎描き東都名所」から、いわば広重の予感のようなものを読み取ったと言っているのだった。

（文春文庫『花のあと』151〜2）

保永堂の声はいよいよ低くなった。それでいて顔は赤らみ、眼は熱っぽく光っている。

「あなたの風景には誇張がない。気張っておりません。恐らくそこにある風景を、そのまま写そうとなさったと、あたしはみます」

それは北斎のように奇想の持ち合わせがないからだ、と言いかけて広重はふと声を呑んだ。そうではなかったと思ったのである。たとえ奇想が湧いても、北斎のようには描かないだろう。風景はあるがままに俺を惹きつける、と思ったのである。

（文春文庫『花のあと』153）

「風景はあるがままに俺を惹きつける」は、長塚節に正岡子規が教えた言葉「見たものをお詠み」（文春文庫『白き瓶』82／96）と響き合い、藤沢周平が得意とした自然描写にも通じる。

「先生、旅に出ませんか。先生なら、木曾街道から、東海道とはまた違った風景を摑んで来られると思いますよ」

すでに仄暗《ほの》い部屋の中から、保永堂が囁《つぶや》くように言っている。それは阿《おもね》るような声だった。東海道の話を持ち込んだとき、「あなたは風景描きだ」と迫った気迫はどこにもなかった。

ただ旅に出ないかというひと言が、広重を動かしていた。そそり立つ岩石と樹立の間を縫う、ひと筋の街道が見えている。十三の時、父母を失った。そのことが埋めつくせない空虚な穴のように、心に棲《す》みついているのを知ったのは、東海道の旅をしているときだった。

旅はその傷を癒すことはせず、かえって鋭い痛みを誘ったが、その痛みは真直ぐ絵に向かったのである。あんたは淋しい人だと栄泉は言ったが、淋しい人間として、今度は木曾街道を歩いてもよいと思った。（文春文庫『花のあと』171）

旅する芸術家へのこだわりは、四年後に書かれる『一茶』が、発表当時「始まりの旅」「旅の躓き」「旅に疲れて」「旅人の眠り」と四部に分けられ、その五年後の『白き瓶』で長塚節の「煙霞の癖」（極度な旅行好き）が語られることと合わせて興味深い。旅はみずから寂しさを求める行為である。

第二節　『土』の「或物《あるもの》」

北斎の「もの」は、『土』で主として勘次の心の屈託に用いられる「或物」を思わせる。ストーリーに沿ってその用例を紹介しよう。

お品が亡くなった翌春、おつぎ（十六歳）は台所を任され、弟・与吉（四歳）の母親代わりとなり、野良仕事も仕込まれる。一日の激しい労働のあと風呂をもらいに行ったとき、おつぎが近所の女房達の前で愚痴をもらした。

「おっかあのねえものは厭《や》だな」おつぎはいって勘次を見ると　直《すぐ》に首を俛《たれ》た。勘次は側で凝《じ》然《っ》とそれを聞いていた。

「おつう等だって今に善《え》えこともあらな、そんだがおっかが無くっちゃ衣物《きもの》欲しくっても　こればかりは仕ようがねえのよな」女房はいった。勘次はそんなことは云《い》わずにいてくれればいいのにと思いながらむずかしい顔をして黙っていた。
「この肉刺《まめ》はとがめめえか」おつぎは手の平の処々に出た肉刺を見て心配そうにいった。
「何でとがめるもんか」勘次は抑制した或物《あるもの》が激発したように直《すぐ》に打ち消した。
（『土』6：67／83）

勘次が「抑制」しているのは、十六歳のおつぎに無理な労働を強いていることへのひけ目だろう。女房等の暗黙の批判を感じて、つい激発したのだと思われる。

勘次によるクヌギの根（7章）やモロコシ（10章）の窃盗は警察沙汰になるが、地主の内儀（節の母がモデル）の恩情で穏便に済んだ。勘次は事後報告する。

「わしゃお内儀《かみ》さん　嬶《かかあ》おっ殺してからっちものは　乞食げだって手攫《てつか》みで物出したこたあねえんでがすかんね、そらおつうげもはあ　断って置くんでがすから、わしゃお内儀さんそれだけは心掛てんでがすよ」勘次は内儀さんの心裡《こころ》に伏在している何物かを求めるような態度でいった。
（新潮文庫『土』10：125／155-6）

地主の内儀さんの「心裡に伏在している何物か」とは、勘次一家のへの同情、より具体的には仕事の斡旋などだろう。

つづく11章には、三種類の「或物」が登場する。

彼等のような低い階級の間でも　相互の交誼《こうぎ》を少しでも破らないようにするのには、其処《そこ》には必ず　それに対して金銭の若干が犠牲に供されねばならぬ。絶対にその犠牲を惜しむものは　他の憎悪《ぞうお》を買うに至らないまでも、相互の間は粗略《そりやく》にならねばならぬ。然しそんなことは　勘次を苦《くるし》めてそのさもしい心の或物を挽回《ばんかい》させる力を有していないのみでなく、殆《ほとん》ど何の響をも彼の心に伝うるものではない。彼は只《ただ》その日その日の生活が自分の心に幾らかでも余裕を与えてくれればとのみ焦慮《あせ》っているのである。（新潮文庫『土』II：131／162〜3）

勘次の「さもしい心の或物」とは、極端な吝嗇《りんしょく》のことだろう。すこしでもはやく借金を返し、貯蓄を増やしたい勘次は、小作人仲間の付き合いに要するわずかな出費も惜しみ、仲間外れも意に介さない。

十七歳のおつぎに求愛をする若者があらわれ、夜、厠に立つおつぎの手を握るが、勘次に発見されて逃げた。勘次は娘の裏切りに絶望する。

彼は暫《しばら》く間を措《お》いては又、噛《か》んで噛んで噛締《かみし》めても噛み切れぬ或物《あるもの》に対するような焦燥《じれ》ったさと、期待していた或物を俄《にわか》に奪い去られた様な絶望とが混淆《こんこう》し紛糾して　自暴自棄《やけ》の態度を以《もっ》ておつぎを責めた。彼の挙動は殆《ほとん》ど発作的であった。（新潮文庫『土』II：140／173）

「噛み切れぬ或物」とは、おつぎを監視しきれなかった自分への苛立ちや、若者に馬鹿にされた悔しさ。「期待していた或物」とは、おつぎの自分に対する絶対服従をさすのだろう。

然し勘次自身には　何如《どん》な種類の物でも　現在彼の心に与え得る満足の程度は、失うたお品を追憶することから享《う》ける哀愁の　十分の一にも及ばない。彼はもはやそれ以上　彼の心裏《しんり》に残存している或る物《ママ》をまで奪い去られることには堪《た》えないのである。（新潮文庫『土』II：140／174）

「心裏に残存している或る物」とは、おつぎを介して思い出すお品の記憶だと思われる。

翌年の初秋、盆踊りの季節が来た。それは若い男女にとって自由恋愛の機会である。「心の或物」とは、この時に高まる性欲を指すようだ。

各所の太鼓の音が　興味は却《かえっ》てこれからだという様に　沈んだ夜《よ》を透して一直線に響いて来る。唄の声は遠く近く聞こえる。夜は全く踊るものの領域に帰した。彼等は玉蜀黍《とうもろこし》の葉がざわざわと妙に心を騒がせて、花粉の臭いが更に心の或物を衝動《そそ》る畑の間を行くとては、踊って唄うて渇した喉に　其処《そこ》に瓜が作ってあるのを知れば　窃《ひそか》に瓜や西瓜を盗んで　路傍《みちばた》の草の中に打ち割った皮を投げ棄てて行くのである。（新潮文庫『土』13：158／196）

盆踊りの最中、若い衆の一人がふざけておつぎの頭から櫛を抜き取る。それを見た勘次はおつぎがその男と言い交していると邪推し、公衆の面前で折檻する。勘次の嫉妬の異常さは村落中に知れ渡り、女房らの口にのぼる。

「勘次さんもどうしたっちんだんべ、俺ら可怖《おっかね》えようだっけぞ」
「本当によ、丸っきり狂気《きちげえ》のようだものなあ」という驚異の声が到《いた》る処に反覆《はんぷく》された。
「唯《ただ》たあ思えねえよ、勘次さんもああいに仕ねえでもよかんべと思うのになあ」嘆声を発しては　各自の心に伏在している或物《あるもの》を　口には明白地《あからさま》に云うことを憚《はばか》る様に眼と眼を見合せて互に笑うては　僅《わずか》に
「厭《や》だ厭だ」という　底に一種の意味を含んだ一語を投げ棄《す》てて別れるのである。
（新潮文庫『土』13：159／197）

「心に伏在している或物」とは父子相姦の疑いで、わざわざ口にしなくても互いの目配せで了解さ

れるのだ。これ以後勘次とおつぎは、ムラ人からなかば公然とからかわれるようになる。

或時悪戯好《あるときいたずらずき》な兼博労《かねばくろう》が勘次の刈《かっ》ている稲を、これは何だえと聞いた。態《わざ》と聞いたのであった。それは鍋割れとも、それから芒《のげ》が白いので白芒《しろのげ》とも云うのであったが　勘次は「これは白坊主」とそっけなくいった。彼は鍋というのが厭でそういったのである。兼博労はうまく或物を攫《とら》えた様に得意に成って　村落中《むらじゅう》へ響かせた。口の悪い百姓等は　勘次がおつぎを連れて田へ出ているのを見て「白坊主等夫婦して耕《うな》ってら」などと放言することすらあるのであった。

（新潮文庫『土』14：166／205~6）

ここでの「或物」は、からかうタネの意味だろう。川村安宏による『土』の英訳Earthでは、「弱点・急所」の意味でvulnerable pointと訳している。

だがこの頃から家計も上向きになり、勘次は以前ほど仲間を避けなくなった。

彼は絶えず或物を探すような　然も隠蔽《いんぺい》した心裏の或物を知られまいというような、不見目《みじめ》な容貌《ようぼう》を　村落《むら》の内に曝《さら》す必要が　漸《ようや》く減じて来た。彼は段々彼等の伴侶《なかま》に向って以前の如くこせこせと徒《いたずら》に遠慮した態度がなくなった。彼は村落の凡てに向って払った恐怖の念を悉《ことごと》く東隣の家族にのみ捧《ささ》げてしまった。

（新潮文庫『土』16：193／239）

勘次が探す「或物」は仕事や儲けの機会のこと、隠蔽する「心裏の或物」は他人に知られたくない懐具合のことだと思われる。どちらもすこし前までの勘次のおどおどした態度の原因だった。

こうして家計に余裕がでてきた矢先、野田の醤油工場で夜回りをしていた舅の卯平が、リューマチをこじらせて帰郷し、勘次を苦しめる。

　卯平がのっそりとして箸を持つのは　毎朝こせこせと忙しい勘次が草鞋《わらじ》を穿《は》て出ようとする時である。おつぎは卯平の為に火鉢へ熰《おき》を活《い》けてやったり、お鉢を側へ供えたりするので　幾らか時間が後れる。そうすると勘次は担《かつ》いだ唐鍬をどさりと置いたり、閾《しきい》を出たり這入《はい》ったり、唯怚《ただもじ》怩《もじ》としていては、口に出せない或物《あるもの》を包むような恐ろしい権幕でおつぎを見る。

（『土』17：207／255~6）

　自分だけさっさと野良に出ておつぎを後から一人で来させたりすれば、途中で若い衆と接触の機会を与えてしまう。かと言っておつぎをせかせれば、舅への不孝が近所に知れわたる。そこで一人でじれているのだ。

　卯平は同年配の老人たちに誘われて「念仏講」に加わるが、他人におごられることへの引け目を口にする。

「（略）それ、心配《しんぺえ》しねえで、一杯《ぺえ》引っ掛けろっちんだ」（小柄な）爺さんは幾らでも乗地《のりじ》になってまくしかけた。（略）

「俺ら銭出しもしねえで、他人《ひと》の酒なんぞ」卯平は口が粘って舌が硬《こわ》ばったようにいった。

「おめえ管《かま》あもんじゃねえな、そんなこと」婆さん等は又いった。

「酒代《さかて》足《た》んなけりゃ、こっちの方に寺銭《てらせん》出来てるよ　おめえ等」宝引《ほうびき》の仲間がこちらを顧みていった。

「要《え》らねえともそんな銭なんざ、俺ら博奕《ばくち》なんざ何でも嫌《きれ》えだから」小柄な爺さんは直に吸鳴った。

「俺らはあ銭《ぜね》も有りもしねえで」卯平は他人《ひと》の騒ぎに釣り込まれようとするよりも、自分の心裏の或物を漸《やっ》とのこと吐き出そうとするよう呟《つぶや》いた。

（新潮文庫『土』23:291〜2／361〜2）

『土』の「或物」は以上十一例だが、その内容の近いものを互いに寄せて配列しなおすと、以下のようになる。ただし行末カッコ内は、箇条書きされた心の持ち主と、出典章番号を示す。

おつぎを見てよみがえるお品の記憶（勘次、11）
おつぎの初恋から受けた嫉妬（勘次、11）
卯平に対するおつぎの親切で仕事が遅れる苛立ちと嫉妬（勘次、17）
わずかな出費も厭う吝嗇（勘次、11）
金のかかる仲間付き合いを避ける打算と引け目（勘次、16）
幼い娘を百姓仕事で酷使していることへの後ろめたさ（勘次、6）
老人会でただ酒を飲む後ろめたさ（卯平、23）
勘次一家への同情心と配慮（地主の内儀に勘次が期待する、10）
トウモロコシの匂いで刺激される性欲（青年、13）
口には出せない父子相姦の疑い（女房達、13）
勘次をからかう格好の題材（兼博労、14）

「或物」はいかにも翻訳調で、言文一致運動の名残を思わせるぎこちない表現だが、それゆえかえって印象に残る。川村は『土』の英訳Earth（一九八六年）でしばしばsomethingと訳している。

第三節 秘剣を振るわせる「もの」

『隠し剣』シリーズ：「もの」で示される「隠し心」

藤沢のデビュー作「溟い海」で活躍した「もの」は、その後も多くの作品で活躍した。なかでも『隠し剣』シリーズでは不条理な「もの」に突き動かされる人物が多く登場する。

文春文庫『隠し剣孤影抄』と『隠し剣秋風抄』には計十七話が収録されているが、そのうち「宿命剣鬼走り」は『別冊文藝春秋』に書き下されたものなので、別に紹介する。残る十六話は『オール読物』にほぼ三カ月ごと、四年がかりで読み切り連載された。

各篇の題は「○○剣××」の形に揃えられ、「○○」が主として剣士の癖や屈託を、「××」が秘剣名を示す。十六話のうち十四話で「もの」が活躍するが、それらは「○○」を書きくだしたものであることが多い。表1に題と「もの」の関係に加えて、女の存在と剣の勝敗を示す。

全体の勝率は一〇勝三敗一引き分けと勝ち越しているが、引き分けはすなわち相打ちで、主人公の死を意味する。また「酒乱剣石割り」は酒乱の主人公が妹の敵討ちに向かうところで終わり、「偏屈剣蟇《ひき》ノ舌」では藩の使者を斬って脱藩する。合わせて六話の末路が悲劇で、シリーズ全体に悲壮感が漂う。

表1　『隠し剣』シリーズに出てくる「もの」と、女の役割

作品番号	題	「もの」とその正体	剣士の運命を左右する女	剣の勝敗
2	臆病剣松風	夫を怖がらせる理不尽なもの＝命令	妻＝臆病な夫を慰める	勝
4	必死剣鳥刺し	姪に眼ざめさせられたもの＝世間に許されぬ愛、黒い影のようなもの＝刺客	悲恋の相手＝血のつながらぬ姪	相打ち
5	隠し剣鬼の爪	傷を与えたもの＝鬼の爪のような	婢＝将来の妻	勝
6	女人剣さざなみ	堅固なもの＝秘剣さざなみの守り	妻＝夫の代わりに果し合いに行く	勝
7	悲運剣芦刈り	乗り越えられるもの＝武家の規矩、恐るべきもの＝世間の制裁	不義の相手＝兄の未亡人	敗
8	酒乱剣石割り	別人格＝酒乱	妹＝上司の息子らに凌辱される	勝＋死地
9	汚名剣双燕	犯すべからざる初恋の対象	初恋の対象、今は身持ちの悪い寡婦	勝
10	女難剣雷切り	別人格＝好色	女運のなさに同情する女中	勝（殺さず）
11	陽狂剣かげろう	別人格＝狂気	元許嫁＝世子の側室、婢＝体を許す	敗
12	偏屈剣蟇ノ舌	別人格＝偏屈	妻＝夫の偏屈を受け止めて来た	勝＋逃亡
13	好色剣流水	好色	分かれた妻と、浮気の相手	敗
14	暗黒剣千鳥	やわらかいもの＝女の手＝傷ついた剣士にとっての慰め	許嫁＝主人公を信じて待つ	勝
15	孤立剣残月	①仇として狙われた焦り、②独りで立ち向かう覚悟	妻＝夫に助太刀する	勝
16	盲目剣谺返し	虚心になって感じる敵の気配	妻＝貞操で夫の命を贖う	勝

主だった「もの」を以下に紹介するが、とくに第二集『秋風抄』の最初に、酒乱、女難、陽狂、偏屈など、理性では制御しきれない別人格が活躍することに注目したい。「酒乱剣石割り」（一九七八年五月）の「もの」は突発的な暴力を振るう点で、『土』の勘次の嫉妬心に近い。

だが心あたりがまったくないわけではない。笑わずにいられないしあわせな酔いが頂点に達するころ、突然に怒りとも悲しみともつかないものがやってくる気配を感じることがある。なぜとも、またどこからくるともわからないが、そいつは命をゆるがす勢いでやってくる。その始末がどうなったかを、甚六はいまだかつて見とどけたことがないのである。

眼がさめたときは、酒もさめている。甚六の意識の上では、われながらしあわせそうな笑いと、酔いざめの気分が直結している。

だが何かあるとすれば、意識がとぎれているその間のことである。その間に、睡魔だけでなく悪鬼が跳梁《ちょうりょう》するとしか思えない。悪鬼かと思うのは、飲みたい気持ちが、近ごろ尋常でないからだ。朝、眼ざめた床の上で、甚六はまず、今日は一杯飲めるかどうかと考えるのである。

（文春文庫『隠し剣秋風抄』20／21〜2）

甚六は上意討ちを決行するまで酒を禁じられるが、臆する心を静めるため一気に飲み、その勢いで上意討ちを成し遂げたあとも酒気は去らない。

快い酔いが身体を駆けめぐっている。少し飲み足りないが、気分は上上と言えた。

「さて、次は稲垣の屋敷だ。ケリをつけてやるぞ」

甚六はつぶやいた。心のずっと底の方で、むくりと危険なものが頭をもたげたようだった。いまのつぶやきは、そいつが言わせたようでもある。
「かくいうそれがしは、弓削甚六」甚六はひとりごとを言った。「あなどることは許さん」
甚六は、少し据わりのきた眼で、だれもいない廊下を睨《ね》めまわし、最後にこと切れて倒れている松宮左十郎を一瞥した。そして歩き出した。だが上等の気分は、まだ終わったわけではなかった。廊下の出口に向かいながら、甚六はウーイとおくびを洩らした。

（文春文庫『隠し剣秋風抄』43~4／49）

このあと向かう「稲垣の屋敷」について、物語の中ほどで伏線が敷かれている。

思い切って稲垣家の当主である組頭に会って、一切をぶちまけ、八之丞を取締ってもらおうかとも思うが、うっそうと樹木がしげるその屋敷に入って行くことを考えただけで、足にふるえが来る。一杯やらなければ乗りこめるところではない。

（文春文庫『隠し剣秋風抄』25／28）

つまり一杯やってさえいれば、豪壮な屋敷の森も怖くはないのだ。「うっそうと樹木がしげる屋敷」の威圧感について、序章『蟬しぐれ』を参照されたい。
アルコール依存症を「もの」で呼ぶ例は、市井もの「夜消える」（一九八二年十二月）にもある。

茶碗酒をあおるとき、兼七の喉は異様な音を立てた。そういうときおのぶは、亭主の身体の中に何か得体の知れないものが棲《す》みついていて、酒を欲しがっているような、無気味な気持ちに襲われることがあった。

（文春文庫『夜消える』15）

「女難剣雷切り」（一九七八年十月）の「好色」も、別人格として描かれる。上役からその妾を押し付けられた惣六は、二人の髷を刎ねたあと、妻を離縁してきたと告げて、女中に同情される。

惣六は、自分がいやに能弁になっているのを感じた。自分の中に棲んでいる、もうひとりのいやらしい奴、そいつは前にも女中たちの腰をうっとり眺めたり、性悪な後添いの女房の肌に未練を持ったりした奴だが、それが表に出てきてしゃべっているような気がした。

（文春文庫『隠し剣秋風抄』95／106~7）

「陽狂剣かげろう」（一九七九年一月）の半之丞は、藩主の世子の側室となる許嫁の乙江を思い切るために狂気を装うが、やがて真の狂気に心を支配される。「何者か」という人格表現が不気味だ。

半之丞は乙江を振りむこうとした。だが、身体がこわばって動かなかった。何者かが、うしろを振りむくのを強く制止したようである。半之丞はうろたえ、瞬間自失したようだった。そして、何かに背を押されたように、前に跳んだ。楽らくと跳んだようである。

（文春文庫『隠し剣秋風抄』125／141）

「偏屈剣蟇《ひき》ノ舌」（一九七九年四月）の「馴染みの深いもの」は主人公の偏屈で、それが普段隠れている場所から「元来あるべき場所」へ移動すると、分別は力を失う。

「わしは間崎の刺客など恐れてはおらん。いつでも受けて立つぞ」
傲然《ごうぜん》とした口調だった。庄蔵は胸の中に、いつも馴染《なじ》みの深いものが動くのを感じた。動くものは、庄蔵の胸の中をゆっくり移って行って、ふだんの在り場所とは違う、しかし元来はそこにあるのが本当ではないかと思われる居心地のいい場所に、しっくりと納まった。

（文春文庫『隠し剣秋風抄』172／196）

「もの」は主人公の鬱屈だけでなく、女との関係にももちいられる。女が救いとなる場合もあるが、同じイエに住む姪や嫂《あによめ》はしばしば悲劇の元凶となる。「必死剣鳥刺し」（一九七七年四月）の「もの」は、それまで押さえていた姪への欲情だ。

里尾《りお》の思いがけない行為で、荒荒しく眼ざめさせられたものが、三左エ門をそそのかしていた。視野を埋めて、女でしかない里尾が立っていて、ほかのものは見えなくなっていた。一人の女が、湯殿から帰ってくる気配を三左エ門は聞いた。しのびやかな足音が、部屋の外の廊下を踏んで通りすぎ、やがて奥の部屋で、かちりと襖がしまる音がした。三左エ門は静かに夜具を押しのけて立ちあがった。

（文春文庫『隠し剣孤影抄』137／159）

「好色剣流水」（一九七九年七月）では人妻に対する欲情が「熱いもの」となり、女もそれに応える。

助十郎はずかずかと迪《みち》に近づいて行った。眼が昏《くら》むような熱いものに背を押されていた。迪は恐れるように二、三歩後《あと》じさったが、助十郎に鷲《わし》づかみにつかまると、あきらめたように眼を閉じた。

（文春文庫『隠し剣秋風抄』210／238）

女の愛が剣術小説に華を添える例もある。「暗黒剣千鳥」（一九七九年十月）の「熱いもの」は許嫁に対して芽生えた愛情、「やわらかくしなやかなもの」は彼女の手と、その手に象徴される女性らしい包容力だ。

「すまぬ」

と修助は言った。兄夫婦でさえ不信の眼で見たおれを、この娘は何も言わずに信じてくれるというのか。そう思ったとき修助は、ほっそりした秦江《はたえ》の肩を抱きしめてやりたいような、熱いも

のが胸に溢《あふ》れるのを感じた。しかしそうはせずに、手だけさしのべた。（略）
顔の前にかざして、修助はしばらく茫然《ぼうぜん》と自分の掌を眺めた。信じられないほど、やわらかくしなやかなものが触れた感触が残っていた。
（文春文庫『隠し剣秋風抄』247~8／282~3）

「孤立剣残月」（一九八〇年一月）では、仇討の恐怖と焦燥を「もの」、武士らしく迎え撃つ覚悟を「何者か」と書き分けている。動物的本能と、修練で鍛えた人格の書き分けだ。


歩きながら、七兵衛は身顫《みぶる》いした。しかしいそぎ足になっているのは、冷たい夜気のせいばかりではなかった。さきの家老の屋敷を出たときから、七兵衛は、心の中にしきりに気持ちを急《せ》かせるものが棲みついたのを感じている。

（文春文庫『隠し剣秋風抄』266~7／305~6）

七兵衛は、甚平と呼びかけた。

「せっかくだが、さっきの話は取り消しにしてくれぬか」

何者かに背を押されるようにして、七兵衛は夜の町をいそぎ足に歩いた。これで決まりだと思っていた。つまりは一人で引きうけるしかない話だったのに、無駄なあがきをしたという気がした。

（286／328）


「宿命剣鬼走り」の「見てはならぬもの」

『隠し剣孤影抄』所収八篇のうち「宿命剣鬼走り」（一九七九年三月）は『別冊文藝春秋』に書き下ろされたもので、『オール讀物』に連載された短篇類とは異る。主人公とその三人の子がライバル父子と闘い、主要人物だけでも六人が死ぬ堂々たる中篇で、権勢への強い執着と家族間の宿命的対立の構図は、のちの大作『風の果て』に共通する。はじめに出てくる「もの」が悲劇的設定を印象付ける。

十太夫は竿を放せなかった。水中に潜んでいる物は、おのれの運命にかかわる敵に違いない。竿を放せば運命に打ち倒されよう。呪縛されたように、その思いに取り憑《つ》かれていた。（略）

そのとき、ぷっつりと糸が切れた。十太夫とまきの身体は、仰のけにうしろにはね飛んで倒れた。その衝撃のために、十太夫は、次に起きたことを確かに見さだめたとは言えない。だが、異様なものが眼に映った。

ごうとまわりの空気が鳴り、不意に空が暗くなったようである。だがそれは、雨のように、二人の上に降りかかって来た飛沫のせいかも知れなかった。

その飛沫の中に、躍り上がったものがあった。それがどういうものだったかを、跳ね起きて身構えながら、十太夫の眼は十分に見ていない。眼に残ったのは、黒くぬらりとした、小山のような背、そして確かにこちらを見た、透きとおるほど赤い、まるく大きな眼だった。

（文春文庫『隠し剣孤影抄』301〜2／351）

この沼の主は祟ることで知られ、かつて沼に小便をした木こりが「黒いもの」に見据えられ、後日伐り倒した木の枝で股間をつぶされたと伝えられている（同書 305〜6／356）。

だが「宿命剣鬼走り」の悲劇の原因として、沼の主だけでは不十分と思ったのか、作者はもう一つ「見てはならぬもの」を挙げている。美しい嫂《あによめ》の裸体を盗み見る少年千満太（十太夫の幼名）の視線が、下から上へ辿るところがリアルだ。

湯殿の戸をあけた千満太に、卯女《うめ》が気づいたかどうかはわからない。千満太はそのとき、着物をつかんで自分の部屋に走りもどると、しばらく暗い闇の中で顫《ふる》えていたのだ。顫えながら、眼の奥に焼きついている、いま見たものをじっと見つめていたのである。思いがけないほどたくましくみえた腰、その上につらなる繊細にくびれた腹、そして形よく下を向いて垂れた乳房。

立ちこめる湯気と、懸け行燈の暗い光の中で一瞥しただけなのに、白い裸身も、うねるように投げ出されていた黒髪も、おどろくほどはっきりと千満太の眼に残っていた。

見るべからざるものを見たために、いずれ誰かに罰されるに違いないと、そのとき千満太は考えたのだが、その罰が、今日くだったのかも知れないという気がした。

（文春文庫『隠し剣孤影抄』328／382〜3）

沐浴する女の盗み見は、やくざ者の改心物語「怠け者」（一九八〇年五月）にも出てくる。美しい裸身を隠さぬ女主人のおおらかさに感動し、弥太平は彼女を崇めるようになる。

弥太平は、心をこめておかみの背中を流した。この世ならぬものに手を触れているという気がした。またこんなに心をこめて仕事をしたのは生まれてはじめてだな、という気がした。背中の隅から隅まで、丁寧に洗った。

おかみが、ありがとうと言うまで、弥太平は半ば夢中で背中を流した。流し終って、自分の小屋の近くまで来ると、弥太平はおそるおそる首を回してうしろを見た。おぼろに白い立ち姿がみえたが、すぐにうす闇を横切って、姿は縁側の内に消えた。

（新潮文庫『霜の朝』245〜6／292）

しかし今夜は、ほんとの女を見たという気がした。弥太平の胸は、年甲斐《としがい》もなくまだとどろいている。世の中はひろい。男があがめ奉らずにはいられないような、あんなうつくしい女もいたのだ。弥太平が胸に穴をあけられたような気分になっているのは、そのせいばかりではなかった。

（略）

——ひとを疑うことを知らないおひとなのだ。（略）

——もったいなや。

まるで大慈大悲の観音さまだ、と弥太平は思った。旦那は知ったことじゃない。だがあのひとを裏切って、家の中に盗っとを引きいれたりしたら、罰があたる。

（新潮文庫『霜の朝』246~7／293~4）


弥太平は強盗の手引きを拒み、仲間による制裁を甘んじて受ける。

『宿命剣鬼走り』の十太夫は天罰から逃げられぬと考えた。

まことに伊部帯刀こそ、人のはからいを超えて、宿命で結ばれた生涯の敵だったのだ。剣を争い、女を争い、のちには政争の相手として対峙《たいじ》した。それで終りかと思ったがそうではなかった。

（略）

その勘は、どうやら当たったたらしい。十太夫は香信尼がさし出す茶碗を受けとると、ゆっくりと茶をすすった。心の奥深いところに、邪悪に近い喜びが動いていた。どうせ滅ぶ家なら、一千石を道連れにしてやろう。

（文春文庫『隠し剣孤影抄』333~4／388~9）


何かを得るためでなく、互いを滅ぼしあう戦いは、悲劇の典型と言えるだろう。表面的には円満に出世を遂げる『風の果て』と比べて読むと面白い。

『たそがれ清兵衛』：「もの」が醸しだす哀感《ペーソス》

「自作再発見――隠し剣シリーズ」（一九八九年五月）で藤沢は、「生活者型」のスタイルを身に着けたのが、『隠し剣』シリーズの第二作「臆病剣松風」（一九七六年九月）を書いた時分だと回想している（文春文庫『ふるさとへ廻る六部は』152~4所収）。『用心棒日月抄』の「明るいロマン」とほぼ同時期だったことと合わせて興味深い。しかし山形師範学校で藤沢と親交のあった蒲生芳郎は、これに異を唱える。

> 「生活者型」の時代小説というなら、「たそがれ清兵衛」こそ、その見本。藩の大事にかかわるあれこれのいきさつも、その中でひらめく刃の光も、実は病妻をかかえて奮闘する清兵衛の日常を描くための引き立て役にすぎない。つまり主人公は、剣士井口清兵衛ではなく、病妻の待つ我が家に急ぐ時刻からいきいきと立ち働く、たそがれ清兵衛その人である。
> （蒲生芳郎『藤沢周平海坂藩の原郷』153~4）

作家本人の言い分は尊重せねばならないが、『たそがれ』シリーズは全編「生活者型」で満ちあふれ、「臆病剣松風」を例外とする『隠し剣』シリーズとは大きく異なる。その違いは「もの」の用法にも見られ、『隠し剣』シリーズの原動力となった「もの」すなわち荒ぶる「隠し心」が、『たそがれ』シリーズでは姿を消す。唯一の例外である「だんまり弥助」の「胸に怒り狂うもの」も、「ないわけではなかったが」と毒を抜かれている（170）。

数だけで見れば『たそがれ清兵衛』シリーズにも「もの」は七十数例あるが、多くは婉曲表現で、「もの」前後を抜いても文意が通る場合が多い。ただしそうすると、このシリーズを彩るユーモアや哀感《ペーソス》がそこなわれるともあり、ニュアンス表現として「もの」の役割は決して小さくない。いくつか例を挙げてみよう。

「うらなり与右衛門」（一九八四年十月）はシリーズ中唯一、容貌によって付けられたあだ名である。

　三栗家の両親も多加も、見かけにには惑わされずに、与右衛門の一番の美質、つまり婿むきの温和な人柄とか、無外流の剣の腕前とかを買ったということになるだろうが、世間はそうは見なかったようである。思いがけない男が、思いがけない幸運をつかんだように評判した。

ひとは他人の美を見たがらず、むしろ好んでその醜を見たがるものだからでもあろう。

（新潮文庫『たそがれ清兵衛』49／58）

嫁と舅《しゅうと》の微妙な関係は「ただ一撃」や『三屋清左衛門残日録』にもみられるが、「ど忘れ万六」（一九八五年十一月）の「もの」は父性愛をかきたてる。

　亀代は幼児のころに両親を失い、たらい回しのようにして親戚《しんせき》に養われて成人した女子《おなご》である。この娘は親の情というものを知りません。縁あって嫁となされる以上は実の親のごとく情をかけて頂きたいと、仲人《なこうど》の曽根《そね》源左衛門が言ったのを、万六はいま思い出している。舅の部屋に来て泣くのは、ほかに行って泣く場所がないからに違いなかった。そう思って眺《なが》めれば、顫《ふる》えているうすい肩のあたりがことさらに哀れにも見えて来る。

（135／156〜7）

「だんまり弥助」（一九八七年五月）では終盤、寡黙な弥助が雄弁に、無能と思われていた筆頭家老が有能に変身する。それぞれの発言に「もの」が重みを加える。

　そのとき、お待ちくださいと言った者がいる。人々は一斉《いっせい》に声の主を見た、発言したのは杉内弥助である。
「それがしは、ただいまの案に反対でござる」（略）
「だんまり弥助か」
広間に、今度ははばかりのない失笑がわき起った。（略）弥助が物を言うことは、例えば牛が物を言い出したほどの珍奇な光景だった。（略）
「反対の理由は、今度の改革案は村井屋甚助どのの案と聞きおよびましたが、一藩の今後を左右する改革案のごときものは、一人の案に限らず、ひろく家中から良案をもとめて、慎重に審議してしかるべきものと思うものです。（略）」
「おそれながらご家老は、村井屋どのに莫大《ばくだい》な借財を負われております。借財は誰にもあることゆえ、おどろくにはあたりませんが、しかしお上《かみ》より拝領した知行地を抵当にさし出したのはいかがなものでしょうか」（略）
「よし、杉内。そこまでだ」
不意にだみ声でそう言ったのは、居眠り権兵衛こと殿村権兵衛だった。（略）
殿村は自分の席に大目付の市村瀬左衛門を呼び、すばやく何事か打ち合わせた。それから声を張って、本日の会議はこれにて閉じる。一同下城してよろしいと宣言した。なかなか見事な采配《さいはい》ぶりだった。
「杉内弥助は残れ。それから大橋どの……」
殿村は大橋源左衛門を鋭い眼でにらむと、筆頭家老の貫禄《かんろく》をみせて言った。

表2 『たそがれ清兵衛』シリーズにおける藩政問題と公・私の対決

題	背景となる藩政	公的対決	私的対決
たそがれ清兵衛	商人との癒着、新田開発	家老の上意討ち	家老の家士と果し合い
うらなり与右衛門	藩内物産の藩外販売	高利貸しとの癒着を妨害	剣友の仇討ち
ごますり甚内	貢租の収納をめぐる汚職	糾弾された執政を刺殺	邪魔になる用心棒を排除
ど忘れ万六	織物販売、河川堤防工事	なし	嫁を脅した男を懲らしめる
だんまり弥助	新田・港湾開発、商人との癒着	癒着の証拠を総登城の席で報告	従妹を自殺させた男と果し合い
かが泣き半平	世子の縁組	藩主家一門への上意討ち	横暴な家士の足を折る
日和見与次郎	漆植え付け	政争の要人暗殺	暗殺された従姉の敵討ち
祝い人助八	兵糧蔵管理	藩命に服さぬ組頭への上意討ち	友人の妹の元亭主を懲らしめる

「後刻大目付ほか二名が、そちらの屋敷にまいる。他出せずに屋敷にひかえておられよ。ま、むかしからこういうときはじたばたせずに腹を決めるとしたものだ」
（184~8／214~8）

「かが泣き半兵衛」（一九八七年七月）では、こらえ性なく大げさに泣き言を言い立てる癖が、じつは幼児期の過酷な武芸修行に由来することが「もの」で語られ、読者の同情を誘う。

　稽古の間にころんだり打たれたりして、小さな半平は泣きたくなる。しかし父親がおそろしいから我慢していると、稽古のあとで母親が父親の目を盗んで、ちちんぷいぷい御代《ごよ》のおん宝と言いながら痛いところを撫《な》でさすってくれた。それで痛みが少し直った気がしたものである。

　まさか（妻の）勝与にちちんぷいぷいをしてもらいたいというのではないが、何かもっと言いようがありそうなものだと思いながら、半平は痛い指をかばって片手で二束の薪をおろし、ひと束は脇にはさみ、ひと束は右手につかんで家にもどった。
（199／230）

表3 『たそがれ清兵衛』シリーズにおけるボケとツッコミの対比

題	ツッコミ：武家社会の規範・常識	ボケ：主人公による逆転・はぐらかし	剣の勝敗
たそがれ清兵衛	藩政への奉公が最優先	妻の排尿の世話が第一	勝
うらなり与右衛門	私闘は処罰の対象	「売られた喧嘩」を演出	勝
ごますり甚内	酒と女で油断させる	甚内は酒に強く、美人にも食傷	勝
ど忘れ万六	無能で下卑た男が、家柄ゆえに役をもつ	その男を懲らしめる	勝
だんまり弥助	無口は武士の美徳	無口だと油断させて汚職を告発	勝
かが泣き半平	武士は泣き言を言わないもの	普請人夫の後家に甘える	勝
日和見与次郎	他人の妻への懸想は禁物	初恋の女性の仇を討つ	勝
祝い人助八	家中は庶民の範として清潔を保つべし	妻の死を口実に不精をきめこむ	勝

強烈なパトスで貫かれる『隠し剣』シリーズでは、「隠し心」と「隠し剣」が直結していた。それがチャンバラの王道というものだろう。対する『たそがれ』シリーズのヒーローたちはほんわかしすぎて、彼らを血腥《ちなまぐさ》い剣戟の場に駆り立てるには、いくつかの工夫が要る。

藤沢による第一の工夫は、藩内の抗争を経済というマクロな文脈で詳述することだ。時代の流れを明らかにすることで、剣士の個人的感情や意志が矮小化され、主人公は否応《いやおう》なく政争の歯車にされる。

だがそれだけだと小説がニヒルに乾き、チャンバラとしての魅力が薄れる。それを補う第二の工夫が、公私二度にわたる剣戟の設定だ。複数の剣戟は『隠し剣』シリーズにもしばしば見られるが、『たそがれ』シリーズではそれが常態化している。すなわち主人公は藩命による上層部の殺害を淡々と運んだあと、私憤を込めて敵の家来などを斬る。以上二つの工夫を表2に示す。

ここまで仕組まれた『たそがれ清兵衛』シリーズの真の狙

いは、武家社会の硬直化を嗤う、主人公らの諧謔精神にあると思われる。漫才に例えるなら、家老らのツッコミに対する下級藩士のボケで、題に掲げられた主人公のあだ名は、ボケ役としての芸名だと思えばわかりよい。

たとえば第一話で清兵衛は、家老に命じられる藩の大事より、病妻の排尿の世話を優先する。宿敵を倒したあとも、うっかり報告をすれば取り調べで、妻とゆっくりすごす時間を奪われるだろうと考え、水門の番人に連絡させる。妻女もまたおっとりして、「少々美食に飽きました」などという。甚内の「ごますり」も、

「ひとのうわさが立つということは、やり方が正直で不器用だということでな。人間が質朴《しつぼく》な証拠だ。真のへつらい者は、ひとのうわさにのぼったりはせん」

（新潮文庫『たそがれ清兵衛』101／118）

と、家老が言うように、愛嬌に満ちている。

一方、弥助の「だんまり」と与次郎の「日和見」は、ともに身内の死という過去を背負い、シリーズ中では負のロマンに近いが、結末で主人公が死ぬ例は一つもなく、半数近くが破滅する『隠し剣』シリーズとは大きく異なっている。女性関係もおおむね穏当で、世話物的な作品群だ。

情念《パッション》の『隠し剣』シリーズに対する、諦念《ペーソス》の『たそがれ』シリーズという対比を日本の映画監督に例えるなら、黒澤明対小津安二郎となろう。興味深いことに、山田洋次は最初に「たそがれ清兵衛」（二〇〇二年）を監督し、ついで「隠し剣　鬼の爪」（二〇〇四年）と「武士の一分」（二〇〇六年、「盲目剣

谺返し」を翻案）の順に両シリーズをこなしてみせた。吉村英夫（二〇〇四）は山田洋次監督の『たそがれ清兵衛』を、小津安二郎的な生活的日常と黒澤明的な社会的非日常を統合したものだと激賞する。

第四節　市井に生きる「もの」

いびつな性など

初期の短篇に描かれた「もの」をいくつか拾ってみよう。

「割れた月」（一九七三年八月）は「負のロマン」の中でもとくにシニカルな一作だ。手目《てめし》博打で遠島となり、赦されて江戸にもどった鶴吉は、長屋の隣に住むお菊一家を助けようと堅気になるが、やがて資金に困り、親に借りようとして断られる。

荒廃した一筋の道が見えた。それはたとえ野垂れ死にしようと、親に頼るべきでないと語りかけていた。

鶴吉の奥深いところに、不意に笑いが生まれた。それは自分に向けた嘲りのようでもあり、憤りのようなものでもあった。

場違いな笑いに、鶴吉は狼狽《ろうばい》し、深く俯いて、それを隠そうとした。すると笑いはよけいに輪をひろげ、鶴吉の中で膨らんで、鶴吉の肩はそのために泣いているように顫《ふる》え続けた。

こらえ切れなくなって、鶴吉は顔を上げた。すると、不思議なことにお常の顔もたちまち笑いに崩れ、八重は若い娘らしいけたたましい笑い声を立てるのだった。その笑い声が頓狂すぎる、と言って、お常は肥った躰を畳に折り曲げて笑った。

遠い歳月の向うから、すばやく走り寄ってくるものの、小さな足音を鶴吉は聞いた。それは無垢《むく》の自分であり、赤いつけ紐《ひも》の八重であり、若若しい母だった。

だが、やがて笑いはひとつずつ消えて行き、虚脱したような空気の中に、現実が戻ってきて、冷ややかに居据《いすわ》った気配がした。一度帰ってきたものは、一斉に足音を忍ばせて消え、重苦しい空気だけが残った。

（文春文庫『又蔵の火』250〜1／269〜70）

やがて鶴吉は三宅島で知り合った博徒に誘われて賭場に足を踏み入れる。

遠いところから、鶴吉に呼びかけてくるものがあった。あたりの風景が、ぐらりとひっくり返り、鶴吉の耳は、壺を鳴らす賽の乾いた音、男たちの切迫した声の遣り取りを聞いた。

（252〜3／272）

いかさまがばれ、鶴吉が襲われるところで物語は終わる。

お菊が待っている。鶴吉はそう叫んだつもりだったが、乾いた口が僅かにわななないただけだった。声のかわりに、生臭く粘るものがどっと口に溢れ、鶴吉の目は黒い影の間から、二つに割れた月を見たあと、不意に叩かれたように闇に包まれた。

（262／282〜3）

「冬の潮」（一九七五年四月）では、息子の嫁に注ぐ老商人の純愛が裏切られる。

そこに、明日から赤の他人になる若い女が眠っていた。（妻の）お米や（息子の）芳太郎の死が信じられなかったように、市兵衛はそのことが信じられない気がした。闇の中に、ひどく残酷な刻《とき》が流れているのを市兵衛は感じる。明日からは、ほんとのひとりぼっちになる。

——だが、いまなら、まだ間にあう。

ふと、そう思った。そう思ったとき、突然生なましいものが、市兵衛の眼の奥に溢れた。闇の中に市兵衛は、黒い眸《ひとみ》、小さく濡れた唇をみ、掌は、その中にすっぽり入る、小さく丸い臀《しり》の肉を掴《つか》んでいた。

（文春文庫『暁のひかり』250〜1／265〜6）

——間に合った。

市兵衛は、押さえきれない笑いを唇に刻んだ。男にだまされて、行方も知れなかった娘を、漸く男の手から取り戻したような歓びがある。うつむいて歩きながら、市兵衛がもう一度微笑で唇を緩《ゆる》めたとき、背中から声がかかった。場所は橋を下りて大工町を抜けたところだった。「碓氷屋さん」と男の声は呼んでいた。

振り向いた眼に、滝蔵の長身が映った。いきなり不吉なものがまつわりついてきた感触に、市兵衛は身体を硬くした。

「まだ、なにかご用ですか」

「そう」

滝蔵は無表情にうなずいた。

「あれじゃ、金が足りないね」

「いらっしゃいな」

（文春文庫『暁のひかり』275〜6／292〜3）

おぬいは囁いて、立ったまま帯を解いて下に落とした。

「やめろ」

市兵衛は呻《うめ》くように言った。だが、おぬいは続いて腰紐を落としていた。前が割れて、形のよい乳房と紅い二布《ふたの》が露《あら》わになった。おぬいは誘うような妖《あや》しい笑いを浮かべ、市兵衛をみている。恐ろしいものを見るように、市兵衛はおぬいをみた。立っているのは、おぬいではなく別の女のようだった。

（文春文庫『暁のひかり』286／304）

「あれは、おぬいじゃない」

市兵衛は呟いた。会ってきた女とは別のもう一人のおぬいが、遠い場所にいるような気がした。眼は黒々と澄んで、小さい唇をし、はにかむように笑っている。だが、そんなことがあるわけもなかった。紅い唇に、淫らな笑いを浮かべ、白い胸を露わにして誘いかけた、あの女がおぬいなのだ。

長い間、一人の女に対して潮がうねるように流れ向うものに翻弄《ほんろう》されてきたと思った。いま潮はうねりをおさめて、冷たい月に照らされている。その上を渡る風の声が聞こえた。人生のたそがれ刻《どき》に訪れた、最後の人恋いが終った音だった。

（文春文庫『暁のひかり』287／305）

老人の性をあつかうもう一つの作品に「狂気」（一九七六年七月）がある。性欲の自然な低下に抗《あらが》う老人の強いこだわりが、犯罪を生む。

そのとき男は身体《からだ》の中に、久しく死んでいたある感触が甦《よみがえ》るのを感じた。男は女の子をじっと眺めた。それからその感触をもたらしたものを確かめるように、無言でもう一度女の子の裾を開いた。女の子は黙って、されるままになっている。

白い下腹とぽってりとした腿の間に、小さな貝を伏せたような秘部がのぞいていた。その間に、感触ははっきりした形になった。そのものは、男の股間《こかん》に位置を占め、そこで息苦しいほど大きく膨らみ固くなろうとしていた。世界がくらりとひっくり返るのを感じ、男は喜びに貫かれていた。

（新潮文庫『闇の穴』172-3／193）

笑いかけながら、新兵衛は娘の肩に手を置いた。小さな肉の手応《てごた》えと温かみが伝わってきた。そのとき、新兵衛の身体の中で、なにかが動いた。なにかはそのままゆっくり動き続けている。それは新兵衛の中で、とうに死に絶えた筈《はず》の感触だった。

（190／213）

「邪魔するな」

新兵衛は怒号した。戻ってきた懐《なつか》しいものが、二人の男の出現で、消え去ろうとする感触に苛《いら》立《だ》っていた。

二人の男が、交互に何か言った。鋭い声音《こわね》だったが、新兵衛はその声を聞かなかった。いきなり子供を抱いたまま走り出した。泣きわめく子供の声がしている。そしてどこまで走っても、後からぴったり足音が跟いてくる。それでも新兵衛は走りやめなかった。まださっき戻ってきたものの影を追っていた。走りやめれば、それが二度と戻って来ないことを感じていた。

（191／214）

「乱心」（一九七五年十一月）は未知の「もの」について話を進める代数のような構成だが、「もの」

の正体はあらかじめ題で示されている。
築地《つきじ》の曖昧宿《あいまいやど》で、一体何があったのか、弥四郎にはいまだにはっきりしていない。ただ曖昧宿の連中が、ひどく清野を恐れたことが印象に残っている。その夜、清野は弥四郎にはみせていないものを、宿の連中にみせ、そして宿の連中は、弥四郎がみていないものを見たのだ、という気がした。（新潮文庫『竹光始末』196／219）
そうか、清野がついにやったか、という気がした。清野はそれをやりたかったのだ。長い間それをやりたかったが押えていたのだろう。それが狂気というもので、押えなければならないものだということを、清野は知っていた。
弥四郎は暗然として、築地の曖昧宿での清野、粟野《あわの》城下の疎水《そすい》のそばでみた（引用注：子猫を冷酷に殺した）清野を思い出していた。あれが清野の狂気が露出したときだったのだ。もっと早く気がつくべきだった。（新潮文庫『竹光始末』202／227）
「唆《そその》か」（一九七四年六月）では、もと北国の藩士だった武大夫が、百姓一揆を煽って藩を追われ、江戸でも暴動を煽る。その衝動に用いられる「何か・もの」は、『隠し剣』シリーズの先駆と言えるだろう。新潮文庫の著者「あとがき」（一九七五年十二月）によれば、この小説の構想を得たきっかけは、石油ショック時のトイレットペーパー買い占め事件だそうだが、単なる際物ではなく、米沢藩の南原に住む下級武士（原方）が宝暦五年（一七五五）、李山、関両村の百姓を煽動して磔刑にあった史実などを踏まえている。
長州再征は、むしろそれ自身が人心不安の火種となった感じで、態勢が整わないままに、ぐずぐずと今年に持ち越されていた。

――ひと騒ぎ起きるな。

と武太夫は思った。それもなみの騒ぎではない。規模が大きく、押えがきかないような騒ぎが、やがて起こる予感がした。むくりと、胸の中で何か動く気配がした。それは、武太夫の中で、長く眠っていたものだった。

（新潮文庫『冤罪』66／75）

（問屋の女主人）喜久はついに武太夫から躰を離して言った。

「米が、どうだって言うんです、神谷さま。やっぱり気が乗らないんですか」

武太夫は答えずに、腕組みをすると蔵の奥の米の山を凝視した。武大夫の眼の裏には、江戸の商家の蔵と言う蔵に、累々《るいるい》と積み重ねられている米俵の数が浮かんでいる。

武太夫は、胸の中でむくりと顔を持ち上げるものの気配を聞いた。（新潮文庫『冤罪』87~8／102）

武太夫は飲み屋を出た。ここには（反逆の）種子を埋めるだけでいいのだ。それがすぐに芽をふいた証拠に、背後で「おい、聞いたか。品川で騒ぎがあってよ」という、弥次郎の浮き浮きした声が聞こえる。武太夫は立ち止まってその声をきいたが、そのままぶらぶらと歩き出した。

夜道は暗く、僅《わず》かに道の白さが見えるだけだった。その闇にむかって、いま武太夫が胸の中から解き放ったものに、足が生え、羽が生え四方に走り、飛び去ろうとしている気配が感じられた。

（新潮文庫『冤罪』93／109）

ところで「唆す」では「土」の語が「農業生産の場」という意味で用いられている。

希台、赤石、山田の三郡に不穏な動きがあると囁《ささや》かれたのは、その豪雨の後である。溢れた川は濁り、音立てて流れ、その水は植えたばかりの苗、豆苗を浮かべて矢のように走った。真夏のように暑く強い光が、渦巻いて流れる水を照らしていた。

辛抱強く、容易なことでは望みを捨てない百姓の心に、もし虚無が忍び込むとしたら、このような光景に立ち合った時であろう。

土に対する望みを捨てた百姓の一群が、最初に襲ったのは赤石の郡代役所であった。そこには滝口四郎兵衛がいた。百姓達は、土から何も得られないと覚ったとき、鬼滝口が持ち去った一袋の大豆、一袋の粟を思い出したのである。滝口は重傷を負ったが、辛うじて城まで遁れ走った。

（略）

一揆に係《かか》わりあった者が処分されたのは、十月になってからである。百姓が土に戻ったのを見届けたあと、藩は迅速に手を打ったのであった。主謀者五人が捕えられ、牢につながれた。

処分の中に、神谷武太夫の追放が含まれていた。

――暴徒停止に相勤めるべき処《ところ》、逆さまに使嗾《しそう》したる疑い有之《これあり》――

そう記した藩の出頭令書を、（妻の）滝乃は眼にしている。（新潮文庫『冤罪』68~9／79~80）

パール・バックの『大地』ではイナゴの害で、スタインベックの『怒りの葡萄』では砂嵐に追われて農民が流亡し、『蝉しぐれ』にも逃散や娘の身売りの話が紹介されている。農民が土を失う悲惨にくらべれば、「土」にしがみつき通す勘次はかなり幸せな部類と言うことになろう。そのこともあってか、『土』は農民文学として不徹底だと批判されたことがある。だが地主の恩情にすがり、周囲の嫉妬ややっかみに曝され、勤勉と倹約ひとすじで土にしがみつく勘次一家の苦労と喜びが、文学の主題として低級だということにはならないだろう。

「のようなもの」でほのめかす

『用心棒日月抄』は藤沢が「暗い宿命」や「負のロマン」を突き抜けて到達した明るい新境地の作品とされている。そこには鬱屈した「もの」はなく、かわりに「というもの」「のようなもの」がコミカルに用いられる。「薄暮の決闘」（一九八二年十二月）の「というもの」は念を押す強調の表現である。

「こんなことを申し上げるのはナニでございますが、しかし青江さま、細谷さまの不人情には少々あきれました。さっきの話をあたしは用人さんから仕入れましたが、ご本人からはまだひとことのご挨拶もありませんのです、はい」（略）

「よし、細谷に会ったら、それとなく言っておこう。話が正式に決まったら、手みやげのひとつも持ってここに来るべきだ」

「手みやげなどいりません。あたしゃ挨拶というものがありはしませんかと申し上げたいだけですよ」

と言ったが、吉蔵は手みやげも欲しいような顔をした。

（新潮文庫『刺客　用心棒日月抄』262／307~8）

『用心棒』シリーズに少し遅れて一九八〇年八月に連載がはじまった『よろずや平四郎活人剣』シリーズも、市井に住む武士が庶民の問題を解決するという趣向が同じせいか、「もの」の用法が似ている。「逆転」（一九八二年四月）で平四郎は、恐妻家である依頼主を教唆し、理屈っぽい女房をとっちめる。

「困ります。かりにも一家の主ですから、世間体というものもありますし……」

「ほう、世間体……」

平四郎はわざと眼をむいた。

「しかしご亭主は、これまでおかみに、だいぶ世間向けの顔をつぶされて来た、と申していたな。いまさら世間体といっても帰る気になるかどうかは、いささか疑問だ」

「いえ、世間体なんか、どうでもいいんです」

不意におうらは叫ぶように言った。

（文春文庫『よろずや平四郎活人剣』下255／275〜6）

女の柔らかさと暖かさ

藤沢周平の女性讃美には、身体の柔らかさや肌の白さといった即物的な面があるが、「もの」を添えることで愛情とユーモアが加わる。「雪明かり」（一九七六年二月）の冒頭で、菊四郎は血のつながらぬ義妹の由乃《よしの》と再会する。

菊四郎は、今度は傘を傾けて雪を払った。雪は水気を含んでいて、傘がすぐ重くなる。そのとき傾けた傘に、柔らかく重いものが触れた感じがした。人にぶつけたらしい、とはっとしたとき、向うから詫《わ》びの声がした。

「ごめんなされませ」

若い女だった。

（新潮文庫『時雨のあと』8～9／9、講談社文庫『雪明かり』332）

「密通」（一九八一年十二月）の「やわらかなもの」は、日雇い女の乳房である。

おくまは大女である。抱きかかえられると、八兵衛は身動き出来なくなった。だが、八兵衛が床から逃げなかったのは、それだけではなかった。有明行燈《あんどん》の光が、しどけなくひらいたおくまの胸を照らし、そこに男の抗しがたいものが見えていた。子供を生んだことがない大きな乳房が、いびつにゆがんで胸からはみ出しているのを無言で見つめてから、八兵衛は自分もそのやわらかなものに顔を押しつけて行った。

（文春文庫『よろずや平四郎活人剣』下129／140～1）

「帰って来た女」（一九八一年十一月）のおきぬは、身を挺して主人公をかばう。

鶴助のせせら笑いが消えて、黒い影がすっと近寄って来たと思った瞬間、音吉はしたたかに地面に投げ落とされていた。口に入った砂を吐き出すと、唾《つば》と一緒に生ぐさい血の匂いがするものが出た。背を踏みつけた足に、恐ろしい力がこもった。音吉はうなった。殺されるところだと思った。

すると、足がすっとはなれて、かわりに重いものが音吉の身体《からだ》にかぶさって来た。重くてやわらかいものは、音吉の身体をうえからすっぽりと覆い隠した。

「殺すんなら、一緒に殺しておくれ」

耳のそばで、おきぬの半泣きの声がわめいた。

（新潮文庫『龍を見た男』43～4／50）

「証拠人」（一九七四年四月）の七内は関ヶ原の合戦の手柄で仕官を試みるが、立会の添え状が必要だと言われ、証拠人を訪ねた先で、三年前に死んだと未亡人から知らされる。

――もはや、士官は無理じゃ――

そう思ったのは初めてである。長い放浪の間に年を取り、力も衰えたことを認めないわけに行かなかった。（中略）

どこにも、目指して行く場所はなかった。だが全くないわけではない、と七内は思い直した。温かく、豊穣《ほうじょう》なものが、あるいは迎え入れてくれるかも知れない。

よろめいて立ち上がると、七内は着物の埃《ほこり》をはらい、家の中に入った。家の中は闇だった。闇の奥に進んだ。

蹲《うずくま》ると、軽い寝息がやんだ。

「夜這いじゃ」

七内は囁《ささや》いた。やさしい含み笑いがし、闇の中から伸びた二本の腕が、七内をすばやく抱き取った。（新潮文庫『冤罪』50〜1／59〜60）

「女の体臭」の項で紹介した『獄医立花登』の従妹のおちえは、全24話の中ほど第11話「化粧する女」（一九八〇年八月）あたりから女らしくなる。

――おちえは家にいるかな。

浅草御門をくぐりながら、登はそう思った。めずらしく従妹《いとこ》のおちえの顔をみたい気持になっていた。男友だちと盛り場を遊び歩き、娘だてらに酒に酔いつぶれたなどということもあるバカ娘だが、おちえは若くて、姿かたちならそんじょそこらに見かけないほどうつくしい。登は急に渇くように、この若くてきれいな従妹に会いたくなっていた。

——気持ちが参っているとみえる。

と登は自分を顧み、舌打ちをした。牢屋勤めには、一点耐えがたいような部分がある。ふだんは馴れで、深く気にもとめないが、今度の房五郎のようなことが起きると、その耐えがたい部分があからさまに顔を出して、じわじわと気持ちを侵しにかかる。身も心も滅入って来るのだ。いまがその時期だった。だからあの若いだけ、きれいなだけのバカ娘が救いの女神のように思えて来たりするのだ。

（講談社文庫『風雪の檻』173／186~7）、文春文庫『同』202~3）

続く第12話「処刑の日」（一九八〇年十月）で、おちえがようやく恋愛の対象となる。

「ほうびはこれだぞ」

登はおちえの身体をすっぽり抱えると軽く口を吸った。きゃっと叫んで逃げるかと思ったら、おちえは動かなかった。眼を閉じてじっとしている。登がはじめてみる、酒に酔ったような顔色になった。

「湯屋に行って来る」

登はあわてふためいて身体をはなすと、玄関にむかった。外に出ると、登は闇の中に立ちどまって大きくひとつ息を吸い込んだ。胸の動悸が高くなっていた。これまでふれたことのない甘美なものにふれた感触が唇に残っている。

登は頭を振った。それから下駄を鳴らして門を出た。

（講談社文庫『風雪の檻』255~6／274、文春文庫『同』296）

このように「あたたかいもの」はもっぱら女性の属性とされるが、例外として「ならず者」（一九八七年六月）では、藩主の恩情に充てられる。

「いや、これも殿のお言いつけです。三屋なら派閥にかたよらずに公平な話を聞かせるだろうと申されました」

清左衛門の胸にあたたかいものがひろがった。死歿した先の藩主に殉じる形で勤めを辞し、隠居した身である。もはやいまの藩主の記憶もうすれたろうと思いこんでいたので、意外な信頼ぶりに胸打たれたのである。

（文春文庫『三屋清左衛門残日録』244–5）

第五節　旅する詩人たち

『一茶』：田舎者の地声

『一茶』と『白き瓶　小説　長塚節』はともに旅する農村詩人の伝記だが、節が正岡子規に師事し、伊藤左千夫に兄事するという結社育ちなのに対して、一茶は貧窮に耐えながら独力で俳風を身につけた。小説『一茶』の「もの」は貧しさと文学的衝動の二つの面で活躍する。

一茶が識った最初の俳人は、御家人崩れの露光である。彼の紹介で一茶は馬橋の油屋に奉公し、やがて俳諧師として独立する。三十歳で久しぶりに帰郷することを決め、その路銀かせぎに常総を一廻りするつもりが、露光に先廻りされたことを知る。

そうか、露光が回っているのか、と弥太郎は思った。弥太郎はうつむいて汁椀の蓋を取った。膳の上には、こうして地方に出て来ないと喰べられないような馳走が並んでいた。飯もかがやくような白米だった。

だが胸につかえるようなものがあって、弥太郎はさっきまでの空腹感を失っていた。露光が回る場所は、ほとんど弥太郎の行くところと重なっていた。（文春文庫『一茶』1－11：79／94）

だが綱渡りに似た、義母からみればうさんくさく危惧《きぐ》に堪えない暮らしで、弥太郎が俳諧につながっていることも確かだった。そこには心を燃やして悔いないものがあった。それに執するがために、ときに飢えても離れがたい何かがあった。

――無能無才にして、このひと筋につながる、だ。（1－13：95／113）

関西から四国を回った一茶は、俳諧本来の諧謔精神に触れて江戸にもどる。

謹厳で口やかましかった素丸《そまる》の姿がなく、（葛飾派の）一座には、一茶がはじめて会う顔が多かった。そして一茶はといえば、あらまし七年ぶりにもとの句会に出たのである。肌にぴったり来ない感じがあるのは当然だと、一茶は思ったのだが、考えてみれば、その感触は、それだけのものではなかったのである。（略）

七年前のおれではない、と一茶は思う。高名の俳諧師になる野心は、ゆるぎなく胸の中に根を張っていて、西国行脚の記憶は、しっかりとその自信をささえていた。（2－1：113～4／134～5）

その自信は、世渡りのうまい道彦《みちひこ》によって叩き潰される。

だが道彦は、その（一茶の卑屈な）笑いを黙殺し、もうひと足、土足で踏みこむようなことを言った。

「惜しかった。ほんとに惜しかったな。あなた、せっかくいいものを、上方に無駄に捨ててきたように見えますよ。(略)」

(2−3:127/150)

晩年の一茶は道彦の評判に嫉妬するが、自分にそのまねはできないと思いきる。

彼らはいつでも、世の中の真中にいる。派手に着飾り、ずかずかと人の話の中に割りこんできて、大きな声で喋り、笑い、そこでもやはり真中にいる。羞じらったり、下手に遠慮したりもせず、気ままに振舞いながら、それでいて何が世に迎えられるかは、ちゃんと嗅ぎわけているのだ。

世の中を、大手を振って歩くのは、そういう連中だ。おれと道彦を分けたものは、多分芸の巧拙ではなくて、そういうものなのだ、と一茶は思うのだが、それはわかっただけではどうしようもないものであった。

(文春文庫『一茶』4−10:297/350)

一茶の句を正しく評価したのは蔵前の札差《ふださし》・成美《せいび》だが、彼も信州の百姓の地声まる出しの「貧乏句」には批判的だった

だが、もういいだろうと一茶は不意に思ったのだ。四十を過ぎたときである。のぞみが近づいてきたわけではなかった。若いころ、少し辛抱すればじきに手に入りそうに思えたそれは、むしろかたくなに遠ざかりつつあった。それならば言わせてもらってもいいだろう、何十年も我慢してきたのだ、と一茶は思ったのである。世間にも、自分自身にも言いたいことは山ほどあった。中でも貧こそ滑稽で憎むべきものだった。それは長い間一茶をつかまえて、じっと放さなかったものだった。一茶が貧と、貧乏にとりつかれた自分を罵り嘲ることからはじめたのは当然だった。

秋の風乞食は我を見くらぶる、と詠んだとき、一茶は胸郭の中で、ひびきあう哄笑の声を聞いた気がしたのだった。自嘲の笑いだった。成美は一茶の句の変化を面白いとも言ったが、それよりはむしろ懸念のほうを語りたかったように見えた。

（文春文庫『一茶』3－3：190~1／224~5）

だがいま、あてもなく四十を越え、心の中に言いたいことがたまってくると、もう一度（大坂の俳人）大江丸の言葉や初期談林の、奔放自在な言い回しが思い出されてくるようだった。正風の枠の中では吐き出せないものが、胸に溢れる。

放埓《ほうらつ》無慚《むざん》だと思った、我《わが》おやのという犬筑波の付句（引用注：「死ぬる時にもへをこきて」）にしても、仔細に読めば、そこには親の死という人生の大事をひかえながら、その厳粛さを裏切る人間の生理のかなしみのようなものさえ浮かびあがってくる。

一茶を、句の中に押し出して行ったものは、そういうものでもあった。大江丸が、それをほめるかどうかはわからないが、それも句と認めることは間違いないという気がした。

一茶は腕をのばして、机の上からさっきの句稿をつまみあげた。

胸中のものを吐き出して、それで気が晴れるかといえば、そうでもなかった。むしろその裏側に、虚無の思いがぺたりと貼りつくようでもあった。自嘲の句を吐き出すとき、同時に徒労に似たこれまでの人生が見えてくるのである。そういうとき、はげしい無力感が一茶を襲った。

（文春文庫『一茶』3－3：192~3／227~8）

放浪の俳諧師・露光が旅先で死んだと知り、一茶は、本気で帰郷を考えはじめる。

そのとき不意に眼の前で、物が裂けたような感じが走った。一瞬のその感じの中に、一茶は自分の安住をどこまでも妨げている者の正体を見たように思った。その人間は、一茶が故郷に帰るのを拒み、むしろ他郷で野垂れ死にすることをねがっていた。いや、そうじゃない。もっと前からそうだったのだ、と一茶は思った。一茶の眼にうかんでいるのは、白髪の（継母）さつの姿だった。

（文春文庫『一茶』3－7：217~8／256）

一茶は父親の遺言書を盾に、屋敷田畑の半分を手にする。ようやく故郷に腰を落ち着けた一茶は、成美からの手紙で、田舎者の地声丸出しの句が江戸では通じないことを告げられる。

ある時期から、成美たちと違う道に逸《そ》れてしまったことは否めなかった。それを切落しで請取ろうが請取るまいが、いまさら後にもどることは出来ないと一茶は思った。そう思う一茶の気持の中に、かすかだがふてぶてしい自信のようなものが顔をもたげはじめていた。田舎趣味の何のと言っている旦那衆に、本物の百姓の句がわかるはずがないさ。一茶は胸の奥底のあたりで、不遜ともいえる呟きを吐き捨てると、手紙を手文庫の中に投げ入れた。

（文春文庫『一茶』4－6：273／322）

句はいくらでも出来た。（略）逃る也紙魚《しみ》が中にも親よ子よ。（略）など、身辺のあわれに小さいものを材料にした句。一茶は行くとして可ならざるなきという心境になっていた。成美の批評とはかかわりなしに、自分なりの句世界が大きくひらけようとしている予感があった。

（文春文庫『一茶』4－7：275~6／324~5）

『白き瓶　小説　長塚節』（一九八二）：旅する病者の歌

「『一茶』『白き瓶』をめぐって」という評論のなかで川本三郎は、藤沢周平が描く一茶と節の関係を「徳の合わせ鏡」と呼んでいる。「徳」すなわち農民らしい律儀さが節には備わり、異母弟と財産争いをした一茶には欠けていた。よって節の正と一茶の負は合わせ鏡だとう言うのである。面白い説だが、藤沢が「『一茶』で狂気を書くことによって、そのあと心置きなく、本来の理想型である長塚節の世界に入りこみ、自分と節を幸福に一体化させることが出来た」（文春文庫『藤沢周平のすべて』99~109）、とまで言いきるのには同意できない。

藤沢は専業作家となって間もないころの日記に書いている。

平輪光三氏の「長塚節　生活と作品」を読んだ。節の旅行への執念はどういうものなのだろうか。癒るべき病気も、これでは癒るまいと思われるほど烈しい旅行をしている。ことに死の前の九州旅行のあたりは雲井龍雄の最後の反抗癖と同様、くやしいような気さえする。雲井にも少し性癖をためる努力があったら、もう少し長生き出来ただろうし、節もおとなしく歌も読まずにベッドに寝ていたらまだ、二、三年は生きたに違いない。

節の旅行は歌の材料あつめだったのだろうか。アララギにのせていた「鍼の如く」には、かなり精魂を使っているようで、健康をかえりみるいとまもないほど、そのことに心を奪われていたのだろうか。九州から帰りには北陸を廻って行こうとしているし、肺病としてうとまれている青島に憑かれたように何回も渡っていることは、こういう事情なしには理解すべきでないところがある。単なる旅行癖だとしたら、それは一種の「狂」であろうか。平輪氏の著書はその点に触れていない。

　龍雄も節も頑固に己の性格に執したまま、死を迎えた。しかし人間は所詮そういうものなので、そのほかに生きようはない。（遠藤展子『藤沢周平　遺された手帳』181～2、一九七四年十二月三日の項）

　平輪光三が触れなかった「狂」と芸術の関係を深めて書きたいという強い思いが、この時に生まれたと思われる。八年後に書かれた『白き瓶　小説　長塚節』では、旅と歌と病いがスパイラルとなり、上にむかって歌を磨きつつ、下にむかって歌人の死を早める。「もの」は主としてこの三要素に充てられるが、まず出てくる「もの」は、家計をかえりみず政治道楽にふける父への憤懣だった。

　体力にいささか自信を深めて気分のいいところで、一気に（歌作に）取りかかるつもりだったが、父の来客で気勢をそがれていた。かわりに、何か荒荒しいものが節の胸を占めている。

（文春文庫『白き瓶』19／21）

　——おれは、長塚家の跡取りだ。
　長塚の家をついで行く者は、このおれしかいない。鍬をふるいながら、節はそう思っている。するとさっきから胸の中に動いていている荒荒しい気分が、はっきりした憤懣《ふんまん》の形をとって一気に胸から溢れ出るような気がした。（文春文庫『白き瓶』21／24）
　節は万葉調の短歌連作「ゆく春」九首で子規に褒められるが（31／35～6）、子規が亡くなるとやがて万葉模倣に飽き足らず、自分の言葉をもとめるようになった。それはまだ「気泡のようにうかんでは消える不確かなもの」（35／40）、「ことばにすると逃げてしまいそうなもの」（37／42）、「自分にもよくつかめていないもの」（37／42）でしかないが、「写生」が重要だということは気づいていた。その歌風を批判する伊藤左千夫に対して、「暗中に何物か」を認めるような感じがする、と節は反論した（85／99）。同時に節は、旅の魅力にとりつかれる。

しかし節の旅は、家をのがれる旅でもあり、何かもっと得体のしれないもののためにする旅でもあった。家の重圧は、二十七歳の節に結婚を断念させるほど、重苦しいものだった。（略）家に縛られる運命にある男が、しばらくはその悲運を忘れるために旅に出るのだと思い、粗末な旅支度も傷心の旅にふさわしいように思われて来るのであった。

だが途中から、節は旅そのものに惹かれて歩いている自分に気づくのである。（略）

自分を旅にいざなう、何物かの姿をちらと垣間みる気がするのも、そういう時だった。その何物かは、はるかに遠い山の尾根や、はじめて見る町角、街道わきを流れる渓流の泡立ち、風になびく高原の芒《すすき》の中から不意に立ち上がって、節をさし招いた。 （92／107）

「何物か」に誘われて旅に出た節は、歌人として「もの」を追い求める。

「早春の歌」は、前年の「青草集」以来の写生歌だったが、しばらく歌をはなれていたのがよかったのか、つくりはじめると一気に十首ほども出来た。（略）

この一連の短歌をつくったとき、節はこれまでの写生歌とどこか違うものが出来たという気がした。だが、どこが違うのかよくわからないままに、清書をいそいで左千夫に送った。

（文春文庫『白き瓶』「初秋の歌」99／115~6）

やがて明治四〇（一九〇七）年、短歌連作「初秋の歌」を得る。

「初秋の歌」一連の短歌は、そういう節の、ふだんよりいっそう研ぎ澄まされた感覚がとらえた、初秋の実感の作品化だった。節はその一連の作品の中で、稗草《ひえくさ》、鋸草《のこぎりそう》、栗の毬《いが》、馬追虫《うまおい》、さらに子芋と青桐をうたったが、これまでのように物そのものだけをうたったわけではなかった。それらの自然を媒体にして、そこに見え隠れする初秋をうたったのである。その方法で、この一連の作品を得たとき、節はそれとは意識せずに、あるいは空想と思い誤ったままに、現象から一歩踏みこんだ場所にある世界を象徴的に表現することに成功したのであった。いわば物を直視して背後にある物まで詠んでしまったのである。

（文春文庫『白き瓶』「亀裂」127~8／150）

「初秋の歌」に至って、物そのものから物を存在せしめる世界へと、ひろがりと深まりを獲得しつつあった節の自然を見る眼が、的確な表現を得て、ついに節の短歌の中に傑作を生みだしたのであった。

（文春文庫『白き瓶』「亀裂」129／152）

明治四一年の短歌連作「濃霧の歌」も象徴詩に近いものだが、節にはまだ物足りなかった。

十月二十五日になって、節はまた赤彦に手紙を書いた。

「小生の連作は其後自ら甚だ或物の不足を感じ申候　左千夫君は熱乏しと申候　小生は何となく力の足らざるを自覚致候《いたしさふらう》　捉所《とらへどころ》なくぼうつとした或物が現はし足らず遺憾に有之候《これありさふらう》　鳥の声の如きそれに候　あれが隔世的にぼうつと現はれねばだめに候」

（文春文庫『白き瓶』「亀裂」142／168）

ことに赤彦への手紙に、「捉所なくぼうつとした或物が現はし足らず」と言い、「うつそみを掩《おほ》ひしづもる霧の中に何の鳥ぞも声立て、鳴く」を指して、あの鳥の声が隔世的にぼうっと現われなければだめだ、と言っているのは現象の背後にあるものにすでに気づいているのである。気づいていて、まだ表現がそこまで及ばないのをもどかしがっているのである。写生の極致に現われて来るべき象徴の世界を、節はいまや紙一重のところで手さぐりしていると言ってもいいだろう。

（同書 143~4 ／ 169~70）

第五章「婚約」（一九八三年十二月）で節は東京朝日新聞に明治四十三年『土』を連載し、翌四四年ひさしぶりに「乗鞍岳を憶ふ」十四首を発表する。竹林造成の仕事が軌道に乗り、黒田てる子と婚約をするが、病気の予兆が不気味な「もの」として現われる。

咳をする節を周囲は風邪がなおらないとみていて、聞かれれば節もそう答えるのだが、節の直感によれば、咳と喉の痛みは風邪ではなかった。もっとべつのものだった。べつのもっと厄介なもののように思われた。不安はそこから生まれて、時には先行きに対する漠然とした暗い予感をはこんで来る。

（文春文庫『白き瓶』「婚約」272 ／ 324）

第六章「女人幻影」（一九八四年三月）で、不安の正体が判明する。

「喉頭結核です」

「やっぱり……」

と節は言ったが、そうでしたかという言葉がつづかず、茫然と医者の顔を見た。そうか、これがあの根深い不安感の正体だったのかと思った。

（文春文庫『白き瓶』282 ／ 334~5）

その時に受けた心の衝撃を、節は「生きも死にも天のまに〳〵と平らけく思ひたりしは常の時なりき」ではじまる十首に詠んだ。

詠まれる対象との間に冷静な距離をおく、客観写生の歌に本領を示して来た節は、左千夫とは対照的に短歌を自己表白の手段にすることを嫌った。だが、「喉頭結核といふ恐しき病ひにかゝりしに」云云と詞書をつけた十首には、そのゆとりが失われて、うめき声のような節の地声が出たというべきだった。

（289／343~4）

病いを宣告された節は、療養のための旅を思いつく。

そのころ、というのは根岸養生院に落ちついて岡田博士の手術を受けはじめたころのことだが、節の心の中に不思議なものが棲みついた。それは南国土佐という地名だった。厳密にいえば、土佐という地名によって喚起されるあたたかい土地に対する一種のあこがれである。

（文春文庫『白き瓶』「女人幻影」295／351）

その無謀さには左千夫も危ぶむが、節は旅が体に良いと信じていた。

「君の人格の中には、ただごとでない煙霞《えんか》癖といったものがある。くれぐれもミイラ取りがミイラにならんように気をつけるといいな。無茶しなさんな」

「心配はいらないよ」

節は苦笑した。

（文春文庫『白き瓶』「女人幻影」299／355）

第七章「ほろびの光」（一九八四年六月）で節は病を押し、古美術を求めて旅する。大宰府の観世音寺では丈六の仏像群を見た。

見事な仏像だった。その彫刻の見事さと予想を越えた巨大さが、宗教的荘厳さといった濃密な空気を生み出しているのに節は気づき、圧迫感を感じるほどだった。

高く暗い空間から、絶え間なく森厳な物の気配が降りて来る。

（334／397~8）

このころ東京では、斎藤茂吉が島木赤彦、古泉千樫らを巻き込んで新しい歌の運動をおこし、頑迷な左千夫と対立していた。その左千夫が「今朝の朝の露ひやびやと秋草やすべて幽《かそ》けき寂滅《ほろび》の光」など五首（379／452）の秀歌を残して死ぬと、節は「鍼の如く」三百二十一首を詠いはじめる。連作「鍼の如く」の冒頭に掲げた歌「白埴の瓶こそよけれ　霧ながら朝は冷たき水汲みにけり」について、節は九州大学医学部、久保猪之吉博士の夫人・より江に語る。

　節は秋海棠の画讃の歌が出来たあたりの事情をふり返りながら言った。
「見たままじゃありませんね。むしろ想像の、と言っていいくらいですが、その想像というものは以前に見て心に残っていたものがもとになっていたりして複雑です」（略）
　画讃の白埴のの歌はこの時期に出来たのだが、節はこの歌が、長い間心のなかで歌の形をとるのを待っていて、出来た時はその待っていたものがようやく心の深部から出て来て日の目を見たような気がしたのである。

（文春文庫『白き瓶』「歌人の死」424／505）

大正三年八月、節は九州大学病院を仮退院して日向の青島まで出かけ、台風に遭遇する。

　節は（転地療養の）計画が齟齬《そご》したことで失ったものを、どこかで取り返したかった。せっかく目ざす日向まで来ているのに、このまま帰る手はない、と思った。それに久保博士のいない病院にもどっても仕方ないし、歌も出来ないとも思った。

（文春文庫『白き瓶』450／536）

　日向の海岸を、病気で痩せおとろえた節は南へ南へとたどり、まさに幽鬼のようにさまよい歩くのだが、外の浦まで行って、その先には生死いずれにしてももはや求めるものが何もないのを感じたかのように、ようやくそこから帰路に就くのである。

（文春文庫『白き瓶』453／539）

失意の旅のあいだに、若いころわずらった不眠症が再発した。
そしてその不安感は、単純な風邪の気配や、夜になっていつもと変りなく上がって来た熱によってひきおこされたものではなく、もっと漠然としたもの、強いて言えば身体の奥深いところにじっと居据わっている異様に重苦しい疲労感がもたらすもののように思われるのだった。その疲労感は、ここ二、三日の間ににわかに募って来て、節はひまさえあれば蒲団にもぐってうつらうつらしているのだが、疲れの主たる原因はわかっていた。不眠症である。

（文春文庫『白き瓶』「歌人の死」462／550）

茂吉から彼の処女歌集『赤光』の評を求められたことも負担となった。

しかし、たとえそうだとしても、茂吉の絶え間ない批評の催促は、黒田てる子に対する失恋、借財をかかえる家庭事情とともに、病身の節を悩ませる最大のもののひとつとなったのである。

（469／558）

節はまず、茂吉のスケールの大きい想像力に注目したが、また茂吉のこうした空想歌が、いわゆる（明星流の）奔放な空想歌と言われるものの底の浅い思いつきとは無縁のものであることを理解していた。茂吉の空想歌は、歌の背後に描き出された別世界がたしかに存在することを感じさせる奥行きを持っていた。そしてその別世界なるものが、誰の真似をしたのでもなくあきらかに茂吉という個性そのものが抱え持つ世界にほかならないことを感じ取ったときに、節はあらためてこれらの歌に瞠目したのである。

（470／559）

あるいはこれからは茂吉調といったものが「アララギ」の基調となり、そういう形でやがて

「アララギ」が一世を風靡するということになるのだろうか。妄想に似ているが、可能性がなくはないと、節はちらりと思う。「赤光」にはそういう想念を強いて来るものがあった。

——「赤光」評は……。

と節は思っている。とどのつまりはそこまでの予見をふくめて論じないと、おさまりがつかないスケールの大きいものになる。ただし、それはおれの任ではない。そこまで論じることになれば、確実に命取りになるだろう。（略）

節は坪井の（竹林経営に関する）本をひらいて読みはじめた。その本には心を労するものは何もなかった。

（文春文庫『白き瓶』474~5／565）

博多に戻った節は、『アララギ』に送る最後の原稿をまとめ終えた。

——何時だろう。

ペンを置いて、節はそう思ったが、そのときはじめて胸のあたりが熱っぽくなっているのを感じた。熱っぽいのは胸だけではなかった。気がつくと、身体全体が異常に熱くなっていた。手も足もじっとしていられないほどに熱く、その熱いものは頭蓋のなかまで入りこんで、疲れ切った頭は白熱し、いまにも光を発するかと思われるほどだった。（略）

また、あれがやって来たのだ。と節は思った。疲れ切った身体が、病的な神経の興奮をひきおこしたのである。その証拠に、白熱した頭のなかで神経だけはぱっちりと眼をあけ、冴えに冴えてナイフのように鋭くなっているのがわかった。不快な興奮は、このまま夜明けまでつづくのだろうか。これでは身体がもたない。

（478／569~70）

大正四年一月発行の「アララギ」新年号には、節の最後の発表作品「鍼の如く」其の五が掲載された。「鍼の如く」其の五の創作と推敲、整理は節の命をちぢめる一因となった。高熱に苦しみながら、節は不屈の気力をふりしぼって歌作に取り組んだのだが、結局は病身の節に、旅と歌がとどめを刺したのである。だが節から旅と歌をとり去ったら、あとに何が残っただろうか。

むろん節は「土」というすぐれた長篇小説と、数篇の短篇小説を残したが、それだけではさびしかろう。節はやはり、最後に「鍼の如く」というたぐいまれな到達点を示す歌集を持つ歌人として、生涯を終ったことで光っている。

（文春文庫『白き瓶』481〜2／573〜4）

枯芒やがて刈るべき鎌打ちに遠くへやりぬ夜は帰り来ん

あられまじりの寒い風が吹く音に耳をかたむけながら、節は国生《こっしょう》の台地の櫟《くぬぎ》林と、葉が落ちつくした林のなかを、奥へ奥へと走る小道を、まぼろしのように思いうかべているのである。鎌打ちのために野道を行くのは「土」の勘次だろうか、それともおつぎだろうか。そして、そのまぼろしをうたわずにいられなかった節は、最後まで歌人だったのである。旅と歌に命をちぢめたのは、宿命としか言いようのないことだった。

（文春文庫『白き瓶』482／574〜5）

漂泊する詩人は、藤沢周平が好んだ題材のひとつだった。一茶や節だけではない。幕末の志士雲井龍男や清河八郎も本質は漂泊する詩人で、政治は彼らに漂泊の理由と資金を与えただけかもしれない。漂泊は藤沢自身のあこがれでもあった。

家を捨てることは漂泊することなのだろう。そして人生とは、本質的に漂泊することなのだろう。漂泊の不安と自由さと、二つの感情がそこにある。家を持ったことで、私はあるいはこの二つをも捨てたのかもしれない。（『藤沢周平残された手帳』90、日記一九七〇年一月二十三日の項）

一九七四年十二月に日本食品経済新聞社を退職した藤沢は、翌年「竹光始末」（一九七五年九月）を発表した。

――明日からは飢えないで済む。

（妻の）多美や子供の顔を思い浮かべて、丹十郎はそう思ったが、その瞬間、さながら懐かしいもののように、日に焼かれ、風に吹かれてあてもなく旅した日々が記憶に甦るのを感じた。

（新潮文庫『竹光始末』48～9／54）

図２：藤沢集落の裏山にある
遊行二十九代・体光上人の墓石。

「藤沢」の筆名もまた、漂泊へのあこがれを反映したもののようだ。彼が勤めた湯田川中学校に隣接した大字・藤沢は先妻・悦子（旧姓三浦）の出身地だが、地名の由来は、相模国（神奈川県）藤沢にある時宗遊行《ゆぎょう》寺の第二十九代・体光上人がここで入寂したことにちなむ。それを知ったうえで「藤沢」を名乗ったとすれば、そこには「遊行・漂泊」への願望がこめられていると見るべきだろう。

第六節　家柄というもの

『風の果て』：四十三歳からの政治劇

『風の果て』は『蝉しぐれ』と似た少年剣士の成長小説《ビルドゥンクスロマン》で、ともに郷方（現場農務官僚）勤めとなる。だが『蝉しぐれ』の牧文四郎あらため助左衛門の物語が郡奉行《こおりぶぎょう》で終るのに対して、『風の果て』の上村隼太あらため桑山又左衛門は物語後半で、金と派閥の政治世界に踏み込む。「もの」は家柄、出世、野心、権力など多重に用いられる。

百二十石の中士の次男にすぎない隼太が執政につよく憧れたのは、道場仲間で上士の嫡男である杉山鹿之助が家督を継いだときだ。

鹿之助は微笑している。いつかは政権を取るということを肯定したのである。

そのこともなげな笑顔が杉山鹿之助を大きくみせ、また背後に背負っている家というものの、なみなみならぬ重みまで感じさせるのを、隼太は感心して眺めた。家柄というものも、やはりバカに出来ないものだなと思っていると、鹿之助が言った。

（文春文庫『風の果て』「わかれ道」上116／125）

執政への道。鹿之助が当然のように口にしたその道は、名門、上士と呼ばれる選ばれた家の人間だけが歩むことの出来る道だった。尋常の道でなく、その途中に罠《わな》もあり、闘争もある険しい道程だとしても、その先にかがやくようなものがあることもまたたしかだった。そこにたどりついた者だけが、一藩の運命を左右するような決定に加わることが出来るのである。そこは、男なら一度は坐ってみたい栄光の座だった。なぜなら、そこに至り得た者が事実上の一藩の支配者となるのである。

（文春文庫『風の果て』「わかれ道」上135／144）

杉山鹿之助と千加の婚礼に出席した隼太は、初恋の傷心を癒すべく、太蔵が原に向かう。

太蔵が原が不毛の土地なら、隼太のとりとめのない夢のようなものは、ここで終わるわけだった。（略）

そういう次、三男の運命を理不尽だとも、納得しがたいとも思う気持ちがあったから、あてもない夢のごときものをひそかに胸に隠して来たのだが、それもおしまいだと隼太は思った。そして、そのことを納得するためには、やはりここまで来なければならなかったのだな、という気がした。

（文春文庫『風の果て』上164〜5／176〜7）

そこで隼太は桑山孫助に出会い、何のために来たかと問われる。

「つまりは上の者に認められたかったのだ。違うか」

そうだろうかと隼太は思った。隼太を大櫛山の麓に赴かせたものは、隼太の立場からひと口に言えば、それは青年の鬱屈といったものだったのである。

（同196／209）

むろん、開墾に必要な水の手などというものが、そう簡単に見つかると思ったわけではないが、そう考えることには夢みる楽しみがあった。そしてそのたのしみの中には、楯岡の娘に対するほのかな物思いさえも、一瞬の白昼夢のように打ちくだいてしまう身分というものに対する反逆の

気負いも、少なからず含まれていたのである。（同197／210）

孫助は隼太に、桑山家の婿になれば藩政への参加も夢ではないと誘う。彼自身も婿だった。

「二十六までは、農政などということは、知りもしなければ関心もなかった。しかし家督を継ぐと否応なしに郷方廻りの仕事にまわされて、いつの間にか郡奉行の職についた。家柄というものはそうしたものだ。何かの障りがないかぎり、そう大きく世襲の形から逸《そ》れるものではない」（同200／213）

隼太は桑山家の婿となり、家督を継いで又左衛門を襲名した。凶作を予感した養父の助言に従い、飢饉対策を藩に進言した功績が認められ、ついに中老に推される。

混乱はおさまったが、忠兵衛のひと言で見えて来た世界を理解したとき、四十三歳の又左衛門の身体は、熱湯をかぶったように熱くなっていた。権力の内側に入った実感が襲って来たのである。

つねに不透明なものに鎧《よろ》われていて所在も不確かでありながら、監視したり、命令をくだしたり、時にはうむを言わせずひとの命を断ちもする、不気味で油断ならない力。げんに又左衛門は、ついさっきまでそのものの前に引き出されて、自信ありげな郡代の外見とはべつに、強い緊張感にとらえられながら物を言っていたのである。口を出る言葉にまで気を配らせずにおかなかったそのものが、いま音もなくとびらをあけて、自分を招き入れたのだ。（文春文庫『風の果て』「影の図面」下146／下157）

「冤罪」にあるように四十二歳は厄年で（講談社文庫『雪明かり』194／242）、人生五十年と言われていた時代、四十三歳以降はほとんど余生だった。一茶は「春立や四十三年人の飯」を詠んで江戸を去り（文春文庫『一茶』3－1：172／203）、『蟬しぐれ』の牧助左衛門はほぼその齢でお福さまと再会して物語から退場する。だが桑山又左衛門の政治家人生はそこから始まるのだ。ちなみに藤沢周平は数えの四十三歳で再婚している。

——郷方勤めとは……。

だいぶ違うな、と又左衛門は思っていた。代官、郡《こおり》奉行という役目は、治める土地と人間といかにうまく折り合いをつけて、そこからいかにして最高に双方の利益を引き出すかということと、その作業の間に、どのような意味での不正も入りこまないように、きびしく監視するということに尽きていた。

そして郡代になると、土地とひとを治めるという役職に付随する道徳的な面はいっそう拡大されて、郡代の人格そのものが怠りない農事と不正のない農政の鑑《かがみ》のごとき存在であることを要求されるのであった。

（文春文庫『風の果て』下170／183）

ところが、

執政という職は、賄賂をむさぼれば私腹をこやしたとして断罪もされるが、多少の賄賂におどろくような小心者には勤まらない職であるらしく、また隙あらば誰かを蹴落とそうと、油断のない眼をあたりにくばっている人間のあつまりでもあるらしい。

（文春文庫『風の果て』下171／184）

このあと「もの」が出てこないのは、又左衛門に政治家としての迷いがなかったからだろう。だがその確信に満ちた行動が、青春を共にした皮肉屋の市之丞の気に入らず、果し合いを申し込まれた。

死病をかかえる市之丞を斃したあとで、

又左衛門は顔を上げた。澄み切った空を顫《ふる》わせて風が渡って行った。冬の兆しの西風だった。強い風に、左手の雑木林から、小鳥のように落葉が舞い上がるのが見えた。

——風が走るように……。

一目散にここまで走って来たが、何が残ったか。忠兵衛とは仲違いし、市之丞と一蔵は死に、庄六は……。

——庄六め。

この間は言いたいことを言いやがった。

（文春文庫『風の果て』251／270）

作家・葉室麟は文春文庫『風の果て』の巻末解説で、この「風」を中原中也の詩「帰郷」と関連付けている。

（前略）これが私の故郷《ふるさと》だ
さやかに風も吹いてゐる
心置きなく泣かれよと
年増《としま》婦の低い声もする

あゝ　おまへはなにをしに来たのだと……
吹き来る風が私に云ふ

風が人を哲学的にさせるという点で二つは似ているが、「帰郷」の風がさやかに自分を迎えるのに対して、『凪の果て』の木枯らしは世間的成功の虚しさを自覚させる。

晩秋から初冬にかけての凪の厳しさは、『溟い海』の結末以来、藤沢周平の作品でしばしば出てきた。

それが、明けることのない、溟い海であることを感じながら、北斎は太い吐息を洩らし、また筆を握りなおすと、たんねんに絹を染め続けた。時おり、生きもののような声をあげて、木枯しが屋根の上を走り抜け、やむ気配もなかった。

（文春文庫『暗殺の年輪』233／268）

寂寥感に襲われながら、節は墨をすり直し、寺田憲にあてて手紙を書いた。「今年は冬のいたることはやく、霜のために楓葉はおほく害せられ候、愛宕の岡の紅葉は如何に候や……障子の外に凩《こがらし》の音をききつつ、小生失意のことのみ多く候」と書きながら、節は時折り筆をやすめて、外の闇を走る凪の音を聞いた。

（文春文庫『白き瓶』163〜4／193）

そしてこれらの原型を一つ挙げるとするなら、やはり『白き瓶　小説　長塚節』第四章「暗い輝き」にも引用された、『土』冒頭の光景だろう。

烈しい西風が目に見えぬ大きな塊をごうっと打ちつけては又ごうっと打ちつけて　皆瘦《やせ》こけた落葉木の林を一日苛《いじ》め通した。

（新潮文庫『土』5／5、文春文庫『白き瓶』238／283）

第四章　自然と農村へのまなざし

季刊誌『別冊文芸春秋』に載せた「『海坂』、節のことなど」（一九八二年三月）のなかで当時五十四歳の藤沢周平は、俳誌『海坂』に投稿していたおかげで俳句はわかり、暗誦できるものも多いが、短歌で暗誦できるのは長塚節のものくらいだという。

野育ちということである。野に生まれたために、いささか節の作品が放つ光が理解出来たのかと思う。すでに人生の峠を越えて晩年にいながら、私にとって人間は、自身をふくめてなお混沌として不可解である。わずかに理解がおよぶのは自然だけのように思うことがある。

（文春文庫『小説の周辺』231）

「人間は……不可解」は謙遜が過ぎるように思われるが、「理解が及ぶのは自然」は本音だろう。その理解を助けた長塚節の文芸をあらためて読みなおした刺激が、こう書かせたのかもしれない。

本章では、藤沢周平の自然描写を、『土』との関係で検討する。

第一節　音と光の点滅《オンオフ》

ヨシキリが鳴き止む季節

藤沢周平の自然描写には定評があり、臨場感、澄明感、懐かしさなどが指摘されている。だが演出家の鴨下信一は、その描写をテレビや舞台の装置《セット》として視覚化することの難しさを指摘する。

原作の小説でも、近景はしごくはっきり描かれているのに遠景となると茫漠《ぼうばく》としている。（略）場所の情景を書きこんでないわけではない。じつに丹念に書いてあるのだが、実は他の作家とは書き方がたいへん違う。藤沢作品では景色はすべて登場人物の〈見た目〉で描かれている。〈見た目〉というのも映像の世界の用語だが、作中の人物の目で見たこと、あるいはもっと拡げて、耳でとらえたこと、皮膚で感じたことで周辺の情景を描いてゆく、客観描写ではなく主観描写のことだ。（略）

こうして藤沢作品の文章のカメラワークでは風景は常に動いている。固定した背景の装置《セット》は不必要で、むしろ黒バックという自由な空間の中に風景の部分部分が次から次へと出現してくる、この手法の方がよほどに藤沢さんの作品の舞台化・映像化には適している。

（「文章のカメラワーク」、文春文庫『藤沢周平のすべて』436〜8）

藤沢が俳句の修行をしたことが、微細ながら省略の多い「主観描写」の基礎となっているのだろう。序章でとりあげた「蟬しぐれ」のさまざまな聴こえ方も、主観描写の例と考えられる。

そもそもある動物の声が「聴こえる」ためには、鳴き声そのものと、それを認識する心理の二要素が必要だ。「蟬しぐれ」では、聴く側の心理が強調されたが、つぎに挙げるヨシキリの場合は鳴く季節が短かく、その沈黙が容赦ない季節の推移を印象づける。

「ギョギョシ、ギョギョシ」と聴こえ「行々子」と書かれるヨシキリの声は、早口や騒がしさのたとえとなっていた。騒ぎが急に静まるのを『土』では「行々子《よしきり》（が）土用に入る」と表現している。

巫女は暫《しばら》く手を合せて口の中で何か念じていたが　風呂敷包《ふろしきづつみ》のまま箱へ両肘《りょうひじ》を突いて段々に諸国の神々の名を喚《よ》んで、一座に聚《あつ》めるという意味を　熟練したいい方で調子をとっていった。がやがやと騒いでいた家の内外は共にひっそりと成った。

「行々子土用《よしきりどよう》へ入《へ》えった見てえに、ぴったりしちゃったな」と呶鳴《どな》ったものがあった。漸《ようや》く静まった群衆は少時《しばし》どよめいた。然し直《すぐ》に復《ま》た静まった。（『土』15：185／229）

藤沢周平の生家のすぐ近くにもかつてヨシ原があり、通りがかりの村人たちが汗を拭き、「ゲゲジが鳴き始めた。そろそろ夏だのお」と言っていたそうだ（小菅繁治『兄　藤沢周平』20）。藤沢は「負のロマン」から抜け出した一九七六年、三作品でヨシキリの声を描いている。

「小川の辺《ほとり》」（一九七六年三月）では、剣士・朔之助が九歳のころを回想する。

湿地の葦の間には、夏になると葦切《よしきり》が巣を懸けて卵を生んだし、川は砂洲《さす》が多く、流れも浅いところは子供の踝《くるぶし》までしかない。子供たちは中に入ると空も見えなくなるような葦原の中に踏みこんで、葦切の卵を取ったり、砂洲で砂を掘ったり、大きな子は石垣の間に潜んでいる魚を手取りにしたりする。家中の家々では、子供たちが裏の川へ行くことを禁じていたが、子供たちは

こっそり外に忍び出て川に走った。（略）

朔之助は川の中に立ったまま、しばらく様子を見たが、雨はこちらまではやって来ないようだった。川岸の桑の木の中では、さっきと同じように油蝉《あぶらぜみ》が鳴き続け、葦の間では葦切が鳴いている。頭上には青空がひろがっていた。新蔵と田鶴は、中洲で砂を掘って遊んでいる。（略）

川水が濁ってきたのに気づいたのは、苦心して鮒《ふな》を一匹捕えた頃だった。水は濁っているだけでなく、明らかに嵩《かさ》を増していた。腓《ふくらはぎ》までしかなかった水が、膝《ひざ》まできている。朔之助はその意味を覚《さと》った。川上で降った雨が、川に流れこんでいるのである。（新潮文庫『闇の穴』65〜6／74〜5）

長篇小説「狐はたそがれに踊る」（一九七六年九月）はのちに『闇の歯車』と改題されるが、ヨシキリの囀《さえず》りが青年時代を象徴する。

汐見橋を渡って、二十間川の河岸を（孫の）おはるを連れてぶらぶら北に歩きながら、弥十は不意にその三十年が夢だったような、奇怪な想念に取りつかれる。手を引いているのは（娘の）おやすで、弥十は二十半ばの若いやくざ者だ。葭《よし》が生いしげる川岸には、そのときと同じ声音で、行々子《よしきり》が囀《さえず》っている。（講談社文庫『闇の歯車』43／51）

『闇の歯車』の皮肉な結末については「労咳と転地療養」の項（九二頁）で述べたが、弥十の場合、娘に頼らず老後を送るための資金を得ることが、押し込みへの参加動機だった。しかし分け前をもらう前に卒中で倒れる。ヨシキリの鳴かなくなった河岸は、老いた彼の心象と重なる。

弥十は町を出て汐見橋を渡り、二十間川の河岸をゆっくり北に歩いた。夏の間その中で騒々しく行々子が鳴いていた葭《よし》はすっかり枯色が目立って、その上を柔らかい日射しが照らしている。

「小さな橋で」（一九七六年十月）では、十歳の少年・広次が家庭崩壊のさなかにヨシキリの巣を探検する場面が、幼年期の墓標として美しく描かれる。

（講談社文庫『闇の歯車』185／223）

原っぱというのは、崇伝寺の後にひろがる雑木林と葭《よし》の茂る湿地のことである。寺の境内からこの原っぱにかけての一帯は、町の子供たちの遊び場所だが、日暮れになると淋《さび》しくなる。親たちは口やかましく、日暮れどきに原っぱに行くんじゃないと言う。

だから朝吉は一人では心細くて、誘いにきているわけだろう。朝吉は二つ年下の八つである。いまから行けば、ちょっと遊んで、日が暮れるまでに帰れるな、と思う。葭の間に見つけてある行々子《よしきり》の巣をのぞいてくるだけでいいのだ。そう思うとやはり心が動くが、広次は我慢した。

（新潮文庫『橋ものがたり』138〜9／162〜3）

「みんな行くか」

胸を張るといった感じで、広次は言う。みんな一斉にうなずいて、にこにこした。

広次は昨日の夕方、行々子《よしきり》が卵を生んだのを確かめたのだ。二つの巣の中に、小粒で白に焦茶《こげちゃ》の斑《まだら》のある卵が、あわせて八つも入っていたのである。広次は裏店に飛んで帰ると、今日卵をみせに連れて行くと触れを回しておいたのである。

町をはずれて、みんなは崇伝寺裏の雑木林に入って行った。近くの百姓家で下草を刈るので、林の中はきれいになっている。ところどころに、子供たち二人でも抱えきれないほど太い松があり、ほかは楢《なら》やえごの木、欅《けやき》、もみじなどが雑然と空に枝をのばし、日を遮《さえぎ》っている。

そして不意に、目の前にもっと豊饒《ほうじょう》な光が溢《あふ》れた。林が切れて、目ざす湿地に出たのである。

（147／172〜3）

青空がひろがり、遠く近く行々子が啼《な》いている。密集した葭の原が目の前にあった。（略）

「濡《ぬ》れても、草履を脱いじゃだめだぞ。足が切れちまうぞ」

広次はみんなに注意をあたえてから、葭原に踏みこんだ。中には、広次たちが葭を踏み折ってつけた道がある。行々子の巣は七つもあるので、道は途中から分かれて迷路のようになっていた。卵が入っているのは、その中の二つの巣である。

歩いて行くと、道はじわりと沈み、足もとが濡れた。ところどころに水溜《みずたま》りがあり、水は澄んで、その中で泳いでいる黒い虫がみえた。子供たちは黙りこくって歩いているので、原の中は、行々子のけたたましい啼声と、時どき風がゆすって行く葉ずれの音が聞こえるだけだった。暑かったが、誰も暑いとは言わなかった。

「ここだ」

広次は小さい声で言った。近くで行々子が囀《さえず》っている。鳥を驚かせてはいけないのだ。子供たちは空を見上げた。黒っぽい巣が、葉の先端から二尺ほど下がったところに浮かんでいる。行々子は、三、四本の葭を支柱にして巧みに巣をかけるのだ。

（新潮文庫『橋ものがたり』148〜9／173〜4）

数日後、姉が勤め先の米屋の手代と駆け落ちし、母親は働く張りを失い酒におぼれる。広次はそんな母から逃げるように、ヨシキリの卵の番をしていた。

行々子は、暑くなりはじめたころは、林のすぐそばまでやって来、時には姿を見せて猛《たけ》だけしく囀《さえず》っていたものだが、いまは葭原の奥のほうで鳴いている。心なしか、その声には元気がなかった。行々子は、日一日と遠くに去ろうとしているように思えた。(158／185)

このあと広次は、やくざに追われる父に金を託され、母のふしだらを嫌って家出するが、迎えに来た二歳年上のおよしに慰められる。およしの「日盛りの草いきれのような髪の匂い」については「女の体臭」の項(八一頁)で紹介した。

ヨシキリが鳴く水辺はひと気がなく、喧嘩や果し合いにうってつけだ。「草いきれ」(一九八七年九月)では初老の清左衛門が、少年期最後の取っ組み合いの記憶をヨシキリの声と結び付けている。

清左衛門たちが原っぱに踏みこんだ日も、暑い日だった。膝まである草をわけて、湿地の反対側にある地面が露出している場所に歩いて行くと、草いきれが顔をつつんで来た。しかし原っぱを照らしているのは、ねっとりとした晩夏の光で、草は穂を垂れ、葭切《よしきり》はもう啼いていなかった。(文春文庫『三屋清左衛門残日録』283)

ミソサザイと鍼《はり》打つ音

ミソサザイは日本の野鳥のなかで最小の部類に属する。色はくすんだ茶色で、尾羽を持ち上げて藪のなかに隠れると目立たない。「鷦鷯《みそさざい》」(一九九〇年六月)は、男やもめとなった父の面倒を見ていた娘が意外な良縁にめぐまれるというユーモア短篇だが、娘の名は「品」、さいきん亡妻に似てきたとあり、『土』のお品よりむしろおつぎの分身と考えられる。

鶺鴒の鳴き声は、新左衛門にある特別の感慨をはこんで来るものだった。新左衛門は五年前に妻を失ったが、秋口に倒れた妻の病いが、回復不能の死病であることを医師に告げられたのがこの季節だったのである。

門の外まで送って出た新左衛門にそう告げて去る医師を、しばらく見送ってから庭にもどると、夕やみがせまる庭のどこかで鶺鴒が鳴いていたのを、新左衛門はいまもこの季節になると思い出す。鳥の声は、医師の言葉を聞いて無限のわびしさに鷲《わし》づかみにされた思いでいる新左衛門の胸に、釘を打つような痛みをはこんで来た。

澄んだ、つぶやくような鳴き声は、もはやこの世から飛び去った妻の魂が、彼《あ》の世から何ごとかをささやきかけているかのような、一瞬の幻覚をもたらしたようだった。新左衛門はそのあと、すぐには家に入りかねて、しばらく夕やみにつつまれて立っていたものである。

——死なれたときよりも……。

あのときの方が胸にこたえたな、と新左衛門は思い返している。死なれたときには、ある程度の覚悟が出来ていた。

（文春文庫『玄鳥』142〜3）

ここには、先妻の死病を宣告されたときの藤沢周平の思いが反映されているのだろう。「釘を打つような痛みをもたらす澄んだ鳴き声」は、長塚節の秀歌を思わせる。

白銀《しろがね》の鍼《はり》打つごとききりぎりす　幾夜《いくよ》はへなば涼しかるらむ

（大正三年七月二十四日「鍼の如く」其の四、三、文春文庫『白き瓶』439／523）

鍼灸医が銀製の鍼をチン、チンと叩くような音を立てて鳴くキリギリス。その音が連想させる涼しさがやってくるのは、あと何日経ってからのことだろうか。夏の暑さに倦《う》んだ病者の過敏な神経が聞き取ったひそやかな音は、晩年の節が唱えた「冴え」の歌境の象徴でもある。

暗転（明転）に目を慣らす

『土』の小作人の家には障子がなく、日中も雨戸を立てているので、屋内は暗かった。
お品は戸口に天秤《てんびん》を卸《おろ》して突然《いきなり》
「おつう」と喚《よ》んだ。
「おっかあか」と直《すぐ》におつぎの返辞が威勢よく聞えた。それと同時に竈《かまど》の灯がひらひらと赤くお品の目に映った。朝から雨戸は開けないので内はうす闇《ぐら》くなっている。外の光を見ていたお品の目には直ぐにはおつぎの姿も見えなかったのである。（新潮文庫『土』1：8／9）

戸外の明るさに馴れた目が暗い室内に向けられ、いったん何も見えなくなったあと時間をかけて観察するという仕掛けを、藤沢周平も好んで用いた。初期の短篇「鬼」（一九七四年七月）では、目が慣れるにつれて暗い室内が見えてくる。

土間に下り、ゆっくりと戸を開けたてして外に出る。月明かりで明るい庭を横切り、サチは稲倉に入った。
稲倉の中は闇で、サチは眼が慣れるまで、しばらく戸のそばで立ち止まった。やがて土間に置いてある臼《うす》、箕《み》、板壁にぶら下がっている鍬《くわ》、鎌《かま》、蓑《みの》、笠《かさ》などがぼんやりと見えてきた。板壁は隙間《すきま》だらけで、その隙間から、細い月の光が射し込んでいるのも見えてきた。

「犬を飼う女」(一九七六年七月)では浪人・青江又八郎が、口入れ稼業の相模屋をたずねる。
（新潮文庫『神隠し』113／134）

春の日射《ひざ》しが溢《あふ》れている外から入ったせいか、男の背後の部屋が殊更《ことさら》暗く見えた。調度の品も少なく、どことなく寒ざむしい。
（新潮文庫『用心棒日月抄』7〜8／8）

このあと細谷源太夫がやってくるのだが、五年後に発表された「再会」(一九八一年十一月)では同じ情景が細谷の目から描かれる。

「おやじ、どうした? まだか?」

とどなったのは、なつかしや細谷源太夫である。細谷は、相変わらず暮らしに追われて、馬のように江戸の町を走り回っている様子だが、日暮れのうす暗い土間にいる先客が又八郎とは、すぐには気づかなかったらしい。まだ明るい外から、急に入ってきたせいもあるだろう。
（新潮文庫『刺客　用心棒日月抄』51／59）

「験試し」(一九七六年十二月)では、暗さが貧しさと結びつく。

「いやあ、外から来たば何も見《め》ね」

上がり框に掛けると、婆はそう言った。強い日射しの中から急に家の中に入ると、中は真暗になる。見えなくてさいわいだ、とおとしは粗末な土間を見回した。
（新潮文庫『春秋山伏記』／32、角川文庫31）

つづく「狐の足あと」(一九七七年)の権蔵の家も貧しかった。

権蔵の家に首を突っこんだものの、暗くて、大鷲坊《だいしゅうぼう》はしばらくは何も見えなかった。漸《よう》や《》く眼が馴《な》れて、貧しい家の中が見えてきたところで、大鷲坊は声をかけた。
（新潮文庫『春秋山伏記』／91、角川文庫93）

「踊る手」（一九八八年二月）では、夜逃げで取り残された婆さんが、十歳の少年の目で描かれる。

信次はそろそろとおきみの家に入った。二月の日が荒荒しく照っている路地から家に入ると、一瞬目をふさがれたように感じたほど、家の中は暗かったが、すぐに少し開いているすけた障子と、その奥に敷いてある夜具の端が見えて来た。

信次はつまずかないように慎重に家の中に上がり、年寄りが寝ている夜具の裾の方に坐った。あらためて見回すと、以前は足の踏み場もないほど物が散らかっていた部屋の中ががらんとしていた。夜逃げといってもひと晩のことじゃねえな、前から物はこんでたんだ、と言った父親の声が耳にもどって来た。
（文春文庫『夜消える』113）

「浦島」（一九九〇年三月）では外に雪が積もっているため、屋内がとくに暗く感じられる。

「孫六はいるか」

外から顔を突っこんでそう言ったのは、組の小頭坂口権内だった。火のそばの三人はおどろいて立ち上がったが、三ノ丸広場の雪の中を歩いて来た坂口は、小屋がうす暗くてすぐには三人の見分けがつかないらしい。

しばらくきょろきょろと小屋の中を見回してから、ようやく孫六に視線を定めた。
（文春文庫『玄鳥』190）

屋内の暗さは恐怖や緊張をもたらす。「夜の雷雨」（一九七八年六月）では自宅に人が来ていた。

おつねは日ざかりの道をものともせず、せかせかと杖をあやつって道をいそいだ。裏店《うらだな》にもどり、自分の家の敷居をまたぐと、おつねは家の中の暗さに眼が馴《な》れずに立ちすくんだ。そして眼を開くと、土間に見知らぬ男が二人、立っていた。（新潮文庫『神隠し』250／293〜4）

女房に案内された部屋の暗さに、おつねはどきりとした。窓もない部屋だった。女房が部屋を出て行ったあと、おつねは畳に坐ったがしばらくは何も見えなかった。そしてようやく、ぼんやりとおきくの顔が見えて来た。

「おばあちゃん」

とおきくが言った。おつねはおきくの額にさわった。火のように熱かった。手を頬にずらすと、手のひらがおきくの眼をあふれる涙で濡れた。おつねは胸がつぶれる思いをした。

（新潮文庫『神隠し』257／302）

「春の雷」（一九八四年）では開墾地の仮小屋が描かれる。

庄六は受け取った袋をつかんで自分の小屋へ入って行ったが、すぐに、暗くて何も見えないぞとひとりごとを言った。小屋にも、ひとつ明かり取りの窓がついているけれども、明るい外から、急に家の中に入ったからだろう。（文春文庫『風の果て』上254／271）

暗転による一時的な視力の低下は、剣士にとって命とりだ。「桃の木の下で」（一九七五年三月）では、敵が待ち伏せていた。

墓地はゆるい傾斜の、丘の中腹にある。墓参りを終わって、志穂はゆっくり下り道を降りてきた。道は途中から薄暗い杉林になって、寺の三門脇に出る。

足もとが滑らないように、俯いて歩いてきた志穂は、明るい日射しが溢《あふ》れている墓地から、暗い杉林に入ったとき、不意に眼が眩《くら》んだようになった。
同時に異様なざわめきを頭上に聞いた。志穂が、頭上から襲ってきたものから逃げられたのは、少女の頃に仕込まれた小太刀の修練が、まだ身体の中に生きていたためであったろう。

（新潮文庫『神隠し』142／168）

「かが泣き半平」（一九八七年七月）では夜の決闘で提灯が消える。
采女正《うねめのしょう》が怒号したとき、提灯が燃えつきた。そして暗闇の中から、怪鳥が羽ばたくように采女正が襲いかかって来た。（略）剣を下段に構えたまま、半平は心気を静めて闇の気配をさぐった。するとかすかに采女正の姿が見えてきた。

（新潮文庫『たそがれ清兵衛』233／270）

「早春の光」（一九八八年十二月）では、歩く向きを変えたことで暗転する。「透明な光につつまれた晩秋の風景」については、「黄色い光と黒い土」の項（一八七頁）を参照されたい。
三屋家の隠居、三屋清左衛門は、枯野のむこうに小樽川の川土手と野塩村の木立が見えて来たところで足を止め、ついで踵を返した。
夕日を正面から浴びながら歩いて来たので、日に背をむけたとたんに、清左衛門は目の中が真暗になったのを感じた。それまでの光がまぶしすぎたせいだろう。だが目はすぐに馴れて、ふたたび目の前にひろがる透明な光につつまれた晩秋の風景が見えて来た。

（文春文庫『三屋清左衛門残日録』404）

「秘密」（一九七五年六月）は、認知症にかかった老人が庭の「明」の世界に遊び、世帯を仕切る嫁が屋内の「暗」の世界にもぐる。

おみつは由蔵の様子をじっと窺《うかが》ってから、首をかしげて屋内に戻った。明るい外を眺めたあとで、家の中は不意に薄暗くみえた。

（新潮文庫『時雨のあと』162／182）

藤沢がしかけた暗転が数ある中で、この結末はなかなか皮肉だ。

暗転については以上だが、序章で紹介した『蝉しぐれ』最後の場面のように、明転で目がくらむ例もある。「闇の顔」（一九七六年二月）では事件の現場検証のあとに、それがおこる。

惣七郎は、まだ傷口をみている鱗次郎を残して、立ち上がると家の中を見回し、狭い戸口を潜《くぐ》って外に出た。もとは潰《つぶ》れた百姓家の納屋《なや》だったという赤松の家は、柱が傾いているようなひどい住居だった。狭くて暗い。外へ出ると、明るい日射しに眼がくらむようだった。

（『時雨のあと』72〜3／82）

『土』のおつぎは逆光を背に受けて登場する。

戸口からではおつぎの身体は竈の火を掩《おお》うていた。返辞をすると共に身体を捩《ねじ》ったのでその赤い火が見えたのである。

（新潮文庫『土』8／9）

同じしかけは「老賊」（一九八〇年二月）で、立花登が長屋に女を訪ねる場面にも用いられる。

女は上がりがまちに膝をついたまま、黙って登を見つめている。それなら出て行けとは言わなかった。灯を背中に背負っているので、はっきりとはわからなかったが、三十にはまだ間がある年ごろの女だった。

「泣くな、けい」（一九七八年六月）では、婢《はしため》の表情が逆光で隠される。

（講談社文庫『風雪の檻』48／51〜2、文春文庫『同』55）

波十郎は注意深くけいを見た。けいの背後に、夕暮れの日射しがはなやかな色を帯びはじめていて、逆光の中でけいの表情はよく読みとれなかった。

けいは、波十郎に見つめられて顔を伏せた。そしてしばらく黙ったが、やがてうつむいたまま言った。

「このことは、旦那さまには一切申し上げないつもりでおりましたが、大事のときでございますから、申し上げます」

（中公文庫『夜の橋』248〜9／252、文春文庫『同』259）

第二節　光と影の二色刷り

藤沢周平の原風景

「原風景」について藤沢周平は『闇の穴』の「あとがき」（一九七七年一月）で書いている。

原風景というと何だと言われると困るようなものだが、時代で言うと昭和五、六年ごろから昭和十三、四年ごろまで、私の年齢でいうと物心ついてから、小学校五、六年ごろまでの、生まれ育った土地の風景が、いまも私の中に生きつづけているわけである。

たとえば、ふだんは聞こえない遠くの汽車の音が聞こえてきた、静かな雪の夜道とか、葦切《よしきり》が終日さえずりつづける川べりとか、とり入れが終って、がらんとした野を染める落日の光とか、雪どけのころの、少しずつ乾いて行く道とか、雑多な風景がその中に詰めこまれている。

そしてそういう風景が単独で存在するわけでなく、少年倶楽部《くらぶ》や譚海《たんかい》といった少年雑誌、姉たちのお古の少女雑誌、「怪傑黒頭巾《ずきん》」や「亜細亜《あじあ》の曙《あけぼの》」、啄木や下総《しもうさ》の歌人長塚節《たかし》、カール・ブッセの「山のあなた」、そしてジャン・バルジャン。さらに牧逸馬《いつま》の「この太陽」、吉屋信子の「地の果てまで」といった小説などが、これらの風景とわかちがたく結びついて、ひとつの心象風景を形づくり、私の中に存在しているわけである。（略）

この短編集のあちこちに、この私の風景が点在している。時代もののなかに書いて、べつにそれほど不自然な気がしないのは、むかしは近年のようでなく時がゆっくり流れていたからであろう。私の風景のなかには、あきらかに明治の痕跡《こんせき》が残っていたが、考えてみれば明治はたかだか二十年ぐらい前のことで、それは何の不思議もないことだった。（新潮文庫『闇の穴』251～3／281～3）

周平のもの心がついた昭和五（一九三〇）年から二〇年さかのぼると、『土』が新聞に連載された明治四三（一九一〇）年になる。明治の農村風景ないしその痕跡が、長塚節と藤沢周平の文学の共通基盤であるわけだ。

赤い夕日と青黒い影

幼い藤沢周平の心に染みついた風景の一つに、「赤い夕日」がある。『オール読物』昭和四八（一九七三）年十月号の対談記録をまず引用しよう。

――藤沢作品は、克明な風景や季節感、時刻感の描写が楽しい。時刻では日暮れ時がとくによく登場する。

藤沢　好きです。子供のころ、あまりにもまっ赤な夕焼けを見て、泣き出したのを覚えています。幼児体験というんですか。

（阿部達二『藤沢周平残日録』16）

同じ体験は『幼児開発』昭和五四（一九七九）六月号所載「母の顔」にも見える。

また五歳ごろのことかと思うが、やはり母と一緒に、今度は県道の向うにある遠い畑の方に行った日のことをおぼえている。その畑は広く、私はよその家の畑にまで入りこんであちこちと走り回ったあげく、すっかり退屈してしまったが、このとき母がどんなふうにして働いていたかは記憶がない。

印象が鮮明なのは、その日の帰り道のことである。鍬をかついだ母が前を行き、そのうしろからついて行きながら、私はわあわあ泣いている。野道は家がある村はずれまでまっすぐのびていて、行手に日が沈むところだった。見わたすかぎり、野に金色の光が満ちていた。光は正面から来て、その中で母の姿が黒く動いていた。

おかしいのは私が泣いた理由で、私は歩くのにくたびれたのでもなく、母に叱られて泣いたのでもなかった。野を満たしている夕日の光を眺めているうちに、突然に涙がこみあげて来たのである。

私がそのとき感じていたのが、天地自然とか、人の世とかいうもののさびしさだったなどと言ったら、この文章をお読みになるひとの中には、笑い出される方もあるに違いない。私も苦笑せ

ずにいられないが、そのときの感じというものは、あとで解釈をつけ加えたものでもなく、また
そのほかに私が泣く理由がなかったことも確かなのである。

（中公文庫『周平独言』337～8／文春文庫『同』384～5）

「まっ赤」（一九七三年）と「金色」（一九七九年）のどちらかが間違いというのではなく、風景全体が一色に染められ、その色が変わりゆく様子を、長く記憶していたのだろう。その光の中に母の姿を「黒」く記憶していることに注目したい。

「赤い夕日」は一九六三（昭和三八）年一月発表の第五十七回読売短編小説賞の応募作の題にも用いられたが、作品は選外佳作にとどまり、残念ながら原稿は残っていない（阿部、二〇〇四）。だが同じ題は、一九七六年九月発表の短篇に生かされた。


ふたたびおもんの胸を重くるしい痛みが襲った。おもんは空を見あげた。雲ひとつない青空がひろがっていたが、おもんは不意にその空に夕焼けを見たようだった。

一面に夕焼け空の下を、人が二人歩いている。一人は長身の男で、一人は子供だった。赤い、漂うように穏やかな光が二人を染めていた。夕日に染まっているのは、二人の人間だけではなかった。二人が歩いている長い土堤《どて》も、土堤の影が落ちかかる田圃《たんぼ》もその影が切れる先から赤く日を浴び、遠くの村も夕焼けていた。ほかに人影はなく、歩いているのは二人だけだった。

（新潮文庫『橋ものがたり』112／131）


「子供」はおもん自身、「長身の男」は育ての親・斧次郎である。二十年後、老いた斧次郎が病気だと聞いておもんは永代橋を東へ渡るが、それは罠だった。誘拐されたおもんを夫・新太郎は肝の座っ

た商人らしく、身代金を持って迎えに来る。買い戻されたおもんは、夫と永代橋を西へ渡り返す。

永代橋を渡り切ったとき、おもんは立ち止まって橋をふりむいた。月明かりに、橋板が白く光って、その先に黒く蹲《うずくま》る町がみえた。

――橋の向うに、もう頼る人はいない。

と思った。突然しめつけつけられるような孤独な思いがおもんを包んだ。頼る人間がいるとすれば、ぶらぶらと先に歩いて行く身体の大きな男のほかになかった。

おもんは踵《きびす》を返し、小走りに新太郎の後を追った。走りながら、赤い日に照らされた土堤《どて》を、斧次郎の後からついて行った、二十年前の自分に似ている、とおもんは思った。

(新潮文庫『橋ものがたり』135／158〜9)

おもんは養父と性的関係を持っていた。その「赤い」過去が、白い月明かりで浄化される。「赤い日」と「シロキ月」の対比は「孤立剣残月」(一九八〇年一月)にも出てくる。(文春文庫『隠し剣秋風抄』291／334〜5)

短篇集『橋ものがたり』には夕日の赤と影の(青)黒のコントラストが繰り返し描かれる。場所は大川(隅田川)の東、本所・深川が主だが、それは川や堀をはさんで東西を見くらべやすいからでもあろう。「思い違い」(一九七六年八月)、
真赤な日が、御船蔵の建物を影のように黒くしているのが、道の正面に見えた。景色が秋めいてきたと思ったら、たちまち日の暮れるのが早くなったようだった。

船蔵と船蔵の間から射《さ》す一条の赤い光がおきくの顔を染めている。表情には途方に暮れたよう

ないろが浮かんでいる。源作もその脇《わき》にしゃがんだ。（新潮文庫『橋ものがたり』91／106）

日は大川の向うの町の陰に落ちるところで、大小あわせて十数棟の船蔵が青黒く暮れかけてい
る。その建物の間から、日にかがやく大川の水が見えた。（新潮文庫『橋ものがたり』94／110）

「氷雨降る」（一九七六年十二月）では、日がさらに沈み、赤と黒が溶けあい「赤黒」くなっている。

西空の下のあたりに、雲とも靄《もや》ともみえるものが溜《たま》っていて、秋の日はその中に沈み、赤黒い
光が、ようやく日のありどころを示している。町は暮れかかり、大川の鉛色の水の上を、音もな
く船が滑って行くのがみえた。（新潮文庫『橋ものがたり』197／231）

「殺すな」（一九七七年四月）では空が赤から黒に変わる間に、船頭の妻が夫から逃げきる。

（喘息の発作を起こした浪人）善左エ門の背をさすりながら、（船頭）吉蔵は橋を眺めた。いっとき
の夕映えはもううすれかけて、橋の向う岸のあたりに、人の行き来が黒っぽく動いているだけだ
った。お峯の姿は、もう見えなかった。（新潮文庫『橋ものがたり』237／278）

市井ものでは哀愁と結びつけて描かれる夕焼けが、武家ものでは荒涼たる風景として描かれること
が多い。「長門守の陰謀」（一九七六年十月）の文庫本のカバーにもある不吉な夕景は、長門守が庄内藩
にもたらした災厄と、彼自身の死とを示すものだろう。

家の横手に回る。思ったとおり、血の滴《したた》りのようなものが西空の一角を染めていた。海の方面
には青黒い雲が動き、雨でも降っているのか雲は地面まで垂れさがって薄暗くなっているが、そ

のために西の空のその一角だけは異様なほどにかがやいて見える。
（文春文庫『長門守の陰謀』205~6／212）

「零落」（一九八五年十二月）にある冬の日本海の荒涼とした風景は、清左衛門に殺意をいだいた男の心の風景でもあろう。

「火がなければ、二人ともこごえてしまうところだった」

清左衛門は言って、あたりを見回した。日は落ちて、青白い薄明のいろが海辺を覆っている。波は黒く、その波のはるかに遠い沖に、血のいろをした夕焼けの名残りがのこっている。
（文春文庫『三屋清左衛門残日録』95）

「内蔵助の宿」（一九七八年一月）の夕景は、退路を断った赤穂浪士らの覚悟を示すもののようだ。

――今日で、一両二分か。

葉が落ちた欅《けやき》の枝を見上げながら、又八郎は金を勘定した。雑木林のように、欅や小楢《こなら》が立つ庭に、傾いた日がさしこみ、幹の半分をうす赤く染めていた。日があたらない半分は、少し離れた場所からは黒く見える。その陰の部分に、もう夜の寒気がまつわりついているようだった。
（新潮文庫『用心棒日月抄』311／399）

「ど忘れ万六」（一九八五年十二月）ではズームアップされた敵の顔が赤と黒で塗り分けられる。

西の空に沈みかけている日が、野づらをすべって来て大場の姿を照らしている。大場の顔は半分赤く、半分は黒かった。
（新潮文庫『たそがれ清兵衛』145／168）

「大蔵が原」（一九八四年）では青黒が「鋼《はがね》いろ」と詩的に呼ばれ、広がりと深みをもつ。大櫛山のモデルは月山である。

領国の北辺と東側の国境は、北から東南にむかって走る山脈で区切られている。大櫛山はその山脈のほぼ中央、城下からみると真東にあって山脈の主峰だった。描いた眉のようになだらかな山型がうつくしい山だが、いまその頂が赤い櫛の背のように、虚空《こくう》にただよいうかんでいるのだった。背後の空は、もう鋼《はがね》いろに暮れていた。

（文春文庫『風の果て』上146／156）

黄色い光と黒い土

藤沢作品には黄と黒の対比も多くみられるが、その原型も『土』に求めることができる。

短い冬の日はもう落ちかけて　黄色な光を放射しつつ目叩《またた》いた。

（新潮文庫『土』1：5／5）

日は漸《ようや》く朝を離れて　空に居据《いすわ》った。凡《すべ》ての物が明るい光を添えた。然《しか》しながら周囲の何処《どこ》にも活々《いきいき》した緑は絶えて目に映らなかった。まだ幾らも刈られていない田は、黄褐色の明るい光を反射して、処々の畑に在《あ》る桑も、霜に逢《あ》うまでは梢の小さな軟らかな葉の四五枚が潤《うるお》いを有《も》っているのみである。

（新潮文庫『土』21：258~9／320）

畑は陸稲《おかぼ》を刈ったままの処が幾らもあった。彼は陸稲の刈株を丁寧に草鞋《わらじ》の先で蹂《ふ》んで見た。百姓がちらほらと動いて麦を蒔《ま》くべき土が清潔に耕されつつある。畑の黒い土は彼等の技巧を発揮して丁寧に耕されれば日がそれを乾《かわか》さない内に　只清潔で快よい感じを見る人の心に与えるのである。

（新潮文庫『土』21：260／322）

一日吹いた疾風が磕《はた》とその力を落としたら、日が西の空の土手のような雲の端に近く据《すわ》って漸《だん》次《だん》に没却しつつ瞬《またた》いた。その一瞬時強烈な光が横に東の森の喬木《きょうぼく》を銹《さび》た橙色《だいだいいろ》に染めて、更にその光は隙間を遠くずっと手を伸した。（新潮文庫『土』25：320／396）

「黄色い光」と「黒い土」は、庄内育ちの藤沢にとっても懐かしいものだったようだ。最初期の股旅もの「帰郷」（一九七二年十月）では、博徒「宇之吉」が「胃のあたりに重く嵩《かさ》ばる異物感と、鈍い痛み」を覚えて、日光街道筋の小さな宿場町でひと月余り寝込んだあと、宿の裏手の農村風景を見て帰郷を決意する。その「澄明」な風景が郷愁をかきたてたのだ。

とり入れが終わった田の、空虚なひろがりが視界を埋めた。杭《くい》を集めているらしい人影が二つ、はるか遠いところに豆粒のようにみえ、音もなく動いているほかは、傾いて黄ばんだ日の光が、斜めに黒い田面《たのも》を嘗《な》めているだけである。そしてその風景全体が、水に濡《ぬ》れたように澄明に潤んでみえた。もの音は聞こえず、ひどく静かだった。

前触れもなしに、不意に悲傷が宇之吉を鷲づかみにしたのはこの時である。鉈《なた》のように斬れ味の鈍いものが、心をゆっくり切り裂き、気分が限りもなく落込んで行くのを、宇之吉は感じていた。金縛りにあったように、宇之吉は動くことが出来なかった。（文春文庫『又蔵の火』101／107~8）

「又蔵の火」（一九七三年九月）では脱藩から立ち帰った若い武士・又蔵が、兄の仇討ちを前にして、同じような風景を見ている。

獲り入れを終わった黒っぽい野面《のづら》をへだてて、北の方に鶴ヶ岡の町の屋並みが遠く扁平《へんぺい》にひろがっている。又蔵は、足音をしのばせて後を通ったハツを振り返りもせず、腕組みをしたまま鶴ヶ岡の方を眺めていた。暗く険しい横顔をしていた。（文春文庫『又蔵の火』13／13）

「十四人目の男」（一九七四年十二月）の風景は、叔母の死を悼む気持ちを反映している。

事件から半年ほど経《た》った晩秋のその日。小一郎は叔母の墓参りをした。藤堂家の菩提寺《ぼだいじ》である龍善寺は、麦屋町の端《はず》れにある。寺の裏側がすぐ田圃《たんぼ》で、墓地に立つと、半ば稲を刈り取ったあとの地面が、午後の日射《ひざ》しを受けて黄金いろに輝いている稲の間に、黒い地肌を現わしているのが見えた。仕置きを終った屍《しかばね》は、それぞれの親族の者に渡されて、叔母は藤堂家の墓の下に眠っていた。　（新潮文庫『冤罪』348／410）

『一茶』第四部（発表時の題は「旅に疲れて」、一九七七年九月）で、夏目成美に見放された五十歳の一茶は、俳人として江戸に残ることをようやく諦める。場所は北本所の多田薬師に近い成美の隠宅である。

西空には、まだ落ち切らない初冬の日があって、黄ばんだ光を町に投げかけ、黒ぐろと並ぶ向う河岸の家家の背後にある空を、はなやかに染めあげようとしていたが、北から東にかけて、空半分ほどは異様なほど黒い雲に包まれていた。　（文春文庫『一茶』4－1：240／283）

空の蜜柑いろと木苺いろ

藤沢は「蜜柑色」を好んで用いたが、その原型も『土』に求めることができる。ただし『土』の「蜜柑の皮の色」は、まだらで変化しつつあるのに対して、藤沢の「みかん色」は固有の色をさす。

念仏が畢《おわ》るまでには段々と遠い近い木立の輪郭がくっきりとして　青い蜜柑《みかん》の皮が日に当たった部分から少しずつ彩《いろど》られて行くように　東の空が薄く黄色に染《そま》って　段々にそれが濃く成って、そうして寒冷《ひややか》なうちにもほっかりと暖味《あたたかみ》を持ったように明るく成った。

（新潮文庫『土』22：272／337）

最初期の作品「囮」（一九七一年九月）の舞台はJR総武線浅草橋駅付近で、「酒井家」は庄内藩主のことだ。

日が落ちるとみえて、酒井家下屋敷の黒い屋根の上に、高く聳えている雲の先端が、金で縁どったように燿《かがや》いている。風はやんでいたが、水色の空と、金色に縁どられた雲は、まだ冬を残していた。しかし、江戸の空の、はるか南のきわに、盛りあがる雲の一群がみえ、それは蜜柑いろに染まって、春があまり遠くないことも告げていた。

（文春文庫『暗殺の年輪』247／283）

「黒い縄」（一九七二年九月）でも「蜜柑色」が出てくる。

地兵衛は、ふっとおしのから眼を逸らして空を見上げた。日が傾き、家々の壁は、蜜柑色に輝く部分と、薄暗い翳の部分に鮮明にわかれはじめていたが、空にはまだ、眩しい光が溢れていた。

（文春文庫『暗殺の年輪』59／67~8）

「夜が軋む」（一九七三年七月）では、山里の朝日が「柿いろ」となっている。

雪が積もり、その上を柿いろの静かな日の光が這《は》っていました。（新潮文庫『闇の穴』235／264）

「龍を見た男」（一九七五年十月）では秋の夕方の帆の色に「淡いみかん色」が用いられる。

遠い沖を、酒田の湊《みなと》に向かうらしい商人船《あきんどぶね》が、帆を上げて走っている。帆は淡いみかん色に染まっていた。秋の日は暮れるのが早く、水平線に近づいてそこでしばらく海と空を赤く染めたと思うと、急に落ちこむように海に沈む。そしてその次に、穏やかな薄暮の時刻が来るのだ。

（新潮文庫『龍を見た男』100／115）

一九七六年から「蜜柑色」に代わって、より赤味の少ない「飴色」や「木苺色」が登場する。その変化が藤沢の「暗い時代」からの脱皮とほぼ同時なので、心の変化を反映しているのかもしれないが、同じころ、高度経済成長につれて市販のミカンが規格化され、文学的表現になじまなくなったということかもしれない。藤沢の回想によれば、彼の生家にはアンズ、ウメ、モモ、ナシ、グミ、イチジクなどにまじってキイチゴの木も植わっていた（中公文庫「初夏の庭」『周平独言』358、文春文庫『同』409）。

「狐はたそがれに踊る」（一九七六年九月）はのちに「闇の歯車」と改題される。

日が傾いて、仙台堀の水面に弾《はじ》ける日の光が、飴《あめ》色に染まっている。伊黒はゆっくり河岸から海辺橋に向かう。

（講談社文庫『闇の歯車』30／35）

仙太郎は立ち上がって、障子窓を開けた。すると外から幾分涼しい風が入ってきた。日は沈んだばかりのようで、空は一面に木苺《きいちご》の実のように黄ばんでいる。だが町には、青みがかったたそがれ色が這《は》いはじめている。家混《やご》みの間に光っているのは、大川の水だった。

（講談社文庫『闇の歯車』51／60）

「かんざし」（一九七八年一月）

そこまで歩いてくる間に、町の上に残っていた光は姿を消し、かわりに空が木苺の実のように黄ばみはじめていた。まだ娼家に人があつまる時刻ではないが、それでも家々の前には、手を突っこんだ袖《そで》を胸に抱いた、白い顔の女たちが、人待ち顔に立っていた。

（新潮文庫『消えた女　彫師伊之助捕物覚え』10／10）

「春の雷鳴」（一九七八年八月〜七九年八月）では軽業小屋の夕景が描かれる。

ほかに人の姿は見えず、昼は混雑する広場が、ひっそりしている。裸の木組みが、焼けたあとのように黒く立っていて、その向うに、熟した木苺の実のように黄ばんだ西空が透けている。

（文春文庫『闇の傀儡師』上 290）

「おぼろ月」（一九八一年五月）

だが春の日暮れは、秋のようにすとんとひっくり返ったように夜に変ることはない。そこまで来ている夜と、しばらくはじゃれ合いながら、ためらいがちに姿を消して行く。両国橋まで来たとき、橋の上はもううす暗くなっていたが、西の空にはまだ木苺の実のいろほどの明るみが残っていた。おさとはほっとした。

（文春文庫『日暮れ竹河岸』33）

「白い胸」（一九八二年）では、冬の深川の暮色が下から赤黒、木苺色、水色と表され、そのグラデーションが浮世絵を思わせる。

表通りも暮色につつまれていたが、とっぷり暮れるにはまだ間があった。道の正面に赤黒い靄のように落日の痕跡を残す西空が見え、空はそこから上の方に木苺の実のように明るい黄に、さらに水色に光を弱めながらひろがっている。

（文春文庫『海鳴り』上 16／18）

「夜明けの月影」（一九八四年八月）では、日の出前の暁が木苺色である。

時刻は寅の中刻《ちゅうこく》にさしかかっていて、東の空は木苺の実のように明るい黄に染まりはじめていたが、日はまだのぼらず、川底には夜の名残《なご》りの霧が動いていた。水は暗くて見えなかった。

（講談社文庫『決闘の辻』152）

「飛ぶ猿」（一九八五年三月）では山稜の後ろにある太陽の反照が、雲の裂け目を木苺色に染めている。

空はまだ暗い夜の雲に覆われていたが、野の先の丘は稜線に近いところで、雲が細長く横に裂けているのが見えた。その裂け目が木苺の実のように明るく黄ばんでいるのは、雲の陰で朝の日が立ちのぼろうとしているのだ。わずかな微光が、雲の裂け目から暗い野に洩《も》れている。視野を刺戟したのは、その光だったろう。（講談社文庫『決闘の辻 藤沢版新剣客伝』223）

木苺色が主流になってからも、「蜜柑いろ」がたまに使われた。「天空の声」（一九八四年八月）で又左衛門は、市之丞との果し合いを終えたあと庄六の家に向かう。季節は晩秋である。

河岸の道も対岸の葦原も夜色に沈みかけていたが、六斎川の水面だけが、蜜柑色にかがやく西空を映して明るかった。（文春文庫『風の果て』下245／264）

「消息」（一九八二年十二月）は秋の夕日なので、蜜柑色がいかにもふさわしい。

そこは深川の西平野町という町だった。目の前を流れる掘割を、荷を積んだ小舟が通りすぎて行くのを、おしなはぼんやりと見送った。傾いた秋の日が、蜜柑いろの力ない光を深川の町町に投げかけていて、小舟の船頭が竿をあやつるたびに、竿からこぼれる水と掻き乱された掘割の水が、きらきらと日をはじくのが見えた。（文春文庫『夜消える』140〜1）

「秋」（一九八五年十月）

外は家の中よりあかるかったが、日はまだのぼっていなかった。路地から表通りに出ると、道の正面に蜜柑いろにかがやく空がひろがっていて、間もなく日がのぼるところだと知れた。蜜柑いろの空には、綿をちぎったようなうすい雲がちらばって、それぞれに金いろに光っている。

表４　「蜜柑いろ・木苺いろ」の用例一覧

発表年月	作品名	色の表現	場所	季節	時刻
1971.9	囮	蜜柑いろ	江戸の南の空	早春	日没前
1972.9	黒い縄	蜜柑色	江戸の家の壁	秋	日没前
1973.7	夜が軋む	柿いろ	東北の山、雪	冬	朝
1975.10	龍を見た男	淡いみかん色	日本海（船の帆）	秋	日暮れ
1976.9	闇の歯車	飴色	江戸の堀の水面	夏	日暮れ
1976.9	闇の歯車	木苺の実の黄	江戸の空	夏	日没後
1978.1	かんざし	木苺の実	江戸	秋	日没後
1978.8~	春の雷鳴	木苺	江戸軽業小屋	春	日没
1981.5	おぼろ月	木苺の実	江戸両国橋	春	日没
1982.8	海鳴り	木苺の実	江戸門前仲町	早春	日没後
1982.12	消息	蜜柑いろ （力ない）	江戸深川	秋	日没
1984.8	風の果て	蜜柑色	海坂藩六斎川	秋	日没
1985.3	飛ぶ猿	木苺の実	農村	不明	夜明け
1985.10	秋	蜜柑いろ	江戸本所	秋	夜明け
1987.11	日和見与次郎	蜜柑いろ	海坂城	秋	日没

「日和見与次郎」（一九八七年十一月）

（新潮文庫『本所しぐれ町物語』130／150~1）

書類の処理を終り、日誌もつけ終って外に出ると、三ノ丸には日没後の奇妙にあかるい光があふれていた。日は落ちたものの、その余光は城の真上にひろがっている、さざ波のように細かな雲にとどまっていて、光は蜜柑いろに染まったその雲から地上に落ちて来ているのだった。

（新潮文庫『たそがれ清兵衛』245／284）

第三節　農村の季節感

綿のような白い雲

『土』6章は、再生の喜びにあふれている。

春は空から　そうして土から微《かすか》に動く。毎日のように西から埃《ほこり》を捲《ま》いて来る疾風が　どうかするとはたと止って、空際《くうさい》にはふわふわとした綿のような白い雲が　ほっかりと暖かい日光を浴びようとして　僅《わずか》に立ち騰《のぼ》ったというように、動きもしないで凝《じっ》然としていることがある。

（新潮文庫『土』6：55~6／68）

これとよく似た描写が「犬を飼う女」（一九七六年七月）にも出てくる。藤沢にとって「暗いロマン」を突き抜けた記念すべき作品である。

綿をまるめたような、丸味のある大きな雲がひとつ、町の上にじっととどまっている。両国橋を渡るところに、まだ夕映えの赤味をとどめていた雲は、ほとんど白っぽく変っている。

（新潮文庫『用心棒日月抄』34／42）

同時に発表された「狂気」（一九七六年七月）にも似た表現がある。

地上は白っぽい光に包まれているが、空はまだ明るかった。空の北の方に、雲がひとつじっと動かずにとまっている。雲はまだ縁を赤く染めていた。その空の下を、女の姿はみるみる北に遠ざかった。

（新潮文庫『闇の穴』188／210）

「幻の女」（一九八〇年六月）で獄医・立花登は柔術仲間の消息を訪ねている。

日暮れ近い橋の上は、いくらか人が混んでいた。大川の上手はるかな空に、綿のかたまりのような雲がぽっかりと浮かんで、やわらかい日の光を浴びている。空気はあたたかかった。

（講談社文庫『風雪の檻』64～5／69、文春文庫74～5）

「春の雲」（一九八六年四月）では、桶職人見習いの千吉が、惚れた女のために渡り職人と戦う。『土』6章をかなり忠実になぞっているうえ、「おつぎ」十七歳と、登場人物の命名からも『土』をつよく意識させる。前年十一月『白き瓶』により第20回吉川英治文学賞を受賞した記念だろうか？

千吉は源次とならんで、三丁目の一膳《いちぜん》めし屋亀《かめ》屋の方に歩いて行った。歩いて行く方角の空に、綿をまるめたような丸くてやわらかい感じの雲がうかんでいる。大小三つの丸い雲は、日の光を吸ってもいろに輝きながら、少しも動かずじっと同じ間隔を保っている。

（新潮文庫『本所しぐれ町物語』212／246）。

風を読む

『土』冒頭近くに、雲の形から空の風を推し量る描写がある。

泥を拗切《ちぎ》って投げたような雲が　不規則に林の上に凝然《じっ》とひっついていて　空はまだ騒がしいことを示している。
（新潮文庫『土』1：5／5）

節はこうした理屈っぽい表現を好んだが、それは自然科学と近代文学が等しく青年の心をとらえた時代の産物だろう。「零落」（一九八五年十二月）で藤沢周平がまねている。

鶴子町の保科塾を出ると、顔にぽつりと雨があたった。おどろいて空を見上げると、低いところに灰色の雲がいっぱい出ていて、上空には風があるらしく雲は西から東にいそがしく動いている。雨を落としたのは、その雲らしかった。
（文春文庫『三屋清左衛門残日録』71）

『土』のムラは鬼怒川の西岸にある。勘次は鍬の修理のために東岸の鍛冶屋に行った帰り、風下から見た鬼怒川の水面が鳥肌のように細かく波立つのを見た。

その日も西風が枯木の林から麦畑からそうして鬼怒川を渡って吹いた。鬼怒川の水は白い波が立って、遠くからはそれが粟を生じた肌《はだえ》のように只《ただ》こそばゆく見えた。
（新潮文庫『土』7：78／97）

「鷦鷯《みそさざい》」（一九九〇年六月）では「そそけ立つような皺」と書かれている。

新左衛門はちらと川に目を投げた。身体に吹きつけるつめたい川風が橋の下にも吹いていると見えて、橋の下から上流にかけて川面にそそけ立つような皺が走るのが見えた。空はうす曇りで、川上の方角に八つ半（午後三時）過ぎの日が、光を失ったままぽっかりと浮かんでいる。

（文春文庫『玄鳥』170）

擬人法

『土』には、空の青が春夏の雨に溶けて地上の緑となり、秋には空に戻る分、地上が枯れるという、天地間の「青の循環」が論じられる。これも自然主義に影響された科学的文章なのだろう。

畑の黒い土にはぽつぽつと大根の葉が繁っている。周囲に冴えた青い物は大根の葉のみである。大根の葉は、一旦地上の緑を奪うて透徹した空が　その濃厚な緑を沈殿《ちんでん》させて地上に置いた結晶体でなければならぬ。

（新潮文庫『土』21：261／322~3）

早春の緑のめざましさを、藤沢は『獄医立花登』シリーズで二度取り上げている。発表は『白き瓶』連載開始の前年にあたり、下調べのために『土』を読み返すうちに援用してみたくなったのかもしれない。「みな殺し」（一九八一年三月）

外はいい天気だった。明るい日射しが、濠《ほり》の水、土手の枯草の上にさしかけ、その枯草の中にはうす緑のものの芽がのぞいていた。二月の日射しがはずんで見える。

（講談社文庫『愛憎の檻』95／98、文春文庫『同』106）

「片割れ」（一九八一年五月）

登と百助は、堅川《たてかわ》べりを東に歩いている。河岸はまだ枯草に覆われていたが、その中にぽつぽつと青い草の芽がまじりはじめていた。

（講談社文庫『愛憎の檻』168／177~8、文春文庫『同』190）

長塚節の擬人法は、徹底した観察の産物であることが多い。

岬のような形に偃《は》うている水田を抱えて周囲の林は漸《ようや》くその本性のままに勝手に白っぽいのや赤っぽいのや、黄色っぽいのや種々に茂って、それが気が付いた時に急いで一つの深い緑に成るのである。

（『土』6：56／69）

種類ごとに異なる新芽の色を「本性のままに」と書いたので、赤っぽいのはカエデの類、白っぽいのは密毛をつけたコナラだろう。コナラの若葉の白さについては歌がある。

楢《なら》の木の嫩葉《わかば》は白し　やはらかに単衣《ひとへ》の肌に　日は透《とほ》りたり

（一九一四年「鍼の如く　其二」、岩波文庫『長塚節歌集』135）

藤沢の作品では、「閉ざされた口」（一九七六年三月）の描写がある。

林は、ところどころに赤松や欅《けやき》の大木をまじえた小楢《こなら》の深い林で、小楢の枝には、銀色のにこ毛を光らせた新葉がほぐれはじめている。

（新潮文庫『驟り雨』30／35）

「本性のままに」の視点は、「暁のひかり」（一九七五年八月）で江戸深川の町屋に応用される。

江戸の町の屋根や壁が、夜の暗さから解き放されて、それぞれが自分の形と色を取り戻す頃、市蔵は多田薬師裏にある窖《あなぐら》のような賭場《とば》を出て、ゆっくり路を歩き出す。

（文春文庫『暁のひかり』9／9）

夜から朝へ移行する時刻、賭場から出てきた男が鏡師だと偽り、一人で歩行練習をする病身の娘と友情を結ぶ。だが彼女をからかう男に対して振るった暴力が、娘にショックを与える。博徒に改心の希望を与えた「暁のひかり」が、一転して博徒の「形と色」を暴いて見せたわけだ。

田圃の榛の木は疾《と》うに花を捨てて自分が先に若葉の姿に成って見せる。黄色味を含んだ若葉が爽《さわや》かでかつ朗《あきら》かな朝日を浴びて快い光を保ちながら蒼《あお》い空の下に、まだ猶予《たゆと》うている周囲の林を見る。

（『土』6：56／69）

「雲奔る」（一九七四年九月）の早春風景にもハンノキがでてくる。

米沢の山野に春が訪れていた。榛《はん》の木の茶色い花は散ってしまったが、新葉は日に輝き、その中で小鳥が囀っている。

（文春文庫『雲奔る　小説・雲井龍雄』243）

ハンノキはかつて、刈った稲を干すための稲架（はさ、はざ）として、水田地帯に広く植えられていたが、稲作の機械化で邪魔になり、今では都市近郊の湿地などでわずかに見る程度となった。節の初期写生歌「榛の木の花」九首一連については、拙著『節の歳時記』を参照されたい。

田圃と用水路

狭く連っている田を竪《たて》に用水の堀がある。

（新潮文庫『土』1：7／8）

堀は雨の後の水を聚《あつ》めてさらさらと岸を浸していく。青く茂って傾いている川楊《かわやなぎ》の枝が一つ水について、流れ去る力に軽く動かされている。水は僅《わずか》に触れているその枝の為に下流へ放射線状を描いている。蘆《あし》のようで然《しか》も極めて細い可憐《かれん》なとだしばがびりびりと憾《ゆる》がされながら　岸の水に立っている。

（新潮文庫『土』6：65〜6／80〜1）

この「堀」は長塚節生家のすぐ北に今も流れている。「潮田伝五郎置文」（一九七四年八月）に似た描写がある。

田植前で、田は一面に水を張っていて、その間を細い水路が走っている。水路の水は畔の草に溢れて澄んでいる。

（新潮文庫『冤罪』102／119、講談社文庫『雪明かり』119／148）

『土』の地形描写は詳細で、病気のお品がたどった道の一部を現場で指摘できるほどだ。

林の外れから田圃へおりる処は僅《わず》かに五六間であるが、勾配《こうばい》の峻《けわ》しい坂で　それが雨のある度にそこらの水を聚《あつ》めて田圃へ落す口に成っているので　自然に土が抉《えぐ》られて深い窪《くぼみ》が形《かたちづく》られている。お品は天秤《てんびん》を斜に横へ向けて、右の手を前の手桶の柄へ　左の手を後の手桶の柄へ掛けて注意しつつおりた。それでも殆《ほと》んど手桶一杯に成りそうな蒟蒻《こんにゃく》の重量《おもみ》は　少しふらつく足を危《あやう》く保たしめた。やっと人の行き違うだけの狭い田圃をお品はそろそろと運んでいく。

（新潮文庫『土』1：7／7~8）

天秤は固有の周期で大きく振動する癖があり、それを止めるには細かくリズミカルに歩くのがコツだが、お品の草履の底には霜解けの埿が溜まって歩きにくく、しかも坂道なので滑りやすい。前後の手桶を押さえて振動を防いでいるのだ。周平の初期作品「恐妻の剣」（一九七四年六月）にも、似た地形が出てくる。

道は僅か半間幅ぐらいで、赤土の急勾配《こうばい》になっている。雨が押し流してきたらしい石塊が散らばり、歩きにくかった。

（新潮文庫『竹光始末』77／85）

「孫十の逆襲」（一九七八年三月）は黒澤明の映画『七人の侍』を思わせる、村人による野武士退治の物語だが、足腰の衰えた孫十が意外な活躍をする。

杣道《そまみち》は細く、傾斜が急だが、よく踏み固められている。柴を背負った孫十は、すべらないようにそろそろと降りた。ここ一、二年にわかに足腰がおとろえてきていることが自分でわかっている。

（中公文庫『夜の橋』193／195、文春文庫『同』201）

其処《そこ》らの畑には土が眼を開いたように　処々ぽつりぽつりと秋蕎麦《あきそば》の花が白く見えている。

（新潮文庫『土』10：117／146）

これはおつぎがモロコシを捨てに行く場面だが、暗がりに浮ぶ白い花は、節が好んだ題材の一つで、明治三十三（一九〇〇）年の歌に「むらさきの菖蒲《あやめ》の花は黒くして　白きあやめの目に立つ夕べ」（岩波文庫『長塚節歌集』13）がある。「盗む子供」（一九八〇年十月）にそれが生かされる。

日が沈んだらしい。黄菊はうす闇の中にまぎれ、白い菊だけがぼんやりと庭の底に沈んでいる。

（文春文庫『よろずや平八郎活人剣』上81／87）

『土』の自然描写は細かすぎて、しばしば物語の加速度《アクセレレーション》を削ぐ、と夏目漱石が評したように、以下の観察なども筋と無関係に挿入されている。だがそのような一見無駄な描写が妙に記憶に残るのも、『土』の不思議さである。鮭捕りに参加した体験は、節の初期写生文「利根川の一夜」にもつづられている。

偶然《ひょっと》彼は俄《にわか》に透明に成った空気の中から駆って来て網膜《もうまく》の底にひっついたもののように　ぽっちりと一つ目についたものがある。それは遠い上流に繫《かか》っている小さな船であった。

其処には数本の竹竿《たけざお》が立てられてあるのも　同時に彼の目に入った。彼は直ぐにそれが鮭捕船《さけとりぶね》であることを知った。（新潮文庫『土』21：257／318）

遠くの点景は、「報復」（一九八一年二月）で主人の供をする足軽の、不安と緊張をかきたてる。

五ツを過ぎると、通行の人気《ひとけ》はばったりと絶える。左内町を抜けて五間川の橋をわたるとき、遠い河岸《かし》にぽつりとひとつ、提灯の灯が動くのを見ただけである。

――この夜更《よふ》けに……。

主人はどなたの屋敷をたずねるつもりだろうかと、松平は思った。（新潮文庫『霜の朝』9〜10／10）

『土』も終盤に近づくと、おつぎの野良仕事も上達している。

然し勘次が目を放っているのは足の爪先二三尺の、今唐鍬《とうぐわ》を以《もっ》て伐去《きりさ》って遥《はるか》に後へ引いてそっと棄てた趾《あと》の一点である。埃は土に幾《いく》らでも湿《うるお》いを持った彼の足もとからは立たなかった。おつぎは勘次が起した塊を一つ一つに万能《まんのう》の背で叩いてさらりと解《ほぐ》して平《たいら》にならしている。（『土』25：308／381〜2）

「証拠人」（一九七四年四月）では、功名の覚えを書いてくれるはずの武士がすでに亡く、その後家の畑仕事を七内が手伝っている。
ともは、七内が大まかに耕した後を、さらに鍬《くわ》の頭で土を砕き、畝《うね》をつくっている。馴《な》れた身ごなしで、以前城勤めをした女には見えない。（略）
「夜這《よば》いの衆でございましょう」

ともは、事もなげに言った。手は休めていない。鍬は規則正しく土を掬《すく》い上げ、黒々とした畝が出来て行く。

（新潮文庫『冤罪』47／55）

「赤い夕日」の発表から一年と経たぬ一九七七年五月、「夕べの光」が発表された。寡婦のおりんは駆け落ちを迫られるが、なさぬ仲の子供を思い出して踏みとどまる。

おぶってやろう、と言ってしゃがむと、幸助は素直に背に乗ってきた。

――夢みたいなことを考えても、しようがないものね。

幸助を背負って、夕ばえに照らされた田圃道を歩きながら、おりんはそう思った。子供の身体は軽かった。母親が見てやらなければ、どうしようもない軽さだった。

（文春文庫『長門守の陰謀』140）

二作とも血の繋がらぬ親子関係を設定しているのは、藤沢の幼児期の印象がそれほど非日常的だったからだろう。憑き物のようだったその印象も「赤い夕日」にうまく封じ込められ、「夕べの光」では題も含めて、日常性との調和が示される。

第五章　貧とユーモア

貧しさとそれを生き抜くユーモア精神は、『土』と藤沢文学に共通のテーマと言える。長塚節が一つの農村で掘り下げた貧者の生活を、藤沢周平は江戸の市井（職人、商人、博徒、娼婦）や東北の下級武士などに拡げてみせた。

第一節　慎ましさと贅沢

今とは違う麦飯

『土』の小作人は、米より麦の勝った飯を常食にしていたが、この「麦」とはオオムギを臼で挽き割りにしたもので、今日われわれが口にする「麦飯」、すなわち「圧し麦」に加工されたコムギとはまったく別のものである（詳しくは拙著『長塚節「土」の世界』参照）。

（お品の）お袋は出る時に表の大戸を閉《た》てながら「腹減ったら此処《ここ》にあるぞ」といってぱたりと飯台の蓋をした。後で勘次は蒲団からずり出して見たら、麦ばかりのぽろぽろした飯であった。その時分お品の家ではそういう食料で生命《いのち》を繋《つな》いでいたのである。勘次は奉公にばかり出ていたので　それ程麁末《そまつ》な物を口にしたことはない。それでどうしても手を出そうという心が起らなかった。（新潮文庫『土』5：52／63～4）

どんな麁末《そまつ》な物でも彼等の口には問題ではない。彼等は味うのではなくて　要するに咽喉《のど》の孔《あな》を埋めるのである。冷水を注いでそのぼろぼろな麦飯を掻《か》き込む時　彼等の一人でも咀嚼《そしゃく》するものはない。彼等は只《ただ》多量に嚥下《えんか》することによって　その精力を恢復《かいふく》し　満足するのである。（『土』9：103／128）

卯平は薬罐の湯を注いで三杯を喫した。僅《わずか》に醤油の味のみが数年来の彼の舌に好味たるを失わなかったが、挽割麦《ひきわりむぎ》の勝った粗剛《こわ》い飯は歯齦《はぐき》が到底それを咀嚼《そしゃく》し能《あた》わぬので　こそっぱいまま嚥《の》み下した。（『土』16：203／251）

藤沢周平の育った庄内が米どころだったせいか、藤沢作品に麦飯はあまり出てこない。「密謀」（一九八〇年九月～八一年十月）では、越後上杉に仕える草（忍者）の感想として、次がある。

山奥の村では、米の飯を腹いっぱい喰うなどということは思いもよらない。日常の糧《かて》は、山畑からとれる稗《ひえ》と粟《あわ》に、わずかに米をまぜるだけだった。まぜる米がなくて、稗、粟、それに黍《きび》だけということも珍しくない。（新潮文庫『密謀』上137～8）

「春の雷」に出てくる海坂藩の開墾小屋での飯は、米七分、稗三分とされている。

開墾地の賄い飯は、士分も百姓人夫も一緒で、稗《ひえ》三分の糧飯《かてめし》である。
（文春文庫『風の果て』上253／270）

上杉鷹山による経済対策で有名な山形県南東部にあたる米沢藩では「かてめし」の種類を広げ、ウコギなどの救荒作物や山野草の利用を藩士らに勧めた。

醤油味の煎餅

米の飯が贅沢だった時代、米を原料とし、醤油を塗って焼いた煎餅は、なかなかの贅沢だった。野田の醤油蔵で夜回りとして働いていた卯平は腰を痛めて帰郷したとき、煎餅を手土産に持ち帰った。

「そうら」と卯平は荷物へ縛りつけた煎餅の包を与吉へ投げ出してやった。
「おつう、手拭《てぬげ》解《と》えて見ねえか、野田でも一番うめえんだから」卯平はいったがおつぎの手が暇どれるので自分で手拭を解いて勘次の前へ出して、彼は更に一枚とって与吉へ遣《や》った。
（『土』16：201／248）

「疫病神《やくびょうがみ》」（一九七七年三月）では、やくざな父親が戻って来てどうしようかと相談する兄弟三人の間で、煎餅が土産にだされる。

（妹の）おくにが高いせんべいをみやげに持って来たので、（妻の）おなみははじめ愛想がよかったのだ。だがいつまでも帰る様子がない義妹に、業《ごう》を煮やして、晩めしのおかずを買いに行ったのだ。おなみにはそういうところがある。
（新潮文庫『神隠し』54／62）

「刺客」（一九八六年）

（牧文四郎の妻）せつの実家からの到来物であるせんべいは、城下の小牧屋という菓子屋でつくっているもので、大きくて固く形も不ぞろいだが、しみている醤油味が絶品で人気がある。

（『蝉しぐれ』434／下233）

燃料にあらわれる貧富の差

江戸時代には村落ごとに共同管理されていた入会地《いりあいち》が、明治になって個人所有となり、自然の燃料・肥料が小作人たちの手の届かぬところに囲い込まれてしまった。『土』では鬼怒川東岸に住む老婆が、「近頃じゃ燃《もお》す物が一番不自由で仕ようねえのさ」と言うように（新潮文庫『土』7：79／99）、家ごとの燃料事情が経済格差を実感させた。お品の家には風呂がなく、東隣の地主の家にもらい湯に出かける。

お品は二三軒そっちこっちと歩いて見てから　隣の門を潜《くぐ》ったのであった。傭人は大釜の下にぽっぽと火を焚いてあたっている。風呂から出ても　彼等は茹《ゆだ》ったような赤い腿《もも》を出して　火の側へ寄った。

「どうだね、一燻《ひとく》べあたったらようがしょう、今直に明くから」と傭人がいってくれても　お品は臀から冷えるのを我慢して凝然《じっ》と辛棒していた。

（新潮文庫『土』1：12／14）

ユーモア短篇「浦島」（一九九〇年三月）では、燃料の豊かさが普請組の居心地のよさを象徴する。

御手洗孫六はこの小屋をこの上なく気に入っていた。小屋の中は、畳の部屋に火桶が置いてあり、土間にはがんがん火を燃やすので、寒中といえども寒さ知らずだった。（文春文庫『玄鳥』187）

卯平が勤めていた野田の醤油蔵（工場）でも燃料は豊富で、その贅沢に馴らされていたため、帰郷したての卯平は井戸水で顔を洗うことに苦痛を感じる。

卯平は幾年目かで冷たい水で顔を洗った。彼は近来にない晨起《はやお》きをしたので、霜の白い庭に立って硬《こわ》ばった足の爪先が痛くなる程冷たいのを感じた。（略）野田では始終かんかんと堅炭を熾《おこ》して湯は幾らでも沸《たぎ》って　夜でも室内に火気の去ることはないのである。（『土』17：205／253）

藤沢は、一茶が財産分与の相談に訪ねた母の実家の裕福さを、燃料で示している（一九七七年十二月）。

一茶はこごえた手を揉みながら、いろりのそばにあぐらをかいた。百姓の身ぶりになっていた。薪が威勢よく燃え、一茶の冷えた身体は間もなくあたたまった。宮沢家は、二之倉で二番目といわれる裕福な百姓で、それは惜しまずに焚いている薪の量にも現われていた。

（文春文庫『一茶』4－5：261）

一茶とその弟にとって、江戸の長屋の貧しさは想像を越えるものだった。

「まだ、この体たらくだ。この間、家の前のドブ板を盗まれてな」

「ドブ板？」

仙六は怪訝な顔をした。

「そう、ドブ板だ。何のために盗んだと思うね？」

「さあて」

「寒いから、それを焚いてあったまるわけだろうな。このあたりは、ま、そういう人間が住んでいるところでな。全部じゃないから、まあええわと思っていたら、次の日に残りも盗まれた」

（3－8：225）

『よろずや』の魅力のひとつは、貧に耐え自由を楽しむ平四郎の心意気だが、寺子屋の師匠よりも貧しいと知ると、さすがに穏やかではない。「密通」（一九八一年十二月）

（北見の）家に入ると、平四郎は台所から茶碗を持って来て、部屋に出ている茶器から勝手にお茶をついだ。箱火鉢の中の鉄瓶《てつびん》に、湯がたぎっていた。炭もたっぷり使っていて、寺子屋の師匠は揉めごと仲裁屋よりも懐具合が潤沢《じゅんたく》であるらしい。（文春文庫『よろずや平四郎活人剣』下114／124）

このあと平四郎は長屋の自宅に戻り、

「まず部屋をあっためて……」

一服するか、ひとりごとを言って、長火鉢の灰を掘り起してみたが、火は消えていた。鉄瓶の湯もさめて、つめたくなっている。

平四郎は、台所に入って竈《へっつい》に火を焚《た》いた。湯をわかす間、手をかざして竈の火であたたまると、ようやく身体を縛っていた寒気が抜けた。その勢いで、洗い桶に突っこんだままの茶碗や箸、小鉢などを洗い、ついでに鍋釜も洗って、明日の朝の米をといだ。

（119～20／130）

『土』では燃料問題が原因で、二つの事件が起こる。7章で勘次が開墾地からクヌギの根を持ち帰り警察沙汰になったことについてはすでに述べた（本書五〇頁）。もうひとつは25章の火事である。

彼は冷えた身体に暖気を欲して、茶釜を掛けた竈《かまど》の前に懶《だる》い身体を据えて蹲踞《うずくま》った。彼は更らに熱い茶の一杯が飲みたかったのである。彼は竈の底にしっとりと落ちついた灰に接近して手を翳《かざ》して見た。まだ軟かに白い灰は微《かすか》に暖かかった。彼はそれから大籠《おおかご》の落葉を攫《つか》み出して茶釜の下に突込んだ。（略）卯平は竹の火箸の先で落葉を少し透すようにして灰を掻き立てて見ても火はもうぽっちりともなかったのである。

（新潮文庫『土』25：311／385〜6）

（マッチを擦る）手の内側がぼんやりとして　それから段々に明るく成って　火は漸《よう》く保たれた。（略）卯平は不自由な手の火箸で落葉を透《すか》した。火は迅速にその生命を恢復《かいふく》した。彼等の為に平生殆んど半《なか》ば以上を無駄に使われている焔《ほのお》が竈《かまど》の口から捲《ま》れて立った。然しその余計に洩《も》れて出る焔《ほのお》が　彼の自由を失うて凍ろうとしている手を暖めた。

（新潮文庫『土』25：312／387）

できたての灰は草木の形を残して軟らかく白く、湿気を吸って固まった古い灰と見分けがつく。火箸で落葉を透かすのは、空気の通りを良くするためだ。そこに与吉が加わり火遊びをしたため、火事になる。

暖の接待

行商中のお品に対して訪問先では、とぼしい燃料を「ひとくべ」足してあたらせていた。

懇意なそこここでお品は落葉を一燻《ひとく》べ焚《た》いて貰っては手を翳《かざ》して漸《やっ》と暖まった。（『土』1：6／6）

「一くべ」は一掴みの燃料が燃え切るまでの短い時間を指す。

「呼びかける女」（一九七八年一月〜十月）として発表された、のちの『消えた女』の第8話「凶刃」では、外回りの岡っ引きが自身番で暖を取る。

大川の川端にある自身番に入ると、畳の部屋から、半沢と岡っ引の浅吉が伊之助を振りむいた。ほかに壁ぎわの机のそばに、家主と書役がいて、何か話していた。

「外は寒かろう。まあ、手をかざせ」

金助を帰すと、半沢は炉のそばから身体をあけるようにしてそう言った。浅吉は、ちょっと顔を上げて伊之助を見ただけである。

ぜいたくに炭火が燃えている炉に手をかざしたが、伊之助はすぐにその手を膝にもどして聞いた。

（新潮文庫『消えた女』333／388）


似た表現が、藤沢晩年の作『漆の実のみのる国』（一九九三年〜九六年）にも出てくる。

当綱が豆粒のような燠火《おきび》をひろいあつめていると、色部が部屋に入ってきた。

「途中、寒かったろう」（略）

当綱は、火桶に手をかざしてくれとすすめた。自分の風邪けのことはすっかり忘れていた。

（文春文庫『漆の実のみのる国』14章、上142〜3）

茶菓接待

身分ごとに発言権が規定されていた時代、茶の出し方と受け方はきわめて重要な身体言語《ボディーランゲージ》だった。『土』では10章、勘次にモロコシを盗まれた被害者の家を地主夫人が訪ねる場面で茶が重要な役割を演じる。お内儀さんは被害者に、警察への被害届を撤回するよう掛け合うが、当主と隠居の爺さんがなかなかうんと言わない。話し合いが膠着したところで、地主夫人は突然話題を変える。

「遠くの方へ（嫁に）遣《や》ったなんていったけが　おりせは又孫が出来たそうだね、今度のは男だって　それでも善かったねえ」

内儀《かみ》さんは側にいた老母《ばあさん》へ向いて突然こういい掛けた。そうして内儀さんは冷たく成っていた茶碗を手にした。それを見て被害者の女房は土間へ駈《か》けおりて　竈《かまど》の口へ火を点《つ》けてふうふうと火吹竹《ひふきだけ》を吹いた。（略）

「はあいそうでござりますよ、お内儀さんの厄介《やっけえ》に成りあんしたっけが、あれも今《えま》じゃ大層《てえそう》えぇ塩梅《あんべえ》でがしてない、四人目漸《よったりめやっ》とそんでも男でがすよ、（略）」（新潮文庫『土』10：113~4／141）

地主夫人が無言で茶の淹れなおしを要求したのは被害者家族に作戦タイムを与えるためで、はたせるかな頑固な男どもは気勢をそがれ、女たちの情《じょう》が力を得る。（詳しくは拙著『長塚節「土」の世界』を参照）

藤沢作品中にあまたある茶菓接待のなかから、「うらなり与右衛門」（一九八四年十月）を例にとろう。禄百石の家つき娘である多加は、夫の部下である馬廻組の中川助蔵のための茶と干菓子を女中に持たせるが（新潮文庫『たそがれ清兵衛』58／67）、三百石取り上士の寡婦・土屋以久が訪ねてきたときは、みずから茶を運んでいる。そうして部屋を出ようとする多加に以久は、「ここに、しばらくお坐りなさいませ」と引き止める（同書67／78）。その権高な口調は、その前の場面で多加が夫・与右衛門に「ちょっとここにお坐りになられませ」（同書51／60）と言ったのを思い出させて、笑いを誘う。つまり以久、多加、与右衛門、助蔵という身分の序列を、茶菓接待と命令口調で示しているのだ。

茶菓の作法は武家と市井で異なり、その比較も面白いが、とくに面白いのはその境界領域を生きる

「用心棒」青江又八郎と「よろずや」神名平四郎の例だ。この二人は自営業者として、依頼主の経済力や問題解決への熱意を茶菓で測る。そこには、経済記者として取材・営業・集金などで会社廻りをしていたころの藤沢の経験も生かされているのだろう。「離縁のぞみ」（一九八一年四月）

平四郎は、最後には脅しをかけた。一刻《いっとき》近くいて、お茶一杯も出ない待遇のわるさにも腹を立てていた。

（文春文庫『よろずや平四郎活人剣』上301／331）

「家出女房」（一九八二年二月）では、年増の後家が平四郎の家に上がり込んで、世話を焼いている。

沸いた湯を持って茶の間にもどると、おちかはぬかりなく自分にもお茶をつぎ、平四郎にも、はいお茶をどうぞなどと言う。平四郎は何もすることがなくて、どっちが客かわからない。

（文春文庫『よろずや平四郎活人剣』下154／166）

市井に生きる又八郎と平四郎も、ときには武家らしく振る舞わねばならず、そこにも笑いが生じる。「辻斬り」（一九八〇年八月）

「それにしても神名家の末弟が、裏店で内職かの。感心せぬ」

「お言葉ですが、それがしと同門の御家人の伜どもは、日ごろ必死と内職にはげんでおりますぞ」

「御家人と一緒にはならん」

そう言ったが、（兄）監物はそれ以上は追求しなかった。ほかに抱えている用があるらしく、不意に屈託ありげな表情になると、手をのばしてお茶をひと口すすった。だが番茶は口にあわなかったらしく、顔をしかめて平四郎を見た。

（文春文庫『よろずや平四郎活人剣』上34／37~8）

又八郎が用心棒稼業を終えて帰国したあとの安寧と退屈の場でも、茶が生きる。「最後の用心棒」（一九七八年四月）

「由亀か」

又八郎は窓の外から声をかけた。びっくりしたように唄がやんだ。しばらくして、はいという小さな返事がした。

「熱い茶を淹《い》れてくれぬか」

「はい。ただいま」

はずむような声で、由亀が答えた。それから少し離れた声で、ばばさま、お茶をいれますが、上がりますかと訊《たず》ねているのが聞こえた。

――きちんと、祝言《しゅうげん》をやらんといかんな。（略）

まだ寒さは残っていたが、春がおとずれつつあることは疑いなかった。又八郎は庭の真中で立ちどまると、もと用心棒に似つかわしい、あごがはずれるほどの大あくびをした。家の中から、由亀が茶が入ったと呼んでいる。

（文春文庫『用心棒日月抄』395〜6／510〜1）

じつはこの直前の情景にも『土』の援用があるので、ついでに紹介しておこう。

生垣は又八郎の背丈《せたけ》をわずかに越えるほどの高さである。又八郎は、垣を内と外からしめつけている竹を足がかりに、乗りこえようとした。爪先《つまさき》を横にわたした竹にかけ、一気に垣の上に身体をのり上げたとき、縄が腐っていたらしく、竹が落ちた。

一瞬の差で垣根の内側に転げこんだが、又八郎は腰を打った。ひどい音を立てた。

——主人が留守だと、垣根もこのていたらくだ。

腰をさすって立ち上がりながら、又八郎はそう思った。

（新潮文庫『用心棒日月抄』「最後の用心棒」374／482~3）


腐った竹垣の描写は、『土』10章でおつぎがモロコシを捨てに行く前の場に出てくる。

傭人もすっかり眠りに落ちたと思う頃　内儀さんとおつぎとの黒い姿が窃《ひそか》に裏の竹藪《たけやぶ》に動いた。落ちている竹の枝が　足の下にぽちぽちと折れて鳴った。乾《いぬい》の方の垣根の側へ来た時に　内儀さんは、垣根の土に附いた処を力任せにぼりぼりと破った。おつぎも両手を掛けて破った。幾年となしに　隙間を生ずれば小笹《おざさ》を継ぎ足し継ぎ足ししつつあった竹の垣根は、土の処がどすどすに朽ちているので　直《すぐ》に大きな穴が明いた。おつぎは其処《そこ》から潜《くぐ》って出た。

（新潮文庫『土』10：116／144）

節は『土』を書く五年前の明治三十八年九月二十一日、京都伏見に禅僧・天田愚庵の庵の跡を訪ね、あるじを亡くしてまっさきに傷むはずの垣根がまだ新しい、と詠った。
梧桐《あおぎり》の庭ゆく水の流れ去る垣《かき》も朽《く》ちねば　いますかと思ふ
（岩波文庫『長塚節歌集』80。詳しくは拙著『長塚節「羇旅雑咏」一三六首』参照）

おしかけ後妻

藤沢周平が「暗い情念」から抜け出し、明るくユーモラスな小説を書くようになったのは、一九七六年七月の『用心棒日月抄』連載からだと本人も言い、評伝にも引用されるが、短篇類を子細にみれば、ユーモアはその二年前から見られる。七四年「証拠人」、「嚔《くしゃみ》」の二作にはじまり、七五年には「臍曲がり新左」、「しぶとい連中」、「一顆《いっか》の瓜」、「いくじなし」、「鱗雲」、「遠方より来る」「冤罪」の七作が出そろう。これらのうち「証拠人」「鱗雲」「遠方より来る」の三作は漂泊者の居候話で、最初期の股旅ものを明るく塗り替えた性質のもの。「嚔」「臍曲り新左」「一顆の瓜」「冤罪」の四作はのちの『たそがれ清兵衛』シリーズに連なる「奇癖剣客もの」だ。

残る二作、「しぶとい連中」と「意気地なし」は市井ものだが、女の主導で男やもめが救われるので、まとめて「おしかけ後妻もの」と呼ぶことにしよう。作家四十八歳、再婚六年目で、先妻の忘れ形見である長女・展子も小学校を終えようとしていた。家庭の危機を乗り越えた安堵から、かつての困窮をふりかえる余裕ができたのだろう。

「しぶとい連中」（一九七五年五月）の熊蔵は妻に逃げられた博徒だが、夫に自殺されてあとを追おうとする女と二人の子を救ったがために、まとわりつかれる。「もの」の活かし方に注目してほしい。

「さ、帰ってくれ。どこでもいいから、俺から見えねえところに行ってくれ」

懇願《こんがん》するように熊蔵は言った。二人の子供はぽかんと口を開けて、熊蔵を見上げている。母親は黙って俯いている。

その姿を見ると、熊蔵は得体《えたい》の知れないものに取りつかれてしまったような、いやな気分になった。

（文春文庫『暁のひかり』200~1／213）


熊蔵は四人の生活費を稼ぐために、手ごわい相手と組打ちして傷つき、女に看病される。

——しぶとい奴らだ。

うとうとしながら熊蔵は思う。この連中を喰わせるために、何で俺がこんな稼ぎをしなくちゃならねえのだ、と微かな悲哀のようなものが心をかすめる。だが重たい眠気が瞼《まぶた》を押さえつけて、母子の声は次第に遠くなって行く。

不意に額のあたりがすっと軽くなった。手拭いを取りかえるところだな、と思ったとき熊蔵はことりと眠りに落ちた。

（文春文庫『暁のひかり』239~40／254）


『土』でお品の母の婿となりお品を可愛がった卯平を思わせる不器用な愛だ。

「意気地なし」（一九七五年六月）の下町娘・おてつが語るやもめ男・伊作の哀れな姿は、困窮時代の藤沢自身の戯画《カリカチュア》だろう。

「幾つぐらいの人だい。その伊作って人は」

「二十七かしら。八かも知れない。作次さんより一寸上みたい」

「それじゃ大変だ。代りのかみさんもらわないことにはしょうがないだろう」

「かわりのかみさんて言っても」

おてつは伊作の塩たれた風体《ふうてい》を思いだして、くっくっ笑った。
「あまり見栄《みば》えのしない人なのよ、それが。作次さんとはだいぶ違うもの。その上子持ちでしよ」　（新潮文庫『時雨のあと』142／161）

十日ほど前、お増の亭主の七蔵が、後添えでもいいという女を連れてきて、伊作の家で見合いの真似《まね》ごとをさせた。だがやつれた顔に無精ひげをはやしたままで、着る物はすっかり垢《あか》じみ、聞かれることにろくに返事も出来ない伊作に、相手の女はひと目見ただけで愛想をつかしたらしく、すぐ断わりの返事がきたとお増に聞いている。（新潮文庫『時雨のあと』151／169）

子連れの男やもめに後妻の来手がないことは、『土』8章でも解説される。

然《しか》しそんな（再婚の）噺をして聞かせる人々は　勘次の酷《ひど》い貧乏なのと、二人の子があるのとで　到底《とうてい》後妻は居つかないという見越《みこし》が先に立って、心底から周旋を仕ようというのではない。唯《ただ》　暇を惜しがる（勤勉な）勘次が縁談をもちかけられると何処《どこ》へでも鍬や鎌を棄てて釣《つり》込まれるので　遂悪戯《ついいたずら》にじらして見るのである。殊《こと》におつぎが大きくなればなる程、その働きが目に立てば立つ程　後妻には居憎い処だと人は思った。貧乏世帯へ後妻にでもなろうというものには実際碌《ろく》な者は無いというのが　一般の断案であった。（新潮文庫『土』8：99／123）

赤子のおけいの世話をするうちに、おてつはいっそ伊作の後妻になるのが手っ取り早いと思うようになった。

おしめを取換えてもらうと、おけいはすぐに機嫌がよくなった。おてつに抱かれると、うー、うま、うまと言って胸を探ってきた。幸福な感情がおてつを襲ってきた。

——この子の面倒をみて、伊作さんも身ぎれいにしてあげるのだ。

後にいる塩たれたやもめが、以前は見苦しくない男だったことを思いだしていた。幸福な気持に衝《つ》き動かされて、おてつは襟《えり》をくつろげて胸を開いた。おけいの柔らかな手が乳房を掴《つか》み、巧みに吸いついてきた。

やがて乳が出ないのが不思議だという表情で、おけいは口を離し、おてつの顔を見上げたが、腹はくちくなっているらしく、機嫌よく乳房を手で叩《たた》いた。（新潮文庫『時雨のあと』159／179）

おてつとおけいの関係は『土』のおつぎと十二歳下の弟・与吉の関係を踏まえている。

与吉はおつぎに抱かれた時いつも能《よ》くおつぎの乳房を弄《いじ》るのであった。五月蠅《うるさ》がって邪険に叱《しか》って見ても　与吉は甘えて笑っている。それでも泣く時にお品のしたように懐を開けて乳房を含ませて見ても　その小さな乳房は間違っても吸わなかった。砂糖を附けて見ても欺《あざむ》けなかった。（新潮文庫『土』5：54／66~7）

藤沢が与吉をもとにおけいを造形したことは、「約束」（一九八五年十二月）で離散する幼い三人兄弟の下二人の名が「与吉・おけい」であることからも確認できる（新潮文庫『本所しぐれ町物語』151／175）。「おしかけ後妻」はこの後も書きつがれ、藤沢周平のひとつの得意分野となるが、中でも美しく印象的なのは、「祝い人《ほと》助八」（一九八八年四月）の波津《はつ》だろう。山田洋次監督の映画『たそがれ清兵衛』では、宮沢りえが「朋江」の名でこの役を演じている。

祐筆だった父のもとで優雅に育った波津だが、その夫は「人を苛《さいな》んで喜ぶ男」だった。離縁後も付きまとう前夫を懲らしめてくれた助八に感謝した波津は、兄を通じて再婚を申し込むが、助八は身分違いの縁談には懲りごりだと断る。

波津の性格の好もしさはわかっていた。しかし嫁に来たら、その波津といえども、長い年月の間には婚家の貧しさに疲れて悍婦《かんぷ》になりはしないかと、助八は思っている。助八の胸の中には、まだ亡妻宇根とのにがい歳月の記憶が痼《しこ》っていた。波津をあんなふうにはしたくないと思った。

（新潮文庫『たそがれ清兵衛』311／361〜2）

だが、上意討ちの命令を受けた助八は波津に髪を結わせながら、彼女がそこにいるだけで身のまわりが暖かいのに気づく。

「おしかけ後妻もの」の最後を飾るのは、一九九〇年の二作だ。「初つばめ」（一九九〇年三月）のなみは水商売あがりで、商家の婿になる弟に捨てられたと悲観するが、その弟の計らいで、幼馴染の大工の滝蔵と再会できた。

「五年前に女房に死なれてね」

「あらッ」

「おれも苦労したぜ、なみさん」

「まあ、何てことだろう」

「子供が大きくなって、近ごろいくらか楽になったけどな」

「でも、後の人をもらったんでしょ」

「そんな物好きな女なんかいるもんか。子供はいる、口やかましいばばあが一人いるっていう家だから、後釜の来手なんざありゃしねえ」

「あら、おっかさん、まだ元気なんだ」

となみは言った。

（文春文庫『夜消える』191）


朝に見た初つばめがもたらした幸せはこれだったのだ、とはしゃぐなみに滝蔵は、つばめなら今年もう何度も見ているぜと笑う。つばめに象徴されるのは、うっかり見過ごしてきた幸せの機会であろう。なみが滝蔵の後妻となることを予感させて、物語は終わる。

「初つばめ」が「後妻志願もの」であるのに対して、「遠ざかる声」（一九九〇年十月）では「先妻の霊」が登場する。


喜左衛門はこのあとのことがあるので、いつもより念入りに般若心経と観音経をとなえてから、さてと改めて仏壇に向き直った。

「こないだ、例の菊本に昼の弁当をつかいに寄ったら、縁談をすすめられたよ」

喜左衛門はそこで言葉を切って耳を澄ましたが、何の物音もしなかった。だが、何かがすぐそばに来ている気配だけはわかった。何かなどと曖昧《あいまい》なことを言っては、あとでがみがみと文句を言われよう。さよう、じきそばにいるのは亡妻のはつである。

（文春文庫『夜消える』197）

「はつ」の名は「三月の鮠《はや》」の謎の巫女・葉津、「祝い人助八」の恋人・波津と字をかえて登場するが、いずれもきりっとした性格の持ち主だ。喜左衛門の後釜の話をつぎつぎ邪魔してきた先妻はつの亡霊は、醜女の女中・まさとなら再婚を許可する。その初夜、
いま二人を包んでいる幸福感を、はつに気づかれてはならなかった。気づいたら最後、はつは

必ずまた焼き餅をやきはじめるだろう。はつの目から隠すように、喜左衛門はまさのりっぱな身体に覆いかぶさった。まさがしがみついて来た。

「旦那さま」

「シーッ、黙りなさい」

喜左衛門の耳に、爆発する笑い声が聞こえた。男のように闊達《かったつ》なその笑い声は、はつの機嫌のいいときの笑い癖である。上機嫌の笑い声はだんだん遠くなり、やがてぷっつりと消えた。そのあとに来た空虚感に一瞬物がなしさを誘われたが、喜左衛門の心はすぐに現実にもどった。

闇の中の幸福感は、どうやらさとられずに済んだようである。

──だが、はたして……。

これでほんとにおしまいかと疑いながら、喜左衛門はまさを掻き抱き、額に汗をうかべたままじっと闇を見つめている。

（文春文庫『夜消える』225）

これを発表した一九九〇（平成二）年、周平は還暦をすぎ（六十二歳）、娘の展子も結婚して二年目を迎えていた。元号がかわったことなどもきっかけに、「おしかけ後妻もの」を締めくくることにしたのだろう。藤沢はエッセイ「死と再生」（一九九四）の中で、「再婚は倒れる寸前に木にしがみついたという感じでもあったが、気持ちは再婚出来るまでに立ち直っていたということだったろう」（文春文庫『半生の記』109）と書いている。

青年のおちょくり、老人のはしゃぎ

『土』はよく言われているほど退屈な小説ではない。理屈っぽく読みにくい部分もありはするが、それを補って余りあるのが、諧謔に満ちた会話である。ただし方言で書かれているので、夏目漱石のように方言を『土』の読みにくい理由に挙げるようでは、楽しみようがなかろう。その点藤沢周平は『土』の泥臭い諧謔、とくに若い衆の性的な笑いを、自作に取り入れている。

『土』13章、盆踊りの場では、娘を折檻する勘次に、若い衆から揶揄の声が飛ぶ。

「おお痛てえまあ」群衆の中から仮声《こわいろ》でいった。踊の列は先刻《さっき》から崩れて堵《と》の如く勘次とおつぎの周囲《まわり》に集まったのである。おつぎはこの声を聞くと共に乱れ掛けた衣物《きもの》の合せ目を繕《つくろ》うた。

「櫛とったな此処《ここ》に居たよう」とこれも喉の底からかすれて出るような声が群衆の中から発せられた。

「持ってたら、やっちめえ」

「厭《や》だよう、おとっつあに打《ぶ》ん擲《なぐ》られっから、おとっつあ勘弁してくろうよう」と歔欷《すすりな》くような仮声が更に聞えた。惘然《ぼうぜん》として見ていた凡てがどよめいた。（新潮文庫『土』13：156〜7／194〜5）

声音《こわいろ》は「運の尽き」（一九七九年七月）に応用される。女遊びの達人を自称する「たらしの参次」が米屋の娘「おつぎ」に手を出し、その親父につかまってしまった。

「冗談じゃねえよ。おれはまだ二十二だ。いまから米屋の婿におさまる気はねえよ」

「いいじゃないの、参ちゃん。米屋さんの婿なら立派なもんじゃないか」

信太郎が、女のように気取ったやさしい声で言ったので、みんなはどっと笑った。

勘次の異常なまでの嫉妬と警戒は、古来盆踊りが男女の自由恋愛の場だったことによる。

（新潮文庫『驟り雨』224〜5／258）


「おつぎさん、踊んねえか」と他《ほか》の一人がいった。

「俺ら厭《や》だよ、おとっつあ居っから」おつぎは小声でいった。誘うた踊子は　目を蹙《しか》めている勘次の容子《ようす》を見て　自分が睨《にら》みつけられている様に感じたので、他《た》へ狐鼠狐鼠《こそこそ》と身を避けた。女同士の眼には姿を変じた踊子が　皆一見して了解されるのであった。

踊を見ながら輪の周囲に立っている村落《むら》の女等《ら》は手と手を突《つ》き合うて　勘次の容子を見てはくすくすと窃《ひそか》に冷笑を浴《あび》せ掛けるのであった。

（新潮文庫『土』13：154〜5／191〜2）


「高札場」（一九八五年九月）では、下士の男女も盆踊りを出会いの場にしている。

「普請組の四男坊と御餌差《おえさし》組の娘が、どんなきっかけで知り合ったものかの」

「盆踊りです」

と笠原は言った。

「われわれ下士の倅は倅で、組をつくって踊りに加わりましたので」

踊りの支度を手伝いに来た女たちの中に友世がいて、与之助と知り合い、二人は相惹かれるようになった。与之助が十八、友世が十六のときである。

（文春文庫『三屋清左衛門残日録』62〜3）

盆踊りのあと、若い衆はおつぎに労りを示している。
おつぎは次の朝　櫛を探しに出た。同じ年輩の間には　誰の悪戯《いたずら》であるかがその場で凡ての耳に知れ渡っていた。

「櫛なんざ持っていねえぞはあ、それよりゃあ、帰《けえ》って柿の木のざぐ股《また》でも見た方がええど」朋輩《ほうばい》の一人がおつぎへいった。おつぎは自分の庭の柿の木の幹が二股に成った処に　櫛がそっと載せてあるのを発見した。櫛は鼈甲模擬《べっこうまがい》のゴム櫛であった。歯が二枚ばかり欠けていた。おつぎは損所《そんしょ》を凝然《じっ》と見て　直《すぐ》に髪へ挿した。

（新潮文庫『土』13：158／196）

この表現は「一匹狼」（一九八一年八月）で、後妻志願の女が男やもめの子供を手なずけるのを手伝った、平四郎のセリフに生かされる。

「子供たちがおらんので、困っているのじゃないかね」

吉次はじっと平四郎を見た。そして陰気な声で、あんたの指し金じゃあるまいな、と言った。

「バカ言いなさんな。わしはたったいまこの家を見つけたばかりだ」

「………」

「しかし、子供たちなら、あづま屋のあたりをさがしたら見つかるかも知れんなあ」

吉次は何も言わなかったが、顔にみるみる安堵のいろがうかび上がった。二、三度眼をまたたかせた。

（文春文庫『よろずや平四郎活人剣』上418〜9／462）

恋愛がなかば公認される盆踊りとちがい、夜這いには危険がともなう。

譬《たとえ》て見れば　彼等は狭いとはいいながら跳《はね》ては越せぬ堀を隔てて、然《し》かも繁茂した野茨《のばら》や川楊《かわやなぎ》に身を没しつつ　女の軟かい手を執《と》ろうとするのである。それは到底相触れることさえ不可能である。焦燥《あせ》って堀を飛び越えようとしては野茨の棘《とげ》に肌膚《はだ》を傷《きずつ》けたり、泥に衣物《きもの》を汚したり　苦

い失敗の味を嘗《な》めねばならぬ。（新潮文庫『土』11：133／165）

この一文を書くための取材で、節が夜這いのまねごとまでした話は有名で、「暗い耀き」（一九八三年九月）にはつぎのように再現されている。

「野郎め、足打折《ぶっちょ》られてえか?」

怒声の主が追いかけて来るのではないかと思うと、背筋がむずがゆくなった。節は夢中になって逃げた。八造は、はるか前を走っている。途中立木に顔をぶつけたり、草の蔓《つる》に足をとられてころんだりしたが、二人はどうにか無事に雑木林を抜けて道に出た。（文春文庫『白き瓶』216／256）

「鬼気」（一九七五年八月）では、老剣士の腕を確かめに行った若い剣士らが、おなじ恐怖を味わっている。

藪に踏みこむ一瞬前に、まともに月の光を受けて細谷久太夫の顔が見えた。よく見知っている顔だったが、徳丸はいつもの細谷と違う感じを受けていた。恐ろしい形相に見えた。殺気立った様子とも違っていた。強いて言えば鬼気を帯びた顔を徳丸は見たのである。

三人は夢中になって逃げた。手や足だけでなく顔や頸まで、木の枝や茨《いばら》にひっかかったが、そんなことにかまってはいられなかった。後から追ってくる足音がしないのがわかっていても、三人は逃げるのをやめることが出来なかった。（中公文庫『夜の橋』25／28、文春文庫『同』30）

『土』12章では、嫉妬深い勘次が婚礼の手伝いをするおつぎを早々と帰宅させたことに、若い衆らが不満を述べている。「そうだこと」は「そんなこと」の意で、おつぎに言い寄ることをさすと思われる。

「今日は若《わけ》え衆等《しら》行くと思ってはあ、夜まで置けねえんだな」

「極《きま》ってらあな」

「そんだって篦棒《べらぼう》、若え衆等だってそうだことばかりするものじゃねえ、つまんねえ」憤慨してこういうものも
「外聞悪《げえぶんわり》いも何にも知んねえんだな」嘲笑の意味ではあるが　何処となく沈んで又斯《こ》ういう者も有った。

（新潮文庫『土』12：147／182〜3）


「狐の足あと」（一九七七年）ではこれを踏まえている。


「ンだども、若えもんが集ばっど、よくあの嬶の話が出ての。夜這いでもかげっか、なんてごと言うけども、ほれ、亭主が亭主ださげ、おっかなくて誰も手ぇは出せねえようだの」

「若えもんは、ろくなことを考えねえ」

（新潮文庫『春秋山伏記』66、角川文庫『春秋山伏記』66〜7）


『土』の若い衆らが集まる場として念仏寮が出てくるが、そこはもともと家督を譲った隠居老人たちの集会場である。若い衆と念仏衆は、ともに家の責任を負わない点で共通し、自由な立場で諧謔を楽しむ。『土』前半の兼馬喰にかわって、後半では「小柄な爺さん」が威勢のよい口調でしゃべる。

「（略）管《かま》あねえから奪《ふんだく》ってやれ、俺らだらそうだ、いや本当だとも、聟《むこ》なんぞに威張《えば》られるなんちこと有るもんか、卯平等根性薄弱《こんじょうやくざ》だから仕ようねえ」小柄な爺さんは髪を一杯に汗で湿《うるお》した。（略）
「（略）俺れ卯平だら槍《やり》で突っ刺《ぶ》してやんだ、いや俺れにゃ本当に行《や》られっとも、（略）いや本当

に俺ら聴かねえだから」彼は髪が余計に湿いを増して悉皆《みんな》の耳の底に徹る程呶鳴《どな》って見せた。

「おめえ見てえにそうは行かねえよ、他人《たにん》は」卯平はぽさりといった。

（新潮文庫『土』23：292~3／362~3）

「立会い人」（一九八八年六月）で町奉行・佐伯熊太が、卒中で寝込んだ平八をこきおろす。

「事にあたってきわめて慎重、と言えば聞こえがいいが、要するに臆病なのだ。万事おっかなびっくりで、勇猛心が足らん。わしなら歩けといわれたら、あのへんの塀につかまってでも歩く」

「貴公のようにはいかんさ。ひとにはそれぞれの流儀がある」

と清左衛門は言った。

「自分の流儀を平八に押しつけてはいかん。いつだったか、子供のころに貴公にいじめられたことをぼやいていたぞ」

「平八がか？　はっは」

（文春文庫『三屋清左衛門残日録』360）

噂話《うわさ》の下卑と残酷

『土』の序文で夏目漱石は、描かれた農民を「下卑で、浅薄で、迷信が強くて、無邪気で、狡猾で、無欲で、強欲で」と評した。お品の葬式の場で女房らが口にする、死者についての遠慮ない噂などから、その感想を得たのだろう。出棺後の勘次宅の台所で、彼女らはお品が隠していた堕胎の事実も暴き立てた。

「そんなことゆって、今出た仏のことをおめえ等、とっつかれっから見ろよ」他の一人の女房がいった時　噺《はなし》が暫時《しばらく》途切れて静まった。一人の女房が皿の大根を手で撮《つま》んで口へ入れた。
「そういう処他人《とこひと》に見られたらどうしたもんだえ」側からいわれて
「見てやあしめえな」とその女房は裏戸の口から庭の方を見た。そうして
「俺ら見てえな婆《ばばあ》はどうでこれから娶《よめ》にでも行くあてがあんじゃあなし、構あねえこたあ構あねえがな」といって笑った。
一同《みんな》どっと笑声《しょうせい》を発した。

（新潮文庫『土』4：43〜4／53）

山村を舞台とする伝奇短篇「夜が軋む」（一九七三年七月）では、水商売あがりの「あたし」の家の前で変死した鷹蔵の弔いが、にぎやかに執り行われる。

明かり取りの小窓を少し開けて外をみると、村の女房たちが小走りに鷹蔵の家を出たり入ったりしているのが見えました。女たちは大てい小脇に何かかかえ、鷹蔵の家に何かを運びこんだり、また笊《ざる》がない、小皿が足りないといっては家に取りに戻ったりしているようでした。女たちは雪道の途中で擦れ違うと、そのちょっとの間もすばやくお喋《しゃべ》りを交し、顔を仰向けて陽気に笑い声を響かせたりしました。
そうしてそそくさと小走りに道をいそぎ鷹蔵の家に駆け込みました。女房たちのまわりには、いつも一人か二人子供がまつわりつき、子供を叱る甲高い声が響いたりして、雪に埋まった山奥の村は、不意に祭りが訪れたような、陽気な騒ぎに巻き込まれたように見えました。これだけの

村に、こんなに沢山の人がいたかと、驚くほどでした。
（新潮文庫『闇の穴』237~8／266~7）

『土』の葬式の場では、日々の労働から解き放たれた喜びが語られる。

　柩《ひつぎ》を送った人々が離れ離れに帰って来るまでは　雑談がそれからそれと止《や》まなかった。平日何等の慰謝《いしゃ》を与えらるる機会をも有していないで、然も聞きたがり、知りたがり、噺したがる彼等は　三人とさえ聚《あつま》れば　膨張した瓦斯《ガス》が袋の破綻《はたん》を求めて遁《に》げ去る如く、遂には前後の分別もなくその舌を動かすのである。偶《たまたま》抽斗《ひきだし》から出した垢《あか》の附かぬ半纏《はんてん》を被《き》て、髪にはどんな姿《なり》にも櫛を入れて、そうして弔みを済《す》ますまでは　彼等は平常《つね》にないしおらしい容子《ようす》を保つのである。それは改まって不馴《ふなれ》な義理を述べねばならぬという懸念が、僅《わずか》ながら彼等の心を支配しているからである。然し土間へおりて、襷《たすき》が掛けられて、膳や椀を洗ったり拭《ふ》いたり　その手を忙しく動かすように成れば、彼等の心はそれに惹《ひ》かされて　その聞きたがり、知りたがり、噺したがる性情の自然に帰るのである。仮令《たとい》他人の為には悲しい日でも　その一日だけは自己の生活から離れた若干の人々と一緒に集合することが　彼等には寧《むし》ろ愉快な一日でなければならぬ。間断なく消耗《しょうこう》して行く肉体の欠損を補給するために摂取する食料は　一椀と雖《いえど》も悉《ことごと》く自己の惨憺《さんたん》たる労力の一部を割《さ》いているのである。然し他人を悼《いた》む一日は　其処《そこ》に自己のためには何等の損失もなくて十分に口腹の慾を満足せしめることが出来る。他人の悲哀はどれ程痛切でも　それは自己当面の問題ではない。如斯《かくのごとく》にして　彼等の聚《あつま》る処には常に笑声《しょうせい》を絶たないのである。
（新潮文庫『土』4：44／53~4）

東北の農村を舞台とする『春秋山伏記』でも、噂話が物語に深くかかわる。「狐の足あと」（一九七七年）、

村びとは、大体が穿鑿《せんさく》好きである。ことによそ者に対する好奇心は強く、数年前、広太が原野の端を自分で伐りひらいて、掘立て小屋のような家を建てたときも、新しく村に入りこんできた大男が、一体どういう素姓の人間なのかと、ひそひそと憶測《おくそく》を話し合ったのである。

（新潮文庫『春秋山伏記』58、角川文庫『同』58）

人びとは、まだにぎやかに談笑しながら、鍬やもっこを手に取った。家の者だけで、身体中の力を使い果たすようにする田畑の仕事と違って、大勢でやる道普請はどこかにぎやかでお祭りのような気分がまじる。仕事も楽だった。

（新潮文庫『春秋山伏記』71、角川文庫『同』72）

「安蔵の嫁」（一九七七年）の婆さんも噂好きだ。

「ほう、狐憑きのう」

大鷲坊は興味をそそられて、きえばあさんの顔を見た。ばあさんの顔は、さっき安蔵に嫁を世話してくれと頼んだときの、しょんぼりしたいろがすっかり消えて、ただの噂《うわさ》好きの表情になっている。びっくりしただろ、という思い入れで、ばあさんは小さくてまるい眼をいきいきと動かした。

（新潮文庫『春秋山伏記』161、角川文庫『同』166〜7）

噂話にふける者らの慎みのなさは、警戒心の欠如につながり、捕物の情報集めには好都合だ。とくに十手を返した彫師・伊之助にとって、女のおしゃべりが貴重な情報源となる。娼婦の逃亡をふせぐ

仕組みについて、彼は熟知しているはずだが、知らぬふりで女にしゃべらせている。「消えた女」（一九七八年）

――おようは、ここからどこに移されたのだ？

その移された先を、この女は知っているのかと思いながら、よく動くお玉の薄い唇を見つめた。

「この町に来たが最後、逃げられっこないんだから、もう。木戸にはちゃんと手配がしてあるし、誰かが必ずどこかで見張っているというこわい町だからね」

「そうかね？　そんなふうには見えねえが」（新潮文庫『消えた女　彫師伊之助捕物覚え』227～8／264）

『土』では女工の逃亡を監視する仕組みについて、勘次がおつぎに語っている。

「武州っちゃどっちの方だんべ」寧《むし》ろあどけなく聞いた。

「あっちの方よ、汝《われ》が足じゃ一日にゃ歩けねえ処だ」勘次は雨戸の方を向いて西南を指した。

「遠いんだな、其処へ行《え》ったらどうすんだんべ」

「機織《はたおり》するものもあれば　百姓するものもあんのよ」

「機教《はたおさ》れじゃよかんべな」

「何でええことあるもんか、家へなんざあ滅多に来られやしねえんだぞ、そんで朝から晩までみっしら使あれて、それ処《どこ》じゃねえ　病気に成ったたって余程《よほど》でなくっちゃ　葉書もよこさせやしねえ」

「そんじゃ、そうい処へ行っちゃひでえな、逃げて来ることも出来ねえんだんべか」

「直ぐ捉《つか》めえられちゃから　そんなに遁《に》げられっかえ」

「巡査に捉まんだんべか」

「そうなもんか、巡査でなくったって　遁げ出せば直ぐ捉めえるように　人が番してんのよ、なあ。そんでもなくっちゃ　遠くの者ばかり頼んで置くんだもの　仕ようあるもんか」

（新潮文庫『土』6：68〜9／84〜5）


内田吐夢監督の日活映画『土』（一九三九年）では、娘たちが鬼怒川を舟で渡って奉公に出かける様子が画面いっぱいに美しく展開される。原作にはない内田の創作である。

うわさ話に興じる女房らの笑いには、貧しい所帯をやりくりする者の自信と、自分らのありがたさに気づかぬ亭主への軽侮や憤懣がまじる。自分が居なくなって亭主が狼狽する様子を想像するとき、笑いに毒が含まれる「漆黒の霧の中で」（一九八〇年十二月）。


「しかし、ああいうときの男ってのは、みじめなんだよね」

言いさして、おつねは自分も笑いの発作に襲われたらしく、肉の厚い頬をぴくぴくさせた。

「ほんとに、みじめ。あたしも気になるからさ。ウチのを誘ってあとで様子を見に行ったわけ。そしたら家ん中ほんとに何もないじゃない。そりゃそうだよ、引っ越しちゃったんだから。その何もない家の中に、あぐらをかいたご亭主だけがいるわけ」

女たちは、またけたたましく笑った。おつねも腰を二つに折って笑っている。女たちは、内心そのみじめな男に、七之助ではなく自分の亭主でもあてはめておかしがっているのかも知れなかった。

（新潮文庫『漆黒の霧の中で』110／128〜9）

この種の滑稽は、「踊る手」（一九八八年二月）の大家の言葉にも出てくる。

「鍋釜も布団も、位牌《いはい》もない。残っているのは、寝てるばあさんだけだ」

清六のその言い方がおかしかったので、こんなときなのに女たちはどっと笑った。それぞれに伊三郎の家に残された年寄りを考え、中にはその姿に自分の家の姑を重ね合わせてみた女房もいたかも知れない。がらんとした家の中にばあさん一人が取り残されている光景は、いかにもあわれだったが、どこか滑稽な眺めのようにも思われたのである。

（文春文庫『夜消える』101）

藤沢周平はおしゃべりを女の業《ごう》ととらえている。「熊五郎焼身」のおつぎのように、「うぐいす」（一九八一年二月）のおすぎも、おしゃべりに夢中になって幼児を死なせ、夫から折檻をうける。以来おしゃべりを封印していたおすぎは、夫の態度が和らいだのを機にようやく封印を解く。

「うちでもうぐいすを飼ったことがあるんですよ、四、五年前のことだけど」

女たちの顔を見回してそう言ったとき、おすぎは、長い間忘れていたあのなじみ深い衝動が、胸の中でむくりと顔をあげたのを感じた。そうだ、あのことを話してやらなきゃ。あの変てこなうぐいすのことを……。そう思いながら、おすぎは無意識にころころとひびく笑い声をたてていた。

（文春文庫『日暮れ竹河岸』28）

「なじみの深い衝動」と「むくり」は、『隠し剣』シリーズなどでしばしば、身を亡ぼすパッションに用いられた表現である。「うぐいす」の明るい結末の底に、チェーホフばりの不気味さが潜んでいる。

裏店の女たちが井戸端で笑いを交すのに対して、職人は表通りで大衆を意識して冗談を飛ばす。

「このあたりはひと眼が多いし、第一おれだったらこのぐらいの川じゃ泳いじゃって死ねねえや。それともあの死人は年寄りかい？」

「おめえもしつこいな」

先に来た男の方が音を上げたように言った。

「そんなこたあ、どうだっていいじゃねえか。これから死のうって人間は、場所なんぞ選びやしねえよ。しゃにむに死に急ぐのさ」

「………」

「それともおめえは何か？　大川に義理でもあるのかよ。よし、それならおめえがやるときは大川にはまりな」

橋の上の人びとは、どっと不謹慎な笑い声を立てた。見物人は、退屈な日常の暮らしの中に不意に現われた水死人を見て、いつもとは違う眼の前の光景を残酷に楽しんでいた。

（新潮文庫『漆黒の霧の中で』9〜10／10〜11）

武家の婦女の偽善

噂に含まれる毒は、礼儀にうるさい武家の、とくに女性の間で偽善の形をとる。『土』の粗野とは縁遠いが、他人の不幸を喜ぶ人間性に変わりはない。「冤罪」（一九七五年四月）の源次郎は、好きな娘の行方を尋ねるために、彼女が婚約者だったと嘘をつく。

「まあ、それはお気の毒に」

妻女の眼にたちまち同情が浮かんだ。妻女は見たところ嫂《あによめ》の徳江（引用注：三十七歳）と似た年恰好《かっこう》だった。この年頃の女が、この種の話題を嫌いでないことを、源次郎は嫂《あね》をみて知っている。何家の何某《なにがし》と誰それが恋仲だが親が許さないそうだとか、何家の誰は、あれだけの器量を持ちながら、嫁ぎ先の家風に合わず、半年で不縁になって戻ったとかいうたぐいの話である。中でも彼女たちは悲劇を好む。

誰某《だれそれ》がいい家に嫁いでしあわせだそうだ、などと噂が伝わると、「お家にいらした時分は、口のききようも知らない無作法な娘でしたのにね」などとアラを言い立てるくせに、なにがしの娘が、子を生むと間もなく、若い身空で死んだなどという話には、惜しみなく紅涙を絞るのである。

嫂の徳江なども、どこからかそういう噂を仕込んできては、あの忙しい暮らしのさ中に、源次郎や娘の竜江をつかまえてはそんな話を聞かせ、しまいには自分で話したことに自分で感動して涙ぐんだりする始末である。（新潮文庫『冤罪』387／456〜7、講談社文庫『雪明かり』207〜8／259〜60）

「春の雷」（一九八四）で桑山隼太は家付き娘である妻と諍いをし、開墾地へ行く前に実家に戻る。すると日ごろは慎ましい嫂《あによめ》が桑山家の女たちについて辛辣な批評をした。

家中の女たちには女たちの、他家のうわさが流れて来る道というものがあるらしかった。乃布《のぶ》が桑山家の女たちを軽んじるような口をきくのは、隼太を片付けたあとで桑山家のうわさを耳にしたということかも知れなかったが、それにしても兄の忠左衛門にしろ乃布にしろ、隼太の祝言の前には桑山家の女たちのことなどはおくびにも出さなかったのである。

いまごろになって隼太は、その当時のことを思い合わせ、案外に乃布は桑山家の内情などというものは百も承知だったのではないかと疑っている。
百も承知で、取りあえずは厄介な義弟を片づけることに力をいれ、縁組が首尾よくはこんだあとになって、気を許して本音を洩らしはじめたのではないだろうか。そう疑われるほどに、乃布が桑山家の女たちのことを口にするときは、日ごろの温和な気性に似合わず言葉に辛辣なひびきが加わるのだが、隼太はべつにそのことに腹は立てなかった。

（文春文庫『風の果て』上 237~8／253~4）

終章　『漆の実のみのる国』：貧と闘う「文学」

藁科松伯の予見

藤沢周平の遺作となった『漆の実のみのる国』は、「貧」を正面から描いた点で、長塚節の『土』と共通する。ただし『土』の勘次一家のミクロな貧が、度外れた勤勉と吝嗇と、地主の恩寵でなんとか凌げたのに対して、米沢藩のマクロな貧の根は深く、財政改革は上杉鷹山の生涯をかけた闘いとなった。『漆の実のみのる国』は十二歳の世子・直丸が藩主・治憲《はるのり》となり、隠居・鷹山として七十二歳で亡くなるまでの六十年間を追っている。

最初に二つの政変が描かれる。宝暦十三（一七六三）年、当時の藩主・重定の寵を恃《たの》む独裁者・森平右衛門を、竹俣当綱《たけのまたまさつな》ら重臣が誅殺。ついで安永二（一七七三）年、新藩主・治憲による大倹令を阻止しようとした重臣らが、逆に罰せられる（七家騒動）。こうして藩政改革の準備は整うが、漆、楮《こうぞ》、桑それぞれ百万本植えたての計画は思うように進まず、天明二（一七八二）年、立案者の当綱は謙信公の忌日に不敬を働き、処罰される。

ここまでの話は一九七五年十二月発表の短篇「幻にあらず」と重なる。この短篇の題は安永九（一七八〇）年、改革が進まぬことに疲れて奉行職の解任を願い出た当綱を、治憲が叱った言葉に由来する。

「実効を急いではならんだろう、当綱。なるほどまだ先は長いが、そなたの才覚で、あちこちにいい芽が吹き出しているのも事実だ。そうは思わんか」

「殿はお若いから、そのようにおっしゃる。それがしは近頃、藩の建て直しなどと言うことは、若い間にみる幻かも知れんと、そう思うようになり申した」

「……」

「若い時分には、これほど美しいものはございませなんだ。命を賭けて悔いないと、女子に惚れこむように、真実そう思うたものでござる。しかし、年取ると、この幻は辛うござりますな。ほかにもいろいろと物がみえ、迷いも生じまする。しかも若いときと違い、追いかけるのに時どき息が切れ申しましてな」（略）

「幻ではないぞ、当綱」

思わず治憲は、叱咤するように言った。藩建て直しに、ちらとでも疑問を持った自分を叱った声でもあった。藩主には身をひく場所はない。（文春文庫『逆軍の旗』263〜4）

『漆の実のみのる国』の前半は「幻にあらず」とかなり重複するが、藤沢が一九九三年十月十六日、米沢市置賜総合文化センターで講演したように、「幻にあらず」発表後あらたに分かったことなどを盛り込んでいる。その一つは、世子・直丸を江戸で教育した藁科松伯が当時二十六歳の若さだと知ったことだ（「米沢と私の歴史小説」、文春文庫『藤沢周平の世界』264）。その知見は『漆の実のみのる国』の冒頭で、次のように生かされた。

藁科松伯は青青と頭を剃り、痩せていて、座っている時の姿勢が見事な人物だった。背と首がぴしっとのびているのに固さはなく、姿全体はやわらかくて気品があふれて見える。当綱はそういう松伯を見るたびに、清痩という言葉を思い出すのだが、時にはそのあまりに清らかな痩せように、なんとも言えない懸念を持つことがあった。（略）

たとえばその超俗に過ぎる風姿ゆえに、師がある日忽然とこの世から消え失せることはあるまいかといったたぐいの、現実にはあり得ない、しかしないと否定もし切れないような不安感に当綱は取り憑かれることがある。松伯の痩身と青白い顔貌には、そういう理由の判然としない不安を掻き立てるものがあった。（文春文庫『漆の実のみのる国』上9）

これを読んで思い出されるのは、島木赤彦が『アララギ』の「編輯所便」に載せた追悼文、「長塚さんは逝かれました。三十七歳の短生涯に妻子も無くして逝かれました。人間の世の中に清痩鶴の如く住んで孤り長く逝かれました」（文春文庫『白き瓶』482／575）である。藤沢周平が頭に描く松伯像には、長塚節と通じるものがあったようだ。

松伯が三十三歳で亡くなる前日の「清らかに澄んだものに覆い包まれている清明な印象」（文春文庫『漆の実のみのる国』上201~2）は、本書第二章第一節「汗の臭みと糞尿臭」の項で紹介した。

松伯の出番はそこまでだが、その後の藩政改革を推進するグループはすべて彼の儒学（当時の言葉で「文学」）の教え子である。また江戸で十二歳の世子・直丸に米沢藩の貧しい現状を語り、「それでは家中、領民があまりにあわれである」と涙を流す直丸に「たぐい稀な名君」の素質を見たのも、松伯だった（文春文庫『漆の実のみのる国』上13〜5）。
『漆の実のみのる国』には多くの人物が活躍するが、その長く苦しい改革運動を支え続けたのは藁科松伯が導入し、細井平洲が磨きをかけた「文学」であり、それを自らの生き様で示した直丸＝治憲＝鷹山だった。

改革者・竹俣当綱《たけのまたまさつな》の病い

改革を阻む要素は、『漆の実のみのる国』の中でしばしば「病気」と呼ばれている。江戸家老・竹俣当綱が言う。

「いまのわが藩は、たとえて言えば病名もつけがたいほど難治の病いに冒された病人だ。その病根は何ぞといえばじつはわが藩なじみの貧乏で、しかもこの貧乏よくよく見れば横の方に毛が生えているという劫《こう》を経た代物ゆえ、退治しようにも君も臣も無力で何とも打つ手がない。（略）」
（文春文庫『漆の実のみのる国』上13：129〜30）

当綱が以前色部に言ったように、たとえれば藩は病人である。その病人があちらが痛いといえばとりあえずあちらを手当てし、こちらが痛いといえばこちらを手当てしてどうにかここまでやってきた。しかし封土返上が問題になったあたりで、誰の目にも藩の正体があきらかに見えてきたのだ。藩の貧窮がもはや手当てのきかないところにきていることが……。
（上15：152）

重臣らの間に根強い「大国意識」も病気の一種で、それが貧国に不釣り合いな贅沢を許し、改革を妨《さまた》げてきた。

――大国意識か。

煙草のけむりをくゆらしながら、治憲はそう思った。この国の痼疾ともいうべき大国意識が、藩政改革をさまたげている最大の原因だと覚ってから久しい。（下31：173）

ところが皮肉なことに、これらの「痼疾」を取り除こうと奮闘した竹俣当綱も、「傲慢」という病いを抱えていた。謙信公の忌日に酒宴を開くという不敬を犯した当綱を、莅戸《のぞき》が次のように評する。

「傲岸不遜はかのお方が持って生まれた痼疾でござります」

「ははあ、持病か」

治憲は思わず失笑したが、善政《よしまさ》は笑わなかった。

「強いてご自分をしばってきびしく自制してこられたその間にも、ご性格の一端は独断専行という形でたびたび表に現われておりました。ゆえに痼疾と申し上げる次第です」（下28：93）

しかしながら……、と莅戸は続ける。

「美作《みまさく》さまの独断専行がなかったら、はたしてこの国が今日まで持ちこたえ得たかどうか、はなはだ疑わしいとそれがしは思うものです」（下28：93）

能吏・志賀祐親《すけちか》に欠けた洞察力

ここまでが短篇「幻にあらず」と重なる『漆の実のみのる国』前半である。後半は天明三（一七八三）年から始まり、当綱のあとを襲った志賀祐親が飢饉への対応に追われる。

志賀の弁明に、治憲は迂遠なものを感じた。

「それより、その借金の掛け合いはいかがした?」

「応じる者なし、です。もはや藩の要求には応じつくして、逆さにして振ってもらっても鼻血も出ぬ、と申す者もおりました」

志賀が言っていることは、聞きようによっては剽《ひょう》げた中身のものだったが、誰も笑わなかった。志賀自身も、自分が剽げたことを言ったとは夢にも思わないらしく、述べおわると深刻な顔をうつむけてしまった。(下31:160)

凶作に備えなかった志賀の失策を、藤沢は「もの」で鞭打つ。
こういう成行きは、たしかに執政府にとっては気の毒なものだった。しかし、だから仕方ないと言ってしまっては、いささか心中に違和感が残ると治憲は思っている。大雨、旱《ひで》りは大方の予想を越えたものだったが、目には見えていた。その見えている物の中に、不作を予感させるものもあったはずである。
藩政に責任を負う執政府としては、そのことをもっと敏感に感じとらなければならない。そして不作に対する警戒心をつよめ、ひそかにその対策を練るべきではなかったか、と治憲は思うのだ。不断の心がけとしてそうあるべきだった。(下31:166)
怜悧な男だった。(略)
その怜悧さのゆえに、目前の事象の処理に気を奪われて、大局を把握しかねたところがあったかも知れない、と治憲は思った。志賀には、もともと一藩の経済を処理するほどの器量はなかったのだ。賢い男ではあったが、その賢さの限界をみずから暴露する羽目になったもとの近臣に、

治憲はかすかに憐れみを感じながらそう思った。（下34：244〜5）

志賀は一七七三（安永二）年、その才を買われて江戸で農業技術を学んではいるが（下34：244）、『土』の兼馬喰《かねばくろう》の表現を借りるなら、しょせん「糞つかんだ」ことのない秀才に過ぎない。おのれの限界を感じて、郷村出役などの意見に耳を傾けるべきだったのだ。虚構ではあるが『風の果て』では同じ天明期に養父の助言を得た桑山隼太が、冷害に強い早生稲の植え付けの徹底と、領民の餓死を防ぐための備蓄米買い付けを、藩執政に進言している。

「見えている物」を観察して、その中に「不作を予感させるもの」を読み取るべしという記述は、長塚節の象徴の歌風について書かれた、「物を直視して背後にある物まで詠」む姿勢（文春文庫『白き瓶』「亀裂」128／150）に通じる。自然のサインから季節の変化を予測することは、農民に不可欠の能力だが、それを政治に応用したのが桑山隼太、文学に応用したのが長塚節ということになろう。『風の果て』『漆の実のみのる国』と『土』『白き瓶』は、自然の洞察の大切さという一点で繋がっている。

苦労人・莅戸善政《のぞきよしまさ》の暖かさ

志賀について治憲はもう一つ欠点を見ている。

藩の舵取りは、志賀にまかすほかはない。そう思ったとき、ふともつれた糸がほどけるように、志賀と対話しているときにうかんでは消え、うかんでは消えした気がかりなものが正体をあらわしたのを感じた。

（略）うすうす気づきながら、誰も触れることを好まなかった藩の実態を、志賀は白日の下に晒したのだともいえる。

――しかし、いかにも華がないの。

と、いま治憲は思っているのだった。それが気がかりの正体だった。（略）

――国内ににぎわいをもたらすような、新しい策がないからだ。

（32：下206〜7）

その点竹俣当綱の改革案には華があったが、失脚した。そこで当時補佐役だった莅戸《のぞき》善政《よしまさ》を再任させようとの機運が持ち上がるが、莅戸はすぐには応じない。その理由は治憲にとって意外なものだった。

「侍組の者たちが上からいらざる圧力をかけてきておるということか」

「いえ、そうとも言えません。もちろん、たかが家禄わずか二十五石の三手の者が身のほどもわきまえずわれらが領分を侵すつもりかという声もないわけではありませんが、侍組の方方の中にも、それがしに理解を示す向きもござります。むしろ同輩の三手の中にある、異常な出世を遂げようとしているそれがしに対する嫉視の方が多いかも知れませぬ」

「ふむ、ひと筋縄ではいかんものだの」（略）

善政がいま言ったようなことはおそらく事実であろうし、その種の反感、嫉視を引きずったまま中老職についても人はついて来ない。そうなると策を立てても存分に腕をふるうことが出来ず、その結果善政は孤立に追いこまれるだろう。孤立して中老職を辞するということになれば、手を打ってよろこぶ者もいるのだ。それが世の真実というものである。

（文春文庫『漆の実のみのる国』下35：272〜3）

異例の出世に対して、上からの反発よりむしろ下からの嫉妬が激しいという「世の真実」は、『土』7章にも出てくる。

　主人から与えられた穀物は彼（勘次）の一家を暖めた。彼は近来にない心の余裕を感じた。然しそういう僅《わずか》な彼に幸いした事柄でも　幾らか他人の嫉妬を招いた。他の百姓にも悶躁《もが》いている者は幾らもある。そういう伴侶《なかま》の間には僅に五円の金銭《かね》でもそれは懐に入ったとなれば直《すぐ》に世間の目に立つ。彼等は幾らずつでも自分の為になることを見出そうということの外に、目を峙《そばだ》てて周囲に注意しているのである。彼等は他人《ひと》が自分と同等以下に苦んでいると思っている間は　相互に苦んでいることに一種の安心を感ずるのである。然しその一人で懐のいいのが目につけば自分は後《あと》へ捨てられたような酷《ひど》く切ないような妙な心持《こころもち》になって、そこに嫉妬の念が起るのである。それだから彼等は他の蹉跌《つまづき》を見ると　その僻《ひが》んだ心の中に窃《ひそか》に痛快を感ぜざるを得ないのである。

（新潮文庫『土』7：81~2／100~1）

他人のつまづきを喜ぶ気持ちは、一茶にもあった。

　一体に一茶は、瓦版の記事になるような出来事に、強く興味を惹かれるたちだった。火事があった、泥棒が入った、どこそこで心中があったという事件を聞きこむと、丹念に句帖の端に記した。のがさずに書いた。

　深夜ひそかにそういう記事をしたためながら、一茶の心を占めてくるのは、一種の安らぎだった。不幸な事件の主人公たちの姿をあれこれと夢想し、おれだけがみじめなわけでないと思うことは楽しかった。

それは長い間不遇な暮らしを強いられ、日の目を見ることなく四十を迎えた男が、まともな世間の躓《つまず》きを確かめて抱く、邪悪な喜びだったのだが、一茶はその喜びの邪悪さに気づいていなかった。せっせと話を集めていた。

（文春文庫『一茶』3－2：177／209~10）

莅戸にはユーモア精神があり、不遇の時に次の狂歌を詠んでいる。

米櫃《こめびつ》を、莅戸《のぞき》て見れバ米はなし　あすから何を九郎兵衛（喰ろうべえ）哉《かな》

（文春文庫『漆の実のみのる国』下31：197）

このようなユーモアを治憲は愛した。ふたりの関係は「暖の接待」でも描かれる。

九郎兵衛、火桶に寄れ、と治憲は言った。倹約第一でもともと少量だった炭火が、話がつづいている間に半分以上も減っている。

「わしはまだ若いがそなたはそろそろ齢だ。さぞ寒かったであろう。気づかぬことをした」

「恐れ多いお言葉にござりますが、日ごろ鍛えておりますゆえご心配にはおよびませぬ」

「わしの前で恰好をつけることはいらん。まだ火があるうちに寄って身体をあたためろ」

されればお言葉に甘えて、と言って善政は火桶に寄ってきて手をかざした。

（下35：278）

「まだ火があるうちに」は、倹約で炭の配給が限られていたことを示している。翌年三月の短い対話には、冬が終わった安堵が感じられる。

近臣のものは部屋に燈火を持ちこみ、さらに火桶の火はいるかとたずねた。

「九郎兵衛はどうか」

「いや、今日はあたたかゆえ、それがしのためならばご辞退申し上げまする」
では、わしもいらぬと言うと、近臣は去って行った。（下36：297）

莅戸善政が退出したあと、

治憲は火のない火桶の上で手を押し揉んだ。夜になって夜気は急に冷えてきたようである。
――農民に対する対応がいつから、このように荒《すさ》み切ったものとなったのであろうか。と治憲は思った。思いながら一人の男の顔を脳裏に思い描いていた。謹厳にして端正なその顔は、いま幕政改革をすすめている松平越中守定信である。（下36：302）

北国の早春

36章の締めくくりに白河侯松平定信の名を出したのは、莅戸らによる「十六年の仕組み」の進捗を、定信による「寛政の改革」との関係で語るつもりでいたからだろう。もし希望通りあと数十枚（蒲生によれば百枚ほど）書けていたら、幕府による「異学の禁」に対する米沢藩折衷学派の抵抗や、人材養成における道徳と実学の兼ね合いなど、政治における「文学」の役割がもう少し明らかにされたかもしれない。

だが一九九六（平成八）年三月十五日、満六十八歳の藤沢周平は肺炎で入院し、執筆は中断した。七月にいったん退院した藤沢が、残された体力を振り絞るようにして書いた最終章（37章）はわずか六枚だった。話は文政五（一八二二）年に飛び、最後に二つの「もの」が出る。

治憲は享和二年に鷹山と改名し髪を総髪に改めた。文政五年、鷹山は池のほとりに出て、一月の日の光を浴びて立っていた。一月の光はか弱く、風はなかったが、光の中に冷ややかなものがふくまれていた。冬の日のつめたさである。
（文春文庫『漆の実のみのる国』下37：305）

鷹山は微笑した。若かったとおのれをふり返ったのである。漆の実が、実際は枝頭につく総《ふさ》のようなもの、こまかな実に過ぎないのを見たおどろきがその中にふくまれていた。（完）
（文春文庫『漆の実のみのる国』37、下306）

このような結末は、長篇の題をつけた時すでに予定されていたと思われる。季節を一月としたのは、鷹山が二月に発病し、三月に亡くなっているからで、健康な立ち姿で過去を振り返る最後の機会だったからだ。筆を執る藤沢周平もみずから死期を悟り、七月の暑いさなか、おそらく脂汗を拭きながら「冬の日のつめたさ」を書いたのだろう。

鷹山が回想するのは、若くて無知だった自分が思い描いた「漆の実のみのる国」と言う幻だった。「為せば成る　為さねば成らぬ　何事も　成らぬは人の　為さぬなりけり」という彼の歌に照らし合わせると、たしかに藩政改革は成ったものの、期待をかけた漆の実の売り上げで成ったのではなく、当初は副次的だった桑を元に養蚕と織物業を興したことで「成った」のである。

だがそのような技術論を離れて鷹山の業績を見直すとき、何よりも藩主すなわち「民の父母」としての責任感を生涯貫いた、その粘り強さに心打たれる。かつて藁科松伯を感激させた世子直丸のたぐい稀な仁慈が、細井平洲を師とする「文学」の力で強靭に鍛えられたのだと、藤沢周平は言いたかったのではなかろうか。

参考文献

藤沢周平の作品については、本文中に文庫本で示したので、ここでは省略する。以下に藤沢周平およびその作品に関する解説書を示す。

『朝日ビジュアルシリーズ　週刊藤沢周平の世界』01蝉しぐれ、二〇〇六年十一月十九日

阿部達二『藤沢周平残日録』文芸春秋社（文春新書）、二〇〇四

遠藤展子『藤沢周平　遺された手帳』文藝春秋、二〇一七

蒲生芳郎『藤沢周平海坂藩の原郷』小学館文庫、二〇〇二

小菅繁治『兄　藤沢周平』毎日新聞社、二〇〇一

平輪光三『長塚節・生涯と作品』六藝社、一九四三

方言資料研究会編『方言おもしろ事典』アロー出版、一九七六

山形新聞社編『藤沢周平と庄内――海坂藩を訪ねる旅――』ダイヤモンド社、一九九七

山形洋一『長塚節「土」の世界　写生派歌人の長篇小説による明治農村百科』未知谷、二〇一〇

山形洋一『節の歳時記　農村歌人長塚節の自然観』未知谷、二〇一四

山形洋一『長塚節「羇旅雑咏」　現場で味わう一三六首』未知谷、二〇一七

吉村英夫『山田洋次×藤沢周平』大槻書店、二〇〇四

Nagatsuka, T. *Earth*, Translated by Kawamura, Liber Press, 1986

あとがき

本書の校正をすすめながら、ふと大学教養学部時代に聴いた西洋音楽史の講義を思い出した。J・S・バッハが「巨匠」と呼ばれる所以は、一つのテーマをさまざまな楽器用にアレンジする腕前にもあった。現代人は芸術をオリジナリティーだけで評価しがちだが、バロック時代には模倣や変奏の「たくみさ」も同様に重視された、という内容だった。

それを思い出したのは、藤沢周平が気に入ったテーマや表現をすこしずつアレンジしては、新しい作品に生かすやりかたに、バロック音楽とおなじ「たくみのわざ」を見たからだ。重複を厭わぬ彼の姿勢は、たとえば闇の梯子、闇の穴、闇の歯車、闇の傀儡師、夜の橋、夜消えるといったタイトルのつけ方にも現れている。人物造形や自然の描写にも同様のことが言えるが、彼の作品を読み比べて飽きることがないのは、情景や人物がいずれも個性を得て生動しているからだろう。それは彼のテーマが多重な変奏に耐えるだけの深さを具えていた、と言うことかもしれない。

彼の変奏の主題の中に『土』の断片があった、というのが、本書の趣旨である。

本書で示した事例の中には、読者の同意が得られないものも少なからず混じっていると思われるが、どれほど批判的な読者でも、事例の全てを否定することは難しかろう。特に「負のロマン」から抜け出すころの作品に、おしかけ後妻、ヨシキリの鳴き声、春の白い雲、などが繰り返されるのを見れば、『土』へのこだわりが軽い思いつきなどではなく、藤沢文学の本質に関わるものであることが察せられる。

もとより、『土』の模倣が藤沢文学の主題のすべてだと主張するつもりはない。

本書は例えば、百冊を超える文庫本の紙面を、『土』という磁石でザーッとひと撫でし、集めた砂鉄を溶かして打ち出した、一振りの短刀のようなものだ。素材集めの段階で多くのことをに目をつぶったわけだが、そうすることで独自の視野を示せたとも自負している。

ところで刃物の出来は研いでみなければわからず、いったん研いだものは打ち直しがきかないが、その点、本作りでは校正が繰り返せる。未知谷編集部には今回も、度重なる校正を許していただいた。伊藤伸恵さんの手で研ぎ出された刃紋を眺め、飯島徹編集長の寸評を胸にフイゴや鉄床に向かうこと数度、ようやくまた一冊世に問うことができた。まことにありがたく果報なことだと思っている。

令和元年五月

山形洋一

やまがた よういち

1946 年大阪生まれ、東京大学農学部卒、農学博士（応用昆虫学）。世界保健機関（WHO）の専門家としてブルキナファソ、トーゴ赴任、国際協力機構（JICA）専門家としてグアテマラ、タンザニア、インド、ミャンマー赴任、熱帯病媒介昆虫の駆除や地域保健サービス向上に従事。途上国における業務への参考として日本の農村貧困の記録に興味を持ち、長塚節の研究をはじめる。2014 年よりフリー。主著に『長塚節「土」の世界』『『土』の言霊』『節の歳時記』『長塚節「羇旅雑咏」』（未知谷）。

慕倣《ぼほう》
みっしりずしり：長塚節と藤沢周平

2019 年 7 月 17 日初版印刷
2019 年 7 月 31 日初版発行

著者　山形洋一
発行者　飯島徹
発行所　未知谷
東京都千代田区神田猿楽町 2 丁目 5-9　〒 101-0064
Tel. 03-5281-3751 / Fax. 03-5281-3752
［振替］ 00130-4-653627

組版　柏木薫
印刷所　モリモト印刷
製本所　難波製本

Publisher Michitani Co, Ltd., Tokyo
Printed in Japan
ISBN 978-4-89642-582-6　C0095

山形洋一の仕事／長塚節研究

長塚節「土」の世界

写生派歌人の長篇小説による明治農村百科

明治後期、子規に師事した歌人が故郷の農村生活を精緻に描いた名品「土」。斬新な学際的地域診断の手法で農業文学を読み解く試み。その細部をつなぎ合わせれば、当たり前すぎたからこそ誰も残さなかった日本の原風景が見えて来る。

272頁2500円

『土』の言霊

歌人節のオノマトペ

320頁3200円

『土』に登場するオノマトペは計438種である！　日本文学史上類をみない「長篇散文詩」として『土』を読み直し、オノマトペに秘められた愛と苦と戯れを、その生態、形態、進化、詩的観点から深く味わう試み。標本棚としての語彙集付。

節の歳時記

農村歌人長塚節の自然観

「余は天然を酷愛す」節の態度は文学者の域をこえて博物学者に近い。その短歌を歌材ごとに分類、着眼点や表現法の変化を時代順に追い、泥臭い素材と洗練された表現が織りなす長塚節の風景、抒情の深まりを味わう。

256頁2800円

長塚節「羇旅雑咏」

現場で味わう 136 首

256頁2800円

136首の詠まれた場所全てを踏破！「明治の健脚青年（節）が二ヶ月足らずで駆け抜けた跡を辿るのに平成の高齢者はたっぷり三年を費やした」旅する歌人の孤独や喜びに思いを馳せ、詠まれた地への理解を深めた研究の成果。スケッチ37枚。

未知谷